As confissões das irmãs Sullivan

Obras da autora publicadas pela Galera Record

Como dizer adeus em robô
As confissões das irmãs Sullivan

Da autora de COMO DIZER ADEUS EM ROBÔ

Natalie Standiford

As confissões das irmãs Sullivan

Tradução de
PRISCILA CATÃO

1ª edição

Galera
RIO DE JANEIRO

2015

CIP-BRASIL. CATALOGAÇÃO NA FONTE
SINDICATO NACIONAL DOS EDITORES DE LIVROS, RJ

Standiford, Natalie
S789c As confissões das irmãs Sullivan / Natalie Standiford; tradução Priscila Catão. – 1ª ed. – Rio de Janeiro: Galera Record, 2015.

Tradução de: Confessions of the Sullivan Sisters
ISBN 978-85-01-40002-4

1. Ficção americana. I. Catão, Priscila. II. Título.

14-16656 CDD: 813
CDU: 821.111(73)-3

Título original em inglês:
Confessions of the Sullivan Sisters

Texto revisado segundo o novo Acordo Ortográfico da Língua Portuguesa.

Capa: Lauro Machado | Estúdio Insólito

Direitos exclusivos de publicação em língua portuguesa somente para o Brasil adquiridos pela

EDITORA RECORD LTDA.
Rua Argentina 171 – Rio de Janeiro, RJ – 20921-380 – Tel.: 2585-2000, que se reserva a propriedade literária desta tradução.

Impresso no Brasil

ISBN 978-85-01-40002-4

PARA

MINHA FAMÍLIA:

MINHA MÃE, MEU PAI,

KAKIE, JOHN, JIM E

GREG

O NATAL DA FAMÍLIA SULLIVAN COMEÇOU DA MANEIRA tradicional naquele ano. Todos os seis filhos se reuniram no topo da escada em ordem, do mais novo para o mais velho, e aguardaram o sinal do Paizão para descerem e inspecionarem o trabalho do Papai Noel. Não importava o fato de que o filho mais velho da família Sullivan, St. John, tinha 21 anos. O mais novo, Takey, tinha apenas 6, e o Paizão insistia em manter os rituais anuais para Takey não achar que tinha perdido tudo.

O sinal — a música "Joy to the World" cantada por Nat King Cole — começou a tocar no som, e os seis filhos — Takey, Sassy, Jane, Norrie, Sully e St. John — desceram rapidamente para a sala da família e se aglomeraram debaixo da enorme árvore de Natal para receber os presentes. Depois, atravessaram o mar de papel de embrulho descartado e foram comer as panquecas de café da manhã feitas pelo Paizão. (Dona Maura estava de folga, mas ela sempre dava uma passada na casa deles com o marido, Dennis — que os filhos dos Sullivan chamavam de Seu Maura —, para dar um oi e deixar os presentes perto do meio-dia). Ginger contribuiu para a refeição com o prato pelo qual era conhecida: metades de toranja com um pouco de Splenda. Cortar a toranja foi a coisa mais trabalhosa que ela havia feito na cozinha o ano inteiro, a não ser que se leve em conta transferir caviar da lata para a travessa de prata na véspera do Ano-Novo.

Depois do café da manhã, todos foram para seus quartos para experimentar as roupas novas de Natal e se arrumar para o jantar da família na casa da Poderosa. A família Sullivan morava numa casa enorme, mas a Poderosa — avó deles, Arden Louisa Norris Sullivan Weems Maguire Hightower Beckendorf, conhecida em Baltimore inteira como "A Poderosa Lou" — possuía uma casa que era uma verdadeira mansão e que tinha até um nome elegante: Gilded Elms.

A véspera de Natal em Gilded Elms era uma festa para família e amigos. No entanto, a ceia costumava ser mais tranquila, apenas para a Poderosa e a família Sullivan. Naquele ano, um convidado inesperado se juntou à família na mesa de Natal da Poderosa: o advogado dela, o Sr. Calvin Murdoch. O Sr. Murdoch tinha o jeito comportado, silencioso e exageradamente educado de um agente funerário. Todos os Sullivan ficaram se perguntando o que ele estava fazendo ali enquanto comiam o peru silenciosamente e passavam o pão de passas caseiro um para o outro.

Após um tempo, obtiveram a resposta.

Depois do jantar, a Poderosa reuniu seus entes mais queridos na biblioteca para dar um aviso especial. Ela estava com um vestido liso e preto que contrastava com seu cabelo grisalho.

— Recentemente eu descobri que talvez não viva mais por muito tempo — declarou ela, diante da família boquiaberta. — Tem um tumor no meu cérebro. Se ele não crescer, eu talvez viva a minha vida como queria, ativa e ciente das coisas. Entretanto, se ele aumentar, e os médicos disseram que há uma grande possibilidade de isso acontecer, o meu estado vai se deteriorar rapidamente. Portanto, analisei novamente o estado dos meus bens; financeiros e outros. Em outras palavras, alterei meu testamento.

Os membros da família ao redor dela continuavam sentados e imóveis, sem demonstrar nenhuma emoção. Ninguém queria parecer chateado com a possibilidade de mudanças no testamento da Poderosa. Uma mudança considerável, contudo, afetaria imensamente o destino de todos naquele cômodo. A Poderosa era muito rica, e seu filho, a esposa dele e todos os filhos dos dois dependiam completamente do dinheiro que ela controlava.

— Alphonse — prosseguiu a Poderosa, olhando para o Paizão, que tinha recebido o nome de seu falecido pai. — Temo que a sua família inteira tenha sido excluída do testamento.

Os Sullivan soltaram exclamações, horrorizados. Não conseguiram se conter. Aquilo era terrível demais.

— Calma, calma, não precisam se desesperar — acrescentou a Poderosa, apesar de nenhuma outra reação parecer apropriada.

— Mãe, por quê? — perguntou Paizão.

— Uma pessoa da família me ofendeu profundamente — explicou a Poderosa. — Não vou dizer quem foi. Mas, a não ser que essa pessoa confesse o crime para mim, por escrito, até a véspera do Ano-Novo, quando eu morrer, vou doar a parte de vocês da minha fortuna para a minha instituição beneficente preferida.

— E que instituição é essa? — perguntou Ginger.

— Ponchos Caninos — respondeu a Poderosa.

A família Sullivan inteira se conteve para não gemer. Ponchos Caninos doava ponchos para os cães de pessoas que eram pobres demais para comprar capas de chuva para seus cachorros. Numa cidade cheia de pessoas e animais carentes, aquela era a instituição beneficente mais inútil de todas. Ninguém na família Sullivan estava entendendo por que Ponchos Caninos merecia mais o dinheiro da Poderosa do que eles. Afinal, não foram eles que a aturaram durante todos esses anos? Isso não contava para nada?

— Se o autor da ofensa entregar a confissão a tempo — prosseguiu a Poderosa —, eu incluo novamente a família no meu testamento. Ou pelo menos levo isso em consideração.

A Poderosa tinha se pronunciado. E, se a Poderosa queria uma confissão, uma confissão ela ia receber.

Quando o jantar insuportável finalmente acabou e a família Sullivan voltou para casa, eles se juntaram na cozinha para uma reunião familiar.

— Quem terá ofendido tanto a Poderosa? — perguntou St. John. — Quem será o culpado entre nós?

— Uma das garotas — disse Sully.

— Uma das garotas — repetiu o Paizão.

— Com certeza uma das garotas — concordou Ginger.

A Poderosa sempre fora rigorosa com as meninas. E, recentemente, todas as três tinham feito algo que chateara a avó, disso ninguém duvidava.

Então ficou decidido que as três garotas — Norrie, Jane e Sassy — passariam as férias de Natal escrevendo uma confissão completa de seus crimes, que seriam entregues para a Poderosa antes da meia-noite da véspera do Ano-Novo.

Depois disso, à família só restava esperar pelo melhor.

PARTE UM

NORRIE

A noite mais longa do ano

Querida Poderosa,

Eu confesso.

Sei o que fiz, e a senhora sabe a razão — foi por um verdadeiro amor. A senhora já se apaixonou alguma vez, Poderosa? Sei que já foi casada cinco vezes — mas já se apaixonou? É algo inevitável. A pessoa perde o controle. Fica sem poder fazer nada.

Tentei me comportar direito e fazer o que a família precisava que eu fizesse. Mas me apaixonei. E me apaixonar me enlouqueceu. É tudo que posso dizer em minha defesa. Vou contar a história inteira, desde o começo, e espero que isso a ajude a compreender e a me perdoar. (Espero que eu me lembre de tirar todos os palavrões. Estou tentando me reeducar. Mas algumas pessoas, como Sully e Jane, simplesmente não são as mesmas sem palavrão. Então talvez alguns tenham escapado no texto. Se esse foi o caso, peço desculpas.)

Posso voltar a ser a neta obediente de antes se isso for poupar minha família da pobreza. Sou capaz de fazer isso. Querida Poderosa, se a senhora tirar essa maldição de cima de nós, eu prometo me comportar pelo resto da vida.

UM

✉ ✉ ✉

PARA A SENHORA, ELE DEVE TER APARECIDO DO NADA. MAS todo mundo aparece de algum lugar. E nem sempre de Baltimore.

Nós dois nos conhecemos em setembro, num curso noturno na Universidade de Johns Hopkins: leitura dinâmica. Eu queria aprender a ler mais rápido. Naquela noite, sentei na penúltima fileira. Ainda estava com o uniforme do colégio — um suéter de malha azul-marinho com SMPS bordado em branco no peito.

Estava fazendo o dever de casa de cálculo enquanto esperava a aula começar. A sala foi se enchendo e a professora entrou e começou a falar sobre leitura dinâmica, mas eu não tinha terminado o dever de casa, então continuei fazendo. Eu não entendia quase nada do que ela falava — estava tendo problemas de concentração havia um tempo; foi por isso que quis aprender a fazer leitura dinâmica. No entanto, não era só por isso que estava distraída. Também sentia certo calor atrás de mim, como se alguém me observasse. Eu me virei um pouco para a esquerda e vi um velho de bigode que não estava prestando nenhuma atenção em mim. Virei um pouco para a direita e vi um tufo de cabelo preto cacheado. Foi tudo o que deu para ver sem me virar completamente, o que seria falta de educação.

Este calor me distraiu a aula inteira. Finalmente, a professora disse para fazermos um intervalo de dez minutos. Eu me levantei e me virei casualmente, bem tranquila. Tinha um garoto sentado lá, o de cabelo preto encaracolado, e ele olhou para mim de uma maneira tão calorosa que explicou tudo o que eu estava sentindo. O rosto dele era moreno e ele tinha pele lisa, olhos castanhos bem alertas e um nariz grande que por algum motivo me lembrava um sapo. Um sapo muito bonitinho, com aquele cabelo em cima.

— Oi — disse ele. — Percebi que você estava fazendo seu dever de cálculo.

— Pois é — respondi. — Acho que seria melhor não fazer isso se quero aprender leitura dinâmica.

— Acho bonitinho. Você fazendo o dever de cálculo.

— Não é nada bonitinho — rebati. — Cálculo não tem nada de bonitinho.

Eu me perguntei quantos anos ele tinha, depois imaginei rapidamente se ele havia percebido que eu ainda estava no colégio. Digo "rapidamente" porque só precisei de um segundo para perceber que, dã, ainda estava vestindo meu uniforme. E, claro, o dever de casa também deixava isso na cara. Às vezes sou tão imbecil.

— Acho que vou pegar água — falei.

Saí pelo corredor e encontrei um bebedouro. Fiquei encarando-o por alguns segundos, como se não conseguisse lembrar como um bebedouro funcionava. Tinha alguma coisa atrapalhando os circuitos no meu cérebro. Eu estava começando a ficar realmente preocupada comigo mesma.

Finalmente me lembrei de como se usava o bebedouro e tomei um pouco d'água. Em seguida, voltei para a sala de aula e me sentei. O garoto acenou com a cabeça para mim. Eu adorei o cabelo dele. Era como algodão doce de alcaçuz, se algodão doce de alcaçuz existisse.

A professora começou a falar novamente e distribuiu um artigo para que a gente testasse nossas velocidades de leitura atuais. Minha velocidade foi de 150 palavras por minuto, o que é bem baixo para uma pessoa supostamente inteligente.

Senti um tapinha no ombro.

— Qual foi sua velocidade? — sussurrou o garoto bonitinho atrás de mim.

Eu não quis dizer, pois o meu resultado foi tão baixo que fiquei com medo de ele achar que eu tinha problemas mentais. Mas contei mesmo assim. Meu primeiro instinto costuma ser a honestidade, o que, se a senhora parar pra pensar, na verdade é uma fraqueza perigosa.

— Qual foi o seu resultado? — perguntei para ele.

— Quatrocentas palavras por minuto.

Soltei um palavrão — para mim mesma — porque o resultado do Cabelo de Alcaçuz era muito maior do que o meu, e além disso ele provavelmente era mais velho, devia estar no mínimo na universidade, e eu odiava começar as coisas em desvantagem.

Então percebi o que estava pensando e me perguntei: começar o quê? Por que eu estava me importando com o que um desconhecido achava da minha inteligência?

Mas eu me importava, e foi então que percebi que estava ferrada.

Quando a aula terminou, ele olhou para mim como se quisesse dizer alguma coisa mas estivesse hesitando. Então, em vez de dizer alguma coisa, só me cumprimentou balançando a cabeça e foi embora. Fiquei achando que foi o uniforme que o fez desistir. Algumas pessoas acham uniformes de colégios católicos assustadores. Soltei mais um palavrão para mim mesma, por ter sido preguiçosa demais para trocar de roupa antes da aula — um curso noturno para adultos, o que eu estava pensando? —, e prometi que usaria roupas normais na semana seguinte. Também prometi que descobriria o nome dele para que não pensasse nele só em termos de cabelo.

Quando cheguei em casa naquela noite, Jane estava no meu quarto, fumando na janela. Algo que me enlouquece. No ano que vem, quando eu for para a universidade, vai ser a vez dela de ficar com o Quarto da Torre e ela vai poder fumar até os pulmões morrerem. Mas ela não para de fazer isso, não importa o quanto eu grite, então meio que desisti.

Um helicóptero policial estava circulando a vizinhança, e Jane observava o holofote.

— Está conseguindo ver alguma coisa? — perguntei.

Às vezes, quando os helicópteros policiais apareciam, dava para ver alguma pessoa correndo pela rua sob o clarão do farol. No entanto, era difícil ver muita coisa do Quarto da Torre durante o verão, quando as folhas eram tantas que o quarto parecia mais uma casa na árvore. No inverno, quando as árvores estão nuas, é possível ver as casas dos vizinhos e as luzes do centro da cidade.

Jane se virou da janela e assoprou fumaça em mim.

— Você parece diferente.

— Diferente como?

Ela deu de ombros e tragou mais uma vez.

— Não sei. Diferente, só isso.

— Eu estou diferente — falei. — Acho que nunca mais vou ser a Norrie de antigamente.

Ela não reagiu muito ao que eu disse, pois a família Sullivan é muito dramática, como a senhora bem sabe, Poderosa. A senhora é a Rainha do Drama. É difícil superar o strip-tease que Jane fez no meio do musical do colégio no ano passado, ou aquela vez em que St. John avisou que partia para Paris na manhã seguinte e que moraria lá para sempre. Você sabia disso? Paizão sempre teve medo de te contar que o filho de 12 anos dele fugiu para Paris sozinho porque a senhora sempre o criticou por ser relaxado demais com a gente. Isso tudo durou uma semana. Um amigo do Paizão encontrou St. John no aeroporto, e depois de uma semana de cafés e museus ele voltou para casa dizendo que Paris era encantadora mas superestimada.

Então falar que de repente estava me sentindo "diferente" não teve muito impacto. Jane disse:

— Não sabia que leitura dinâmica mudava tanto a pessoa. É tão dinâmico! Será que a nova Norrie vai trocar de quarto comigo para eu poder fumar quando quiser?

— Não — respondi. — Nunca vai existir uma Norrie que ceda o Quarto da Torre antes de ir para a faculdade. E você nem deveria fumar em primeiro lugar.

— Eu sei que não deveria. — Ela assoprou fumaça pela janela.

Não contei para Jane sobre o garoto que eu tinha conhecido na aula de leitura dinâmica naquela noite; era cedo demais. Queria que a coisa, o que quer que ela fosse, tivesse uma chance de acontecer primeiro. Além disso, se eu contasse para alguém, o que tinha acontecido passaria a ser real, e eu ainda não estava pronta para aquilo. Sabia que algo real era sinônimo de problema.

DOIS

ISSO ACONTECEU NO INÍCIO NO ANO LETIVO, QUANDO EU achava que ainda estava a fim de Brooks e o outono se estendia diante de mim como uma estrada curta e tranquila em direção ao Baile de Debutantes. Robbie era apenas um grão de areia que havia entrado debaixo da minha concha. Algo irritante.

Tinha uma festa marcada para o sábado, a última festa de verão do ano, na fazenda de Matt Bowie em Stevenson. Matt Bowie era quem fazia todas as festonas: festas de piscina com cerveja e bandas de jam nos campos atrás da casa da avó dele no verão, festas de colheita de maçãs nos campos no outono; festas de patinação no lago congelado, com fogueiras e chocolate quente misturado com bebidas alcóolicas no inverno; e piqueniques de corridas de cavalos na primavera, nos quais a gente se sentava na colina e ficava vendo os cavalos correrem por cima dos obstáculos nos campos da família dele. É bem provável que a senhora tenha se sentado naquela mesma colina alguma vez, Poderosa, para assistir aos cavaleiros com a avó de Matt Bowie. Ou talvez a senhora tenha ido a alguma festa de Natal deles, naquela casa enorme que tem um elevador de gaiola e uma grinalda em cada porta.

Sassy, Jane e eu, com biquíni por baixo dos shorts e toalhas por cima dos ombros, entramos na antiga Mercedes sedan azul-clara de St. John, que ele deixou na garagem quando se mudou para Nova York. Ele herdou o carro quando Paizão o trocou por uma Mercedes creme nova, mas imagino que agora seja meu.

O dia estava quente e enevoado de pólen. Abaixei os vidros e dirigi descalça em direção ao norte pela Charles Street. Paramos em Homeland para buscar Claire, que se sentou ao meu lado e apoiou os pés no painel. Jane insistiu para que parássemos em Ruxton para buscar Bridget, a amiga irritante dela, então também fizemos isso. Logo chegamos à terra dos cavalos, com colinas de um verde desbotado.

Os carros já estavam formando filas na estrada quando chegamos perto do lago artificial e estacionamos ao lado do cemitério onde todos os Bowie estavam enterrados desde o século XVI. Algumas pessoas brincavam na água e outras tomavam sol deitadas na grama. Matt se balançou numa corda por cima do lago e cantou à tirolesa enquanto estava no ar, antes de cair na água. Nós estendemos as toalhas por cima dos túmulos aquecidos pelo sol e tiramos os shorts.

— Vou entrar — falou Sassy. Ela correu direto para a água e gritou: — Jerônimo! — Então mergulhou.

— Ela sempre está com calor — comentou Jane. — Eu preciso me esquentar um pouco primeiro.

Jane, Bridget, Claire e eu fomos até um local ensolarado depois das árvores e estendemos as toalhas no chão. No fim da fileira de pessoas que tomavam sol estava Bibi D'Alessandro e mais algumas garotas da turma de Jane. Bibi tinha conseguido o melhor lugar de todos, a lápide de Eliza Bowie. Quando o sol bate lá, é como se a pessoa estivesse deitada numa mesa de mármore quentinha. Bibi era a melhor amiga de Jane, mas elas brigaram por algum motivo, não lembro qual foi. Tenho certeza de que foi culpa de Jane.

Algumas garotas do colégio Radnor estavam deitadas na minha frente, com Lily Hargrove no meio. Não sou amiga de Lily, mas todo mundo sabe quem ela é. É naturalmente magra, tem cabelos castanhos e sedosos e olhos amendoados misteriosos, mas acima de tudo tem uma *coisa* — não sei exatamente o que é, mas é como se a pessoa *apenas por saber* que é atraente ficasse ainda mais atraente.

Eu não tenho essa coisa. Tenho a impressão de que minha aparência tem algo de antiquado, e não de uma maneira boa. Tem garotos que me acham bonitinha, mas as senhoras ficam loucas quando me veem. Não você, Poderosa, mas todas as outras senhoras do mundo. Elas sempre se aproximam de mim para dizer o quanto sou bonita. É a minha pele: elas adoram a minha pele pálida e rosada. Os garotos não prestam atenção em pele. Nunca ouvi um garoto dizer:

— Ei, olha só a pele daquela gata.

Na nossa piscina, tem uma garota chamada Kelsey Mathers que tem acne, mas todos os garotos ficam babando por ela mesmo assim. Uma vez eu falei das espinhas de Kelsey para Sully e ele disse que não sabia do que eu estava falando.

— Espinha? Olha só a bunda dela!

(Eu ia escrever "nádegas" em vez de "bunda" em respeito à sua sensibilidade delicada, mas se fizesse isso não ia parecer que era Sully falando, ia?) Acho que uma boa bunda cega os garotos em relação a outras coisas.

Desculpe se a senhora está achando isto vulgar, Poderosa, mas decidi que se é para fazer uma confissão para você, devo ser completamente honesta e contar tudo, até coisas que a senhora não gostaria de saber.

Cumprimentei as garotas do colégio Radnor. Elas estreitaram os olhos para mim, protegendo-os do sol.

— Ah, oi — disse Phoebe Fernandez-Ruiz.

Ela tirou o lenço vermelho do cabelo. Lily Hargrove virou o rosto para as pessoas que nadavam na água.

Brooks e o amigo dele Davis Smith saíram do lago e se aproximaram da gente, pingando. Senti Claire ficar tensa atrás de mim. Tenho a impressão de que ela gosta de Brooks. Muitas garotas gostam de Brooks. Eu mesma tinha a maior queda por ele, em segredo. Pelo menos achava que tinha. Gostava de brincar com ele quando éramos crianças, nos piqueniques de família ou nas caças aos ovos de Páscoa, até quando a gente fez uns 10 anos e ele não quis mais saber de brincar com meninas. Foi então que passei a sentir um pouco a falta dele e a pensar nele. O fato de a senhora e Ginger ficarem sempre falando dele como se um dia nós dois fôssemos nos casar não ajudava em nada.

Se a pessoa olha para Brooks com mais atenção, percebe que ele não é tão bonito assim, sabe, mas ninguém olha para ele com muita atenção. Quer dizer, se alguém mostrasse a foto dele para uma garota que não o conhece, talvez ela desse de ombros e dissesse: "Nada de mais." Só que todo mundo que o conhece entende. Eu meio que já consigo ver as partes da cabeça onde ele vai ficar careca daqui a uns vinte anos, talvez dez. Consigo ver como ele vai ser como adulto: charmoso e o tio ou pai preferido de todo mundo, o tipo de pessoa que ainda usa o terno de tweed da universidade e gosta de velejar e escreve poesias para ocasiões especiais, como o jantar da véspera do casamento da filha ou o batismo de seu primeiro neto. Eu não sei por que isso é tão atraente, mas é. A pessoa consegue olhar para Brooks Overbeck e enxergar o futuro, um futuro brilhante e sem problemas, cheio de festas e viagens e pessoas radiantes da Ivy League. Bem como a sua vida e a vida dos meus pais e a vida dos pais dele. Acho que é por isso que tantas garotas gostam dele. Quem não ia gostar de ter uma vida assim?

Davis beijou Lily e ela disse:

— Eca, Dave, você está me molhando toda.

Brooks balançou o cabelo como um labrador, fazendo a água respingar na gente. Todas nós gritamos alegremente, exceto Jane, que pôs os óculos escuros e deitou de barriga para baixo, suspirando irritadamente.

— E aí, garotas? — disse Brooks. — Que bom ver o clã dos Sullivan saindo de casa.

O pai de Brooks sempre diz "E aí?" e agora Brooks sempre diz "E aí?" também. (Não acha isso irritante?)

— Nem comece — murmurou Jane.

— Você não precisava ter vindo — falei para ela.

— Eu queria nadar.

— Então vá nadar.

— Vou, sim. Vamos, Bridget. — Ela se levantou, deu um pequeno chute em Bridget e andou petulantemente em direção à água, onde Sassy e outras pessoas brincavam de briga de galo.

— Ah, não — disse Lily. — Lá vem aquela periguete do St. Haggie.

Eu me irritei, pois as garotas do colégio Radnor sempre chamam a gente de periguete só porque somos de um colégio católico. Por alguma razão os garotos acham isso sexy e as garotas de Radnor ficam com ciúmes. Olhei para trás para ver quem era a "periguete" que se aproximava.

Shea Donovan. Que é mesmo uma periguete.

Shea se aproximou de nós, atravessando o cemitério de chinelos, short curto e uma camiseta rasgada na altura das costelas por cima de um biquíni cor-de-rosa. O cabelo loiro-escuro estava no rosto e seus olhos estavam cobertos por óculos escuros estilo aviador. Como sempre, ela estava levemente encurvada, com a cabeça abaixada de um certo jeito, pronta para se encolher, como um cachorro que está acostumado a levar pancadas.

— Ouvi falar que ela está saindo com um cara que tem, tipo, 30 anos — disse Phoebe.

— É verdade isso? — perguntou Lily para mim.

Como se eu fosse saber.

— Talvez. Eu não a conheço muito bem.

— Ela ficou com todos os garotos do time de lacrosse do colégio T&A — disse Phoebe.

Shea chegou, então a fofoca parou. Ela deu uma olhada no local procurando algum rosto amigo.

Sassy saiu correndo da água e pegou sua toalha.

— A água está ótima! Oi, Shea. Venha se sentar com a gente e tomar sol.

— Tá. — Shea estendeu a toalha perto da de Sassy.

Ela é meio que bonita de um jeito esquisito; o nariz e a boca não ficam muito no meio do rosto. Mas as garotas do colégio não a acham bonita. A única amiga dela é uma outra periguete, Caitlin, que usa muito lápis de olho. Tem alguma coisa a respeito delas... parecem contagiosas, como se a pessoa pudesse pegar a tristeza delas só de ficar perto das duas. Não sei por que fico com essa sensação. Talvez elas não sejam nada tristes.

Após nadar um pouco, Jane voltou para a toalha dela, com Bridget logo atrás.

— Tá o maior frio — grunhiu Jane. Ela sentou com a bunda gelada na minha barriga.

— Ai. Sai de cima de mim. — Eu a empurrei. Como já estava molhada mesmo, imaginei que valia a pena nadar. — Quer entrar na água? — perguntei para Claire.

— Quero.

Nós nos levantamos e mergulhamos. O frio da água me fez despertar. Nadei uns cem metros até a plataforma de madeira que estava ancorada longe da terra, deixando o sol penetrar nos meus ossos. Mais longe na água, escutei gritos e risadas. Não parecia nada fora do normal. Pensei que talvez alguém tivesse feito alguma maldade com Shea.

Quando Claire e eu voltamos para as margens, logo percebemos que tínhamos perdido alguma coisa. Olhei para Shea, mas ela estava observando de longe. Bibi era o centro das atenções. Ela estava andando em direção à estrada, com sangue pingando do nariz. Brooks, logo Brooks, estava indo atrás dela. Os amigos dele e as garotas de Radnor estavam rindo, e Jane e Bridget se acotovelavam nas toalhas, dando risadinhas. Olhei logo para Jane. Para mim, ela era sempre a primeira suspeita.

— O que aconteceu?

— Ah, somente Bibi dando uma de Bibi — disse Jane. — Você sabe como ela é.

— Na verdade, não — respondi. — Ela é sua amiga.

— Ela era minha amiga — corrigiu Jane.

Brooks voltou da estrada franzindo a testa. Bibi tinha ido embora, envergonhada. Ele abriu um cooler e tirou uma melancia gigantesca.

— Quem quer? É a última da estação. — Ele a soltou no chão, fazendo-a se despedaçar. Davis pegou um pedaço e deu uma mordida. Brooks distribuiu os pedaços entre os outros e logo todo mundo tinha suco rosa escorrendo da boca e cuspia sementes. Simples assim. O que quer que tivesse acontecido, ele já tinha superado. Era parte do seu charme.

Mas será que isso era suficiente para mim?

Bem, era exatamente essa a questão, não era?

TRÊS

NA SEMANA SEGUINTE, FUI DE CALÇA JEANS PARA A AULA DE leitura dinâmica, tentando parecer mais com uma universitária, mesmo sabendo que não ia adiantar por causa da semana passada. Quando cheguei na sala, o garoto de cabelo de alcaçuz ainda não tinha chegado, então me sentei no mesmo lugar. Ele chegou um pouco antes de a aula começar e sentou atrás de mim novamente. Eu conseguia sentir o calor. Minhas bochechas e meu nariz ficaram muito quentes, e eu sabia que eles provavelmente estavam vermelhos. Odeio quando isso acontece.

A professora testou nossas velocidades de leitura mais uma vez — o plano dela na verdade era fazer isso toda semana — e dessa vez o meu resultado foi bem menos vergonhoso. Eu me virei para acenar o papel vitoriosamente no rosto do meu atormentador.

— Bom trabalho — disse ele. Então mostrou seu resultado para mim, que era ainda mais alto do que o da semana anterior.

Desta vez, no entanto, ele havia escrito o nome no papel. Robinson Pepper. Será que tinha feito isso de propósito para que eu visse? Anotei meu nome no papel e mostrei para ele.

— Oi, Norris — disse ele.

— Oi, Robinson — respondi. — Todo mundo me chama de Norrie.

— Todo mundo me chama de Robbie.

Suspirei alegremente. Estava tão contente por ter um nome oficial para ele. Agora as coisas podiam começar de verdade. O destino podia começar a agir.

Só quero esclarecer logo que eu não pensei conscientemente: “O destino vai poder começar a agir.” Não estava planejando um golpe de Estado nem nada do tipo. Mas, ao me lembrar disso, consigo perceber que foi naquele momento que minha vida mudou de direção. Também gostaria de acrescentar que estou me referindo ao DESTINO, não a uma escolha. Não ao livre arbítrio. Era algo que estava além do meu alcance. Não estou dizendo que não escolhi fazer o que fiz — só estou dizendo que eu não estava me guiando naquela direção de propósito.

Depois da aula naquela noite, Robinson Pepper perguntou se eu queria tomar um café. A aula de leitura dinâmica era nas terças à noite e eu tinha dever de casa para fazer, mas e daí?

Fomos até um café no campus universitário, que estava cheio de alunos da Hopkins dando um intervalo nos estudos. O que segue é uma reencenação do que me lembro da nossa conversa e do que escrevi no diário mais tarde aquela noite.

— O que significa SMPS? — perguntou Robbie para mim.

— Hã? — Ah, claro, o monograma no meu uniforme. Demorei um segundo para perceber o que ele estava perguntando. — Adivinhe.

— Sociedade das Mulheres Presunçosas e Sovinas?

— Quase. St. Margaret's Preparatory School.

— Ah. E é um colégio bom?

— Se você for católico, sim. Você não deve ser daqui.

— Porque, se eu fosse, conheceria todos os colégios?

— Claro.

— Não, sou de Nova York. Estou aqui fazendo pós-graduação.

— Meu irmão mora em Nova York.

— Então eu com certeza o conheço. Qual o nome dele?

— Sinjin. St. John.

— Humm. Ele é um santo?

— Não. Meu pai escolheu esse nome em homenagem à universidade onde ele estudou. St. John's, em Annapolis.

— Não é aquela universidade estranha na qual todo mundo tem que aprender matemática e grego clássico?

— É, sim.

— E o que St. John faz em Nova York?

— Ele é um poeta filósofo.

— Ah. Uma espécie em extinção. Antigamente tinha muitos desses lá.

— Sei que parece ridículo.

— Não, não parece.

— O que você está estudando na pós-graduação?

— Sua vez de adivinhar.

Eu o observei. O cabelo dele não era nada tradicional, então nada de administração, direito ou medicina. A camisa oxford e a calça jeans lhe deixavam com um jeito mauricinho bem sutil, então não era *nada* de artes também.

— Letras?

— Teoria cinematográfica. Praticamente a mesma coisa.

— Por que está fazendo o curso de leitura dinâmica?

— Porque tenho muita coisa pra ler. E você?

— Mesma coisa. Por que mais a gente estaria aqui?

— Exatamente.

Houve uma pausa constrangedora enquanto tomávamos um gole de café. Naquela época eu não costumava tomar café à noite, então me perguntei como aquilo me afetaria. (Cinco horas depois, quando eu estava acordadíssima, encarando o teto, obtive resposta.)

Tentei não ficar olhando tanto para Robbie, mas era muito divertido olhar para ele. Tem olhos bem brilhantes — são olhos felizes, como os do Papai Noel — e a boca sempre se mexe, então a expressão no rosto muda de poucos em poucos segundos. Quase sempre são expressões agradáveis, de uma variedade incrível. Eu não sabia que um único rosto podia ter tantas expressões de felicidade diferentes. A cor da pele dele é bem harmônica — algo entre carvão, marrom e bronze, com os lábios vermelhos formando um belo contraste. Ele também não parava de olhar para o meu rosto, e claro que eu pensei que ele devia estar gostando por causa de todas as expressões felizes que apareciam em seu próprio rosto. Estávamos enviando sinais um para o outro silenciosamente. Isso nunca tinha me acontecido antes com outra pessoa, muito menos com um garoto.

Eu poderia ter passado a noite inteira lá, sem dizer absolutamente nada, mas Robbie quebrou o silêncio.

— Eu vou muito ao cinema, sabe, por causa dos meus estudos.

— Faz sentido — falei.

— Eu disse isso porque estava querendo saber se você gostaria de ir ao cinema comigo algum dia. Você poderia ir? Ou isso criaria algum problema? Não quero criar problemas pra você.

— Que filme?

— Humm, vejamos... que tal *Um corpo que cai*? Está tendo uma mostra dos filmes de Hitchcock no Charles Theater este mês.

Eu disse que sim. Nunca tinha visto *Um corpo que cai* antes, mas St. John tinha um pôster do filme no quarto. Sully trocou por um pôster do Yeah Yeah Yeahs ao se mudar para lá.

— Tem certeza de que não vai ser nenhum problema? — perguntou Robbie.

— Por que seria?

Agora ele não estava mais querendo olhar para mim. Brincou com o guardanapo constrangidamente.

— Bem, St. Margaret's Preparatory School não é um colégio?

— É.

— O Programa de Cinema da Johns Hopkins University é uma pós-graduação — disse ele.

— E? Está se gabando disso, é?

— Não, mas como você está no colégio e eu, na pós-graduação, suponho que haja uma grande diferença de idade entre a gente.

— Quantos anos você tem? — perguntei.

— Vinte e cinco. E você?

Vinte e cinco! Caramba. Será que eu devia mentir?

— Dezessete. — Não consegui mentir para ele.

Robbie franziu a testa.

— Estava esperando que você tivesse pelo menos 18. Tinha a impressão de que muitas colegiais chegam a ter até 19 anos esses dias.

— Lamento desapontá-lo. Mas vou fazer 18 em novembro.

— Talvez a gente não devesse ir ao cinema juntos.

— Por que não? Existe alguma lei que impeça garotos de 25 anos de irem ao cinema com garotas de 17?

— Não exatamente. Mas seus pais não iriam se incomodar?

— Não sei. Eles são meio imprevisíveis. — Não sabia o que Ginger e Paizão achariam de Robbie. Eles viviam em seu próprio mundo. A diferença de idade talvez até incomodasse os dois, mas também era possível que eles nem percebessem. Paizão tem mais costume de não gostar de quem não acha interessante. Ele gosta dos "aristocratas da mente". Ginger é mais uma espécie de esnobe local: as pessoas de que mais gosta são aquelas que conhece desde que nasceu. Robbie parecia um belo candidato para um aristocrata da mente, mas, como ele não era de Baltimore, era difícil que Ginger tivesse sido melhor amiga da mãe dele no jardim de infância. Só me restava torcer para que elas tivessem feito parte da mesma irmandade na universidade. — Por mim, a gente tenta primeiro e depois vemos o que eles acham.

No rosto dele apareceram umas cinco expressões de alegria.

— Você é uma garota aventureira. Percebi isso no segundo em que a vi.

Nunca tinha me considerado nem um pouco aventureira. Eu era a garota certinha e sem graça que nunca se metia em apuros e só tirava A. A irmã mais velha mandona e responsável. No entanto, assim que Robbie disse aquilo, eu percebi que sou, sim, aventureira — assim como você, Poderosa. Mas tem levado um certo tempo para as pessoas se acostumarem a pensar em mim dessa maneira.

QUATRO

✉ ✉ ✉

COMO SEMPRE, JANE E SASSY ESTAVAM ME ESPERANDO NO meu quarto quando cheguei em casa naquela noite.

— Está congelando aqui dentro — falei.

Jane tinha aberto a janela para fumar, claro. Agarrei o cigarro de cravo da mão dela, joguei-o lá fora e fechei a janela.

— Ei, eu estava fumando aquilo — reclamou Jane.

— Você podia ter incendiado a casa inteira fazendo isso — acrescentou Sassy.

— Esta família não tem nenhum respeito por privacidade — falei. — Toda vez que chego no meu quarto, tem um monte de gente aqui.

— Não somos gente — disse Sassy. — Somos nós duas.

— O Quarto da Torre sempre foi o local oficial do nosso clube — disse Jane. — Sempre foi assim, desde St. John.

— As coisas mudam — argumentei. — A nova regra diz que a pessoa tem que pedir permissão antes de invadir isto aqui e encher o lugar de fumaça de cravo.

— Esse curso de leitura dinâmica está embaralhando sua cabeça, Norrie — disse Jane.

— Vocês se lembram daquela escada de corda que St. John tinha, para os amigos dele poderem subir aqui e fazer festas de madrugada? — perguntou Sassy. Era comum ela ficar um pouco atrasada no meio de uma conversa. — O que aconteceu com aquilo?

— Ele levou para a universidade — respondi. — Talvez esteja com Sully.

Depois percebi que a escada talvez voltasse a ser útil. Se eu ou outra pessoa — eu não estava pensando em ninguém em particular — precisasse entrar e sair às escondidas do meu quarto, por exemplo. Abri novamente a janela e fiquei olhando para a escuridão lá embaixo, a quatro andares do chão. É incrível o fato de nenhum dos amigos bêbados de St. John ter caído e quebrado o pescoço.

— Olha só para ela, Sass — disse Jane, balançando a cabeça para mim. — Não acha que está diferente esses dias?

Eu me virei para Sassy, deixando que me observasse com mais atenção.

— É verdade — disse Sassy. — Norrie, você agora tem maçãs do rosto.

Fui até o espelho. Sassy tinha razão. No verão passado — da última vez que prestei atenção — eu ainda tinha bochechas inchadas de criança, e agora havia ângulos proeminentes no meu rosto. Eu estava começando a ficar um pouco parecida com Ginger. Ainda não sei exatamente o que acho disso.

— Devo ter perdido peso. — Passei a mão no rosto.

— É o curso de leitura dinâmica — disse Jane. — Aconteceu alguma coisa nesse curso que mudou você para sempre, e agora dá para ver isso no seu rosto.

— O que aconteceu no curso? — perguntou Sassy.

— Ela não quer contar pra gente — disse Jane.

— Quero, sim — falei. — Mas ainda não.

— O quê? — Sassy começou a pular na cama. — Você tem que contar pra gente! Agora!

— Não.

— Deixa eu adivinhar — disse Sassy. — Você conheceu um garoto!

— Não, não conheci — rebati. — Como você soube?

— Palpite — disse Sassy. — Em toda a história, as grandes mudanças sempre começam com uma garota conhecendo um garoto.

— Que mentira — disse Jane. — Elas sempre começam com alguém sendo assassinado.

— Mas a história do assassinato começa quando o garoto e a garota se conhecem — afirmou Sassy.

— Não, não é o amor que dá início aos problemas. É a ganância — argumentou Jane.

— Calem a boca — falei.

— Norrie! — Sassy pareceu ficar chocada. A senhora sabe como Ginger é: ela tem um ataque de convulsões se algum de nós diz "cala a boca", "bumbum", "pinto" ou "meleca" na presença dela. Prefere que a gente fale palavrões a essas expressões de crianças malcriadas dos subúrbios. Fomos criados para achar essas palavras chocantes.

— Desculpe — pedi. — É que cansei de ouvir vocês duas falando de mim como se eu estivesse prestes a iniciar a Terceira Guerra Mundial. Sassy tem razão. Eu conheci um garoto.

— Sabia — disse Sassy.

— Que puta surpresa — ironizou Jane.

Mas Sassy ficou animada.

— No curso de leitura dinâmica? Quem é ele?

— O nome dele é Robinson Pepper — falei para elas. — Não é o nome mais encantador que vocês já ouviram?

— Robinson Pepper? — perguntou Jane.

— Que picante! — disse Sassy. — Onde ele estuda? No T&A?

A senhora chamava o colégio St. Thomas Aquinas de "T&A" na sua época, Poderosa? A senhora chamava os garotos que estudavam lá de "T&Asnos"?

Imaginei que não.

— Graças a Deus, não — respondi. — Ele estuda na Hopkins.

— Um universitário?

— Não exatamente.

A campainha tocou. Ginger tem um botão ao lado da cama que faz a campainha no Quarto da Torre tocar; é um resquício de quando tinha uma empregada dormindo aqui. Não sei o quanto ela costumava acionar a campainha quando St. John e Sully moravam aqui, mas ela com certeza adora me irritar fazendo isso.

— Ginger deve ter ouvido a gente aqui em cima — disse Jane. — É melhor checarmos o que ela quer.

Eu me ergui da cama com esforço. Ginger quase nunca quer alguma coisa interessante ou importante. Quase sempre é algo do tipo: "Você viu meu robe de seda chinesa?" ou "Seja boazinha e coce minhas costas" ou "Querida, você está sentindo cheiro de fumaça?".

— Eu sei o que ela quer — disse Sassy. — Brooks ligou esta noite.

— Xiii! — exclamou Jane. — O Solteiro Número Um.

Desde que nos conhecemos (desde que nascemos), Brooks nunca ligou para minha casa — aquela noite foi a primeira vez. Ele já tinha me mandado mensagem de texto ou e-mail, ou até ligado para o meu celular para avisar de alguma festa. Então eu estava quase certa de que isso tinha a ver com o Baile de Debutantes. Ainda era setembro, mas imaginei que ele já estava entrando em ação, como um bom acompanhante deveria fazer. A sua amiga Mamie o criou bem, Poderosa.

— Podia ser pior — disse Sassy.

— Discordo — rebateu Jane. — Brooks Overbeck é totalmente entediante.

— Eu acho ele legal — disse Sassy.

— Exatamente.

A campainha soou outra vez.

— É melhor ir ver o que ela quer antes que ela venha até aqui — disse Jane, apagando o segundo cigarro.

Desci para o quarto de Ginger e Paizão. Ginger estava sentada na cama, encostada em centenas de travesseiros, retinindo os braceletes e lendo uma Vanity Fair. Paizão estava lá embaixo, no escritório, escrevendo uma monografia sobre as imagens de virgindade nas pinturas do fim da Idade Média.

— Você tocou a campainha? — perguntei.

— Sim, querida, não sabia se você já tinha chegado. Queria lhe contar que Brooks Overbeck ligou querendo falar com você esta noite.

— Você podia ter deixado um recado na mesa da cozinha.

— Eu sei, querida, mas queria ter certeza de que você receberia o recado. — Ela espiou o relógio em seu criado-mudo. — Agora já está tarde para ligar de volta, mas pode fazer isso amanhã depois do colégio. Não ligue para ele do colégio pelo celular; é falta de educação.

— Por que é falta de educação? — perguntei. Ginger inventou sua própria etiqueta em relação a novas tecnologias como mensagens de texto e e-mails. Ela criou um monte de regras que só ela obedece e conhece. — Não seria uma falta de educação maior ainda eu esperar o dia inteiro para retornar a ligação?

— Agora que mencionou isso, não ligue do celular de jeito nenhum — disse Ginger. — Não é bom dar a impressão de que está afobada demais.

— Não se preocupe, não estou. — As palavras simplesmente saíram da minha boca. Até eu fiquei surpresa. Algumas semanas antes, teria ficado bem entusiasmada se recebesse uma ligação de Brooks.

— Não? Mas, querida, você precisa de um par para o Baile de Debutantes, e não consigo pensar em ninguém melhor do que Brooks. Não está animada com isso?

— Não tenho certeza se quero ir ao Baile — falei para Ginger.

Ela soltou a revista, horrorizada.

— Não quer ir? Querida, você tem que ir! É a garota mais velha da família! Ainda não tivemos nenhuma debutante, e você já está querendo desistir?

— Eu não vejo muito sentido no Baile.

— Mas tem sentido, sim, e muito — disse Ginger. Em seguida, parou de falar.

— E então? — perguntei. — Qual é o sentido?

— Tradição. Gerações diferentes. Tudo isso. Para que serviram todas aquelas aulas de dança no estúdio da Senhora Claremont? Se você não for, a Poderosa vai ficar muito desapontada. E ninguém quer que isso aconteça.

Suspirei. Não sei se já percebeu, mas a senhora é usada como ameaça na nossa casa com bastante frequência.

— Não quero desapontar ninguém — falei. — Mas não estou muito animada para ir.

— Não está animada? Ah, que peninha. — Ela resistiu e não encenou uma menininha chorando e esfregando os olhos. Pelo menos isso. — Coitada da Norrie. Você será a garota de maior destaque nessa temporada. Especialmente se seu par for Brooks. Espero que você ligue pra ele amanhã, docinho.

É só uma festa, eu disse para mim mesma. É só uma festa.

Nem sempre pensei isso a respeito dessa coisa do baile, juro. Quando eu era mais nova, adorava a ideia de dançar valsa e foxtrote com belos garotos de fraque. Adorava praticar minha reverência de vestido e luvas brancos. No entanto, em algum momento o Baile de Debutantes perdeu seu encanto para mim. Eu conheço todas as pessoas — os garotos, as outras garotas, os "solteiros", as socialites mais velhas — bem demais. Talvez fosse esse o problema.

Eu queria estar mais entusiasmada, realmente queria. Ficava até preocupada com isso. E ficava preocupada com Brooks também. Eu gostava dele. Ainda gosto. Mas toda vez que estamos juntos me sinto distante, como se estivesse me observando ao lado dele em vez de simplesmente estar ao lado dele.

— Ligue para ele amanhã — repetiu Ginger, olhando para as páginas de sua revista num transe de luxúria.

Saí do quarto dela e voltei lá pra cima, onde minhas duas comparsas me aguardavam.

— Era sobre Brooks? — perguntou Jane.

— Era. É para eu ligar pra ele. — Eu me deixei cair na cama, batendo a cabeça no pé de Sassy.

— Mas e Robinson Pepper? — perguntou Sassy.

— Pois é, e ele? — falei.

Naquele momento, eu não sabia o que aconteceria, Poderosa. E ainda não estava planejando nada. No entanto, admito que já estava com a sensação de que o caminho até o Baile de Debutantes não seria tão tranquilo quanto eu pensava.

CINCO

DESOBEDECI GINGER E LIGUEI PARA BROOKS DO COLÉGIO NA tarde do dia seguinte. Claire queria me ajudar.

— Mantenha suas opções em aberto, é só isso que estou dizendo — aconselhou Claire. — Eu daria tudo para Brooks Overbeck me ligar. Você só não está tão animada porque sua mãe gosta dele.

— E você não acha que isso é um alerta vermelho? — perguntei. — De que tipo de garoto as mães gostam? Elas nunca gostam de um garoto interessante ou mais empolgante. Sempre gostam dos bonzinhos. Os que tratam bem os pais; e isso é a coisa mais fácil de se fingir.

— Mas liga e vê o que ele quer, só isso — sugeriu Claire. — Você não precisa topar qualquer coisa que ele disser.

Peguei o celular e liguei para Brooks. Ele não atendeu. Provavelmente estava no meio de uma aula. Deixei uma mensagem: "Oi, Brooks, é Norrie. Minha mãe disse que você ligou ontem à noite então eu, hum, estou ligando de volta. Tá, tchau."

— Que boba — disse Claire.

— O que foi?

— Você é uma boba.

Fomos para a biblioteca ler revistas. Estava no meio de um artigo sobre como sobreviver a uma invasão alienígena

— não que eu estivesse preocupada com isso, mas gosto de estar preparada para qualquer tipo de coisa — quando senti meu telefone vibrar.

— É ele — informei a Claire.

— Atende — ordenou ela.

Levei o telefone para fora da biblioteca.

— Alô?

— Oi, Norrie, e aí?

— Brooks? — Quem mais seria?

— Sim, sou eu. Como você está?

— Bem. E você?

— Também.

— Então, você me ligou ontem à noite?

Claire se materializou ao meu lado para escutar a conversa e me acotovelar.

— Aham — disse ele. — Vai ter um negócio no meu colégio este fim de semana, tipo um baile. Você quer ir comigo?

— Hum... — Um baile no colégio Holman? Eu não sabia se seria legal ou insuportável. — Quando? — Eu tinha prometido que veria *Um corpo que cai* com Robbie no sábado à noite.

O cotovelo ossudo de Claire me cutucou duas vezes. Ai.

— Sexta à noite. A gente não precisa ficar lá se estiver chato. Vai ter uma festa depois na casa de Ryan Gornick.

— Sexta?

Claire fez sim com a cabeça empolgadamente, indicando que era para eu aceitar.

— Tá bom, claro.

— Ótimo. Vou buscá-la na sua casa às 8 horas. Não é nenhum baile formal nem nada do tipo.

— Tudo bem — falei. — Até lá.

— Ciao.

Ciao? Eu desliguei.

— O que ele disse? — perguntou Claire.

— Ele disse "ciao" — contei. — Quando foi que ele começou a dizer "ciao"?

— Não sei. Deve ser uma fase. E?

— Ele disse "ciao". Em vez de "oi", ele diz "e aí?". E em vez de "tchau", ele diz "ciao".

Claire franziu a testa impacientemente.

— Brooks convidou você pra sair?

— Ele me convidou para o baile do colégio Holman na sexta à noite.

— Com o pessoal da Lily Hargrove. Vai ser divertido.

— Está sendo sarcástica ou falando sério?

— Não sei. O que foi? Você não parece muito animada com o encontro.

— Acho que ele está me convidando pela razão errada.

— Brooks gosta de você. Que outra razão teria?

— Ele pode estar sendo obrigado pelos pais a me convidar — falei. — Assim como eu estou sendo obrigada pelos meus pais a aceitar.

E era o que eles estavam fazendo, por sua causa, Poderosa. Porque a avó de Brooks é sua melhor amiga e porque vocês planejam isso desde que nasci.

SEIS

ÀS 20 HORAS, BROOKS CHEGOU EM SEU BMW. ENTROU PARA dizer "e aí?" para meus pais, que estavam saindo para jantar. Paizão apertou a mão dele calorosamente e Ginger lhe deu dois beijos no rosto. Sassy e Jane ficaram lá na varanda, olhando.

— Está pronta? — perguntou Brooks.

Tenho que admitir que ele estava bonito. Tem feições bem simétricas e dentes alinhados. Eu tinha acabado de ler que feições simétricas e proporcionais são consideradas bonitas de uma maneira universal. Então, independentemente do que achasse de Brooks como pessoa, eu estava geneticamente programada para achá-lo atraente. Fico ofendida com isso.

— Tchau, pessoal — disse Sassy, com a voz insinuando alguma coisa.

— Se divir-taaaam — falou Jane, mais sugestivamente ainda.

— Ciao, garotas — disse Brooks.

— Tchau — respondi para minhas irmãs. — Divirtam-se vendo TV dentro de casa e mandando mensagem para suas amigas.

— Ah, vamos nos divertir sim — disse Jane.

Fomos embora e entramos no carro. Era uma noite bonita e quente. O teto do conversível estava abaixado. Eu estava usando vestido — nada muito elegante, pois o baile não era formal — e um cardigã adornado com contas. Brooks estava de calça jeans, camisa de botão e um blazer azul, sem gravata. Era estranho estar sozinha com ele dentro de um carro. Eu não sabia o que dizer. Olhei para a mão dele na marcha e o olhar nos pelos dourados em seus dedos. Quando foi que Brooks ficou tão peludo?

— Então, você anda tendo aulas de italiano, não é? — perguntei finalmente.

Ele sorriu.

— Por que acha isso?

— Bom, eu percebi que você tem dito "ciao" sem parar. Não lembro de você fazendo isso antes.

— É só uma coisinha que aprendi em algum lugar.

— Legal.

Chegamos na Holman School e estacionamos no meio dos outros carros reluzentes. Não havia nenhuma banda, só um cara com uma playlist num laptop ligado a alto-falantes. O auditório estava com uma decoração meia-boca — serpentinas vermelhas e uma faixa que dizia FESTA DA COLHEITA DE HOLMAN. Alguns garotos estavam perto de uma mesa comprida, prontos para servir refrigerantes e pizza. A caretice não era de surpreender. Os colégios só para garotos costumam fazer bailes terríveis. Os bailes do St. T&A são os piores. No entanto, eu nunca tinha ido a um baile da Holman antes e estava achando que ia ser um pouco mais legal, afinal Holman é o colégio de garotos mais chique de todos.

Brooks balançou a cabeça de desgosto.

— Daqui a pouco a gente dá o fora daqui.

Eu assenti evasivamente, mas estava aliviada. O baile parecia a sala de espera do inferno.

Brooks me levou até um canto onde os amigos dele e seus pares tinham se exilado. O melhor amigo dele, Davis Smith, estava com Lily Hargrove.

— Gornick já foi embora para comprar barris de cerveja — disse Davis. — Vamos nos mandar daqui.

Lily suspirou e encostou o corpo alto no peitoril da janela.

— Não sei por que vocês ainda se dão o trabalho de fazer estes bailes de mentira.

— Pois é, foi mal, a gente não tem lembrancinhas da Chanel ou arranjos de flores como vocês lá de Radnor — disse Davis.

— Pelo menos o nosso auditório não parece uma lanchonete de hospital — rebateu Lily.

— Aaah, agora fiquei magoado — disse Davis.

— Vocês deviam fazer os bailes fora do colégio, tipo na Biblioteca Peabody ou algo assim — sugeriu Lily, ignorando o tom sarcástico de seu acompanhante.

— A gente vai embora ou não? — perguntou uma garota rabugenta que eu não conhecia.

— O que acha, Norrie? — perguntou Brooks.

— Bem, você quer ficar? — Eu não queria, mas também não queria fazer ele ir embora do baile do próprio colégio em menos de cinco minutos caso ele realmente quisesse ficar mais.

— Você quer? — perguntou ele.

Lily revirou os olhos.

— A gente vai agora.

— Por mim tudo bem — falei para Brooks.

— É que, sabe, eu convidei você para um baile e nós ainda não dançamos nenhuma música.

— Tudo bem — respondi. — Não me importo. — Eu realmente não me importava.

— Eu ficaria mais um tempinho aqui se você quisesse.

— Eu sei.

Todos nós saímos para o estacionamento e voltamos para os carros. Toquei o capô da BMW de Brooks. O motor não tinha nem esfriado.

— Desculpe — disse Brooks. — Eu devia ter imaginado que ia ser a maior perda de tempo.

Fomos até Ruxton. A casa de Ryan Gornick parecia uma fazenda elegante, com um pequeno lago nos fundos e até um moinho de vento. Já havia gente aglomerada ao redor de um barril de cerveja no pátio dos fundos. Eram pessoas que não estudavam em Holman ou que simplesmente não tinham se dado ao trabalho de comparecer ao baile.

O pai de Ryan — concluí que era o pai de Ryan, ele era o único ali com mais de 40 anos, incluindo sua esposa — estava na porta do pátio cumprimentando o pessoal que passava pela porta da cozinha. Estava de calça jeans, tênis e uma camiseta com a frase VIDA DE MALANDRO. Balançava a cabeça no ritmo do hip-hop que tocava nos alto-falantes do lado de fora. A esposa, Ilsa — madrasta de Ryan —, levou uma garrafa de cerveja alemã para ele. Ela estava na casa dos trinta, era alta, tinha pernas compridas e uma aparência vagamente escandinava.

— E aí, doutor Gornick?

— Brooks, cara, que bom te ver. — O doutor Gornick deu um tapinha nas costas de Brooks e apertou a mão dele. — Está jogando futebol esse ano? A gente precisa de você, cara. Quem é essa menina adorável? — Ele sorriu para mim, e seus dentes brilharam com a luz do crepúsculo.

— Essa é Norrie Sullivan — disse Brooks. — Norrie, esse é o pai de Ryan, Dr. Gornick, e essa é Ilsa.

— Oi, Norrie. — Ilsa sorriu para mim afetuosamente.

— Brooks, por favor me chame de Joe — disse o Dr. Gornick. — Sente por aí, relaxe, tome uma cerveja. — Ele gesticulou em direção ao pátio, onde uma brisa fria soprava nas tochas de bambu.

O Dr. Gornick é conhecido por participar das festas de Ryan. Ilsa é psicóloga e gosta de conversar com as garotas sobre autoestima e os sentimentos delas.

Eu me sentei num muro de pedras, e Brooks trouxe um copo de plástico com cerveja para mim. Lily e Davis e mais outras pessoas estavam nas proximidades, aquecendo-se perto do fogão externo.

Aos poucos o pátio foi ficando mais cheio. Um garoto alto e musculoso que eu não conhecia chegou abraçado a duas garotas do meu colégio: Shea Donovan e Caitlin Evers. Ele deu uma olhada no pátio como se estivesse querendo ser admirado, como se quisesse gritar: "Ei, pessoal, cheguei! E trouxe duas vagabas comigo." Shea estava com uma blusa tão desabotoada que dava para ver seu sutiã de renda azul-neon, e Caitlin parecia que tinha tatuado o lápis de olho no rosto.

— Ai, meu Deus — disse Lily. — É Tim Drucker. E olha só quem ele inventou de trazer.

Phoebe Fernandez-Ruiz fez uma careta.

— Por que as garotas de colégio católicos são tão periguetes? — Então ela olhou para mim como se tivesse acabado de lembrar que eu estava lá. — Ops. Desculpa. Claro que eu não estava falando de você, Nora.

— O nome dela é Norrie — disse Brooks, jogando alegremente o copo de cerveja vazio nela para mostrar que não tinha levado a gafe tão a sério.

Ela sorriu e se levantou.

— Vou lá encher seu copo. Nora?

— Não, obrigada.

As pessoas foram ficando cada vez mais bêbadas, especialmente o Dr. Gornick. Ele, Brooks, Davis e Tim Drucker estavam reencenando todos os lances de um jogo de lacrosse do campeonato do ano passado. O Dr. Gornick era bem amigo do pessoal. Quando começava a tocar uma música que conhecia, ele cantava as letras a plenos pulmões. Quando passava uma garota, ele ficava olhando para a bunda dela. Ilsa não parecia perceber. Ela estava sentada na cozinha, conversando abertamente com qualquer garota que estivesse a caminho do banheiro e que ela conseguisse encurralar.

— Quer um brownie? — perguntava ela, estendendo uma bandeja. — Acabei de tirar do forno.

Lily e Phoebe também puxaram assunto comigo.

— Você mora naquela casona que tem a torre, não é? — disse Lily. — Minha irmã mais velha me contou que foi para uma festa secreta lá no Quarto da Torre. St. John desenrolou uma escada de corda e todo mundo teve que subir os quatro andares no meio da noite.

— Eu estava lá — afirmei. — Tinha 12 anos, mas escutei o barulho e entrei escondida. St. John deixou eu ficar.

— Seus pais não escutaram nada? — perguntou Phoebe.

— Acho que não — respondi. — Minha mãe dorme com viseira e protetores de ouvido, e meu pai ronca. Às vezes eles ficam bem desatentos.

— Imagino — disse Lily. — Queria que meus pais fossem assim. Eles parecem guardas de prisão vigiando a gente.

— Que mentira — retrucou Phoebe. — Eles enchem o saco de vocês, mas você e suas irmãs acabam fazendo tudo que querem.

— É porque a gente não tem mais medo deles — disse Lily. — O que eles podem fazer conosco?

— É verdade — concordou Phoebe. — Até parece que castigo é uma ameaça tão séria assim.

Perto do barril de cerveja, o Dr. Gornick pôs o braço ao redor dos ombros de Shea.

— Você é a mais sexy de todas as garotas desta festa, sabia? — disse. Shea balançou um pouco.

— Shea Donovan está bêbada — avisou Phoebe.

— Que surpresa — comentou Lily.

Ilsa saiu da cozinha com a bandeja de brownies, procurando mais vítimas. Ela atravessou o pátio até chegar perto do marido e ofereceu os doces para todo mundo. Em seguida, pôs o braço ao redor da cintura de Shea. O Dr. Gornick soltou-a, e Ilsa levou-a até um banco de piquenique.

— Pelo jeito Ilsa vai atacar Shea com os papos dela — disse Phoebe.

— Ai, meu Deus, coitada — falou Lily. — Onde você se vê daqui a dez anos? Não é bom ficar dependendo de um homem.

— E quem é ela pra dizer isso? — perguntou Phoebe. — Se ela não casou com aquele nojento do Dr. Gornick por dinheiro, é mais louca do que pensei.

— Joe. — Lily a corrigiu. — Chame-o de Joe.

Todas nós rimos. Mas então Ilsa acenou para que a gente se aproximasse.

— Jesus. O que será que ela quer? — perguntou Phoebe.

— Meninas! Preciso da ajuda de vocês por um segundinho. Tem brownies aqui...

— Não aguento mais ouvir falar desses brownies — disse Lily. Mas todas nós nos levantamos e nos juntamos a Ilsa e Shea na mesa de piquenique.

— Estou tentando explicar a Shea que ela não precisa se comportar desta maneira autodepreciativa — afirmou Ilsa.

Eu achava que Shea ia ter um chilique e gritar com Ilsa por humilhá-la na frente de todo mundo, mas ela só ficou sentada e se balançou. Parecia mais do que bêbada, como se tivesse misturado bebida com pílulas ou algo do tipo.

— Essas garotas recebem muita atenção dos garotos, não é, meninas? — Ilsa gesticulou para mim, Lily e Phoebe. — Mas para isso elas não precisam apelar para blusas desabotoadas nem fazer tudo o que os garotos querem.

Shea ficou encarando a gente por debaixo de suas sobrancelhas loiras, como se estivesse tentando entender quem nós éramos.

— Ilsa, acho que ela não está entendendo — disse Phoebe.

— Talvez agora não seja o melhor momento de tentar ensinar uma lição para ela — falei.

— Lição? Não estou tentando ensinar nenhuma lição. Isso aqui é só uma conversa entre garotas. Não é? Um desabafo.

Shea começou a chorar. Ela ficou lá sentada, com as lágrimas escorrendo pelo rosto e o nariz pingando, chorando baixinho. Continuou com as mãos do lado do corpo, sem se dar ao trabalho de limpar o rosto.

— Meu Deus. — Lily olhou para o outro lado.

Ilsa pôs o braço ao redor de Shea.

— Está tudo bem. Coloque tudo pra fora.

— Solte-a — mandei. — Você está fazendo ela passar vergonha. Eu a levo lá pra dentro.

A festa tinha parado. Todos estavam olhando para Shea. Brooks aproximou-se rapidamente.

— O que aconteceu?

— Shea está chateada — falei.

— Shea, quer uma carona? — ofereceu Brooks. — Norrie e eu vamos embora e podemos te deixar em casa, se você quiser.

Shea balançou a cabeça, mas eu não consegui perceber se ela estava querendo dizer sim ou não.

— Onde está Caitlin? — perguntei.

Ninguém parecia saber. Tim Drucker fez um gesto grosseiro e apontou em direção a uma das janelas do primeiro andar.

— Deixa pra lá — disse Brooks. — Caitlin arranja um jeito de voltar pra casa. Vamos tirar Shea daqui.

— Vocês não precisam fazer isso — disse Ilsa. — Está tudo sob controle, pessoal.

Brooks ajudou Shea, que ainda estava chorando, a se levantar.

— Eu realmente acho que é melhor ela ir pra casa.

Ilsa se levantou e parou na frente da gente.

— Jovem, nós somos os adultos aqui, e esta é a nossa casa. Eu trabalho com isso. Pode deixar comigo.

— Sou um homem, cara! — O Dr. Gornick, alheio a tudo, uivava as letras de uma música.

Brooks e eu ajudamos Shea a chegar ao carro. Dei um Kleenex para ela, que finalmente enxugou o rosto molhado.

— Valeu, pessoal — falou ela. — Por alguns minutos parecia que eu não conseguia nem falar. Parecia que tinha uma meia na minha boca.

— Você está bem? — perguntou Brooks.

— Acho que sim. Acho que Tim colocou alguma coisa na minha cerveja.

— Aquele babaca — falei, só que usei uma palavra mais forte do que "babaca". Nós a acomodamos no banco de trás da BMW. — Você quer água ou alguma outra coisa? Tem certeza de que está bem?

Shea balançou a cabeça.

— Sim, estou bem. Parei de tomar a cerveja quando notei o gosto estranho.

— Nós vamos te deixar em casa — disse Brooks. — Onde você mora?

— Em Lutherville — respondeu Shea.

Lutherville não ficava no nosso caminho, mas Brooks não pareceu se importar. Eu também não me importei. Gosto de percorrer as estradas escuras e sinuosas do interior durante a noite. Tem algo de romântico nisso — mesmo com uma garota bêbada desmaiada e roncando no banco de trás. Talvez fosse ainda mais romântico por causa disso.

— Foi muito legal de sua parte socorrer Shea — falei para Brooks.

— Ilsa sempre faz isso, fica tentando dar uma de psicanalista pra cima das garotas no meio da festa. — Ele não olhou para mim, apenas continuou encarando a estrada. — Não é certo.

— Os dois são babacas — falei. — Ilsa e o Dr. Gornick.

— Antigamente eu queria que meus pais fossem tão legais quanto o Dr. Gornick — disse Brooks. — Mas hoje fico feliz por eles serem mais na deles. Quem ia gostar de ver o pai cantando clássicos do rock nas suas próprias festas? E daí se ele dá Valium para metade dos seus amigos?

— O Dr. Gornick dá Valium para o pessoal?

— É o que Tim Drucker diz.

Ficamos em silêncio por alguns quilômetros enquanto a estrada escura se transformava numa área comercial.

— Você tem alguma ideia de qual rua a gente pega? — perguntei.

— Não. É melhor acordar Shea e perguntar.

Balancei-a delicadamente.

— Ei, Shea, como a gente faz pra chegar na sua casa?

Ela gemeu, abriu os olhos e se arrastou até ficar sentada. Então ficou encarando a janela como se não reconhecesse nada da paisagem. No entanto, reconheceu.

— Vire à esquerda na York Road. — Depois à esquerda na Othoridge.

Desabou de novo no banco. Quando paramos na frente da casa de Shea, ela tropeçou para fora do carro e murmurou:

— Valeu, pessoal.

Depois seguiu cambaleando em direção à casa. Ficamos sem enxergá-la por um instante enquanto ela estava no gramado, mas depois ela reapareceu no meio da luz do pórtico. A porta se abriu e ela desapareceu lá dentro.

Começamos a voltar para a cidade; iam ser uns vinte minutos de estrada. Eu não sabia o que dizer para Brooks, então aumentei o volume do rádio.

Quando chegamos na minha casa, ele me deu um beijo na bochecha. Não tentou fazer mais nada, como eu imaginei. Todos sabem que ele é um cavalheiro, e eu tenho que admitir, Poderosa, ele realmente merece a reputação que tem. Mas às vezes acho que ele é mais cuidadoso ainda comigo, pois tenho certeza de que tudo o que acontece entre a gente vai parar nos ouvidos de Mamie e nos seus.

— Obrigado por me acompanhar ao baile mais careta da história — disse ele.

— Já tinha até me esquecido do baile — respondi. — Parece que foi meses atrás.

— A gente ficou lá só por cinco minutos. Acho que batemos algum recorde.

— Bem. Obrigada pela noite agradável.

— Vamos fazer isso de novo algum dia, Norrie. Em breve.

— Tudo bem.

Ele saiu do carro e deu a volta para abrir a porta do passageiro. Em seguida, me acompanhou pelo caminho de concreto até a porta da minha casa. Então me beijou na bochecha mais uma vez.

— Bem, *ciao* — disse ele.

— *Ciao* — respondi. Não sei dizer mais nada em italiano a não ser *abbondanza*, o que não me pareceu muito apropriado.

SETE

✉ ✉ ✉

NA NOITE SEGUINTE, TIVE MEU PRIMEIRO ENCONTRO COM RObbie. Aquele fim de semana foi bem movimentado.

Encontrei Robbie no Charles Theater às 19 horas. Ele não precisou comprar ingressos porque trabalha na sala de projeção e escolhe os filmes das Mostras de Filmes Antigos.

Percebi no pôster que o filme de Hitchcock que estávamos prestes a ver fazia parte da Mostra de Filmes Antigos.

— Foi ideia sua passar *Um corpo que cai* hoje? — perguntei.

— Aham. Estamos fazendo 12 semanas seguidas de Hitchcock.

Entramos para comprar pipoca. A garota atrás do balcão disse charmosamente:

— Oi, Robbie.

Ela nos deu pipoca e refrigerantes de graça.

— Oi, Aileen — disse Robbie. — Essa é Norrie.

— Oi, Norrie. — Aileen sorriu para mim, mas dava para ver que por trás do sorriso havia ou suspeita ou ciúmes ou irritação; era difícil saber qual dos três.

Eu gostei do filme; era meio assustador e sexy. Depois que acabou, ficamos parados desajeitadamente fora do cinema enquanto a multidão enchia a calçada ao nosso redor. Fiquei esperando para ver o que aconteceria em seguida.

— Bem — disse ele. — Acho que agora você precisa voltar pra casa?

— Na verdade, não.

— Não?

— Não. Está tudo bem. — Ginger e Paizão tinham saído, então eu não estava preocupada.

— Ah. Certo. Quer comer alguma coisa?

— Quero! — Não queria ter respondido com tanto entusiasmo, mas não consegui me segurar.

— Você gosta de bouillabaisse?

— *Mais oui!*

— Então me acompanhe. — Seguimos pela Charles Street até a Mulberry e depois para oeste.

— Para onde vamos? — perguntei.

— Maurice's. Já foi lá alguma vez?

— Não, mas sempre quis. — St. John vai lá às vezes. — É verdade que a especialidade deles é avestruz?

— Muah! — Robbie beijou as pontas dos dedos. — É uma *ave*lícia. Você topa provar?

— Talvez — respondi. Depois acrescentei: — *Abbondanza!* — E joguei o braço no ar sem nenhuma razão.

Robbie riu.

— Você é mesmo apaixonada pela vida.

— Normalmente não sou tão energética e feliz, juro. Quer dizer, sou uma pessoa feliz em geral, não depressiva nem nada do tipo, mas tento manter as coisas sob controle...

— Tudo bem, Norrie. Eu gosto disso. Você não acha chato as pessoas serem indiferentes o tempo inteiro?

— Acho, sim. Nunca pensei nisso antes, mas você tem razão. É cansativo

— É extremamente cansativo.

— Se ficarmos amigos, prometo não agir com indiferença — afirmei. — Se eu gostar de alguma coisa, vou falar super bem dela, sem conter o entusiasmo. Se eu odiar alguma coisa, idem.

— Se ficarmos amigos?

— Tá, quando ficarmos amigos. Agora. Somos amigos agora. Eu gosto de você! Tá? Eu gosto de você e não vou fingir que não gosto só para manter o jeito blasé.

Ele não riu. Realmente achei que ele fosse rir.

— Obrigado — respondeu. — Gostei de ouvir isso. Também gosto de você.

— Isso não teve muito entusiasmo — reclamei.

— Você que prometeu não agir com indiferença. Eu, não.

— Não é justo, Robinson Pepper!

— Quando eu estiver mais entusiasmado, você vai saber. Prometo. Agora estou com fome.

— Humm. Eu também.

A vizinhança começou a ficar estranha. Viramos num beco escuro e paramos na frente de uma pequena casa de tijolos de porta cor-de-rosa e persianas azuis nas janelas. A janela principal tinha um vitral. Não havia nenhuma placa. Mas na loja queimada do outro lado da rua *tinha*: CHOP CHOP KARATE SHOP.

Robbie tocou a campainha. Apareceu o olho de um homem numa portinhola.

— Quem é?

— Robbie Pepper. Jantar para duas pessoas?

A porta se abriu. Um velho careca e magro de avental deu uma olhada na gente e nos deixou entrar.

— Por aqui, senhor.

O restaurante era escuro, iluminado apenas com velas. Encostei no papel de parede estampado ao passar. Era um padrão de pele de cobra. Estava tocando Tom Waits baixinho.

— A garçonete já vem atendê-los. — O velho entrou na cozinha e desapareceu.

— Aquele é Maurice — disse Robbie. — Este lugar é da família dele desde a década de 1920. Antes era uma taberna clandestina.

Dei uma olhada ao redor. Havia uma coleção de estatuetas estranhas numa prateleira no canto e esculturas de bronze espalhadas pelas paredes.

Uma garçonete bonita nos entregou os cardápios.

— Oi, Robbie — disse ela.

— Oi, Marissa — disse Robbie. — Esta é Norrie.

Marissa e eu nos cumprimentamos. Achei ter visto o mesmo olhar no rosto de Aileen. Um olhar competitivo.

— Vamos pedir uma jarra de sangria — disse Robbie.

— Desculpe, Robbie, mas Norrie está com a identidade? — perguntou Marissa.

Ele se virou para mim e piscou como se não tivesse entendendo a pergunta. Eu balancei a cabeça negativamente.

— Ah. Certo. Desculpe. Norrie, o que vai querer beber? Que não seja alcoólico, quer dizer.

— Uma coca, acho. — Fiquei me sentindo uma criança. O sorriso convencido de Marissa não ajudou em nada. — Não, um ginger ale.

— Dois ginger ales — disse Robbie.

— Tem certeza de que não quer uma taça de vinho? — perguntou Marissa para ele. — Hoje temos um Sangiovese excelente.

— Não, obrigado — disse ele. — Ginger ale está ótimo.

Marissa deu de ombros, como se dissesse "como preferir, papa anjo", e nós começamos a examinar os cardápios. Meu jeito alegre e entusiasmado tinha ido embora. Eu estava constrangida.

A campainha tocou novamente e Marissa abriu a porta. Um grupo grande entrou no restaurante e foi em direção a uma mesa no canto. Quando eles passaram por nós, um rapaz esguio de cabelo comprido e óculos olhou para nós.

— Robbie!

— Oi, Robbie — disse uma das garotas do grupo.

Robbie me apresentou a eles enquanto Marissa tamborilava os dedos numa pilha de cardápios, esperando impacientemente para levá-los à mesa.

— Esses são Doyle, Katya, Josh, Bennett e Anjali.

— Vocês deviam vir sentar com a gente — disse Doyle.

Robbie olhou para mim.

— Pode ser?

— Claro. — Fiquei curiosa a respeito dos amigos dele e estava torcendo para eles nos salvarem do constrangimento.

Sob o olhar intenso de Marissa, fomos para a mesa do canto e nos esprememos numa cabine redonda. Doyle — o rapaz de óculos — pediu duas garrafas de vinho imediatamente. Marissa fez questão de tirar a minha taça da mesa.

— Larissa Dalsheimer está concorrendo ao Prêmio Sondheim — disse Katya. — Acredita nisso? Ela pinta cenas pornográficas em blocos de brinquedo. Que coisa mais óbvia.

— O trabalho dela é um lixo — comentou Doyle. — Mas ela vai ganhar, você vai ver.

— Essas coisas eróticas sempre ganham prêmios — disse Anjali. — Supostamente é bem subversivo.

— Larissa me deu um desses blocos de brinquedo — falou Josh. — Eu gostei. — Para mim aquilo fez sentido, pois Josh, com seu cabelo loiro bagunçado e bigode irônico de hipster, parecia uma estrela de filme pornô. Uma estrela de filme pornô irônica. Ou pelo menos como eu imagino que deva ser uma estrela de filme pornô irônica, pois eu nunca vi um filme pornô. (Eu juro, Poderosa. Juro!)

— Você provavelmente foi o modelo da peça — disse Doyle.

Josh se recostou e sorriu.

— Não vou confirmar nem negar.

— Não insista, Doyle — disse Bennett. — Assim você só vai dar corda.

Katya é artista e os outros são alunos de pós-graduação como Robbie. Todos têm piercings e tatuagens e cores diferentes no cabelo, tudo de uma maneira blasé de pessoas que fazem parte do mesmo grupo.

— E então, Norrie, você também estuda? — perguntou Katya.

— Sim — respondi, esperando que o assunto morresse. Infelizmente, a expressão no rosto dela indicou que continuava curiosa, então acrescentei: — Robbie e eu nos conhecemos num curso na Hopkins.

— É mesmo? — disse Anjali. — Você parece meio nova para já ter terminado a universidade.

— Hum, pois é, eu sei — respondi. — Todo mundo diz isso.

Robbie riu.

— Ela não terminou a universidade. Está no colégio.

— O quê? — Bennett caiu na gargalhada.

— Robbie! — Anjali ficou boquiaberta.

Fiquei com o rosto queimando de vergonha. Jane chama isso de "Bronze Imediato" — é quando fico tão envergonhada que meu rosto fica todo vermelho.

— A gente acabou de ver um filme juntos — explicou Robbie. — Qual é o problema?

— Não tem nenhum problema — disse Doyle.

Eu tive a impressão de que eles estavam achando que ia ser falta de educação conversar sobre isso na minha frente. E ia ser mesmo. Então eles pararam. Mas eu sabia que retomariam o assunto depois. Para amenizar a situação, tentei:

— E não estamos namorando nem nada do tipo.

Robbie olhou para mim meio constrangido, mas não me contradisse. O que falei era verdade — a verdade literal, mesmo que não fosse verdade em espírito. Conhecer Robbie havia feito maçãs do rosto aparecerem em mim, e isso tinha que significar alguma coisa. Mas não era nada concreto.

Josh serviu o vinho e empurrou uma taça para mim.

— *Josh*... — murmurou Anjali.

— O quê? — Josh abriu um sorriso inocente para mim. Tudo a respeito dele lhe dava uma aparência inofensiva: seu cabelo infantil e cacheado, o corpo de quem faz yoga, a camisa com uma flor rosa. Ele era todo meigo e tranquilo, como diria a Dona Maura. Mas será que era mesmo assim? — Só estou tentando fazer ela se sentir bem-vinda.

Marissa parou ao lado da nossa mesa.

— Estão prontos para fazer o pedido? — Ela olhou para mim primeiro. Eu mal tinha olhado o cardápio, mas não importava. Sabia o que queria.

— Eu vou querer o avestruz.

Pedi o avestruz para mostrar que eu não era uma criancinha com frescuras para comer. O que eu queria mesmo era espaguete, mas isso seria exatamente o que uma criança pediria. Além do mais, eu estava curiosa para saber qual era o gosto de um avestruz. Afinal, agora eu era aventureira.

— Corajosa ela, hein — disse Josh.

— Josh, por que você tem que ser tão babaca? — perguntou Anjali.

— O que foi que eu disse de errado? Isso é alguma coisa feminista? Sou mais feminista do que você jamais será, Anjali.

Anjali revirou os olhos.

— Norrie não se importa, não é, Norrie? — disse Josh. — Ela não quer que a gente a trate de um jeito diferente só porque ela é um pouco mais nova.

Robbie olhou nos meus olhos para ver o que eu estava achando das brincadeiras de Josh.

— Não me incomodo — falei. — Tenho dois irmãos mais velhos.

— Eu disse que ela era durona — brincou Josh.

Uma nova música começou a tocar baixinho, com um acordeão e uma voz masculina cantando em francês.

— Aah! Charles Trenet! — entusiasmou-se Bennet, mudando de assunto habilmente.

— Aznavour é melhor — falei.

Robbie olhou para mim, surpreso. Todos olharam.

— Meu irmão St. John, Paizão e eu fizemos uma batalha dos dois Charles: Trenet contra Aznavour. Ouvimos todos os álbuns deles, um atrás do outro, e votamos. Aznavour ganhou.

Todos ficaram me encarando, boquiabertos.

— Podem fechar as bocas agora — falei.

— Que tipo de colegial conhece Charles Aznavour? — perguntou Bennett.

— Você tem um irmão chamado St. John? — indagou Doyle.

— Quem é Paizão? — perguntou Katya.

— Ele é... meu pai. — Eu nunca tinha percebido antes o quanto aquele apelido era estranho.

— Norrie é cheia de surpresas — observou Robbie.

Acho que eu era tão exótica para eles quanto eles eram para mim.

— Minha avó gosta desses cantores franceses antigos — expliquei. Adoro reconhecer o mérito que a senhora tem nas coisas, Poderosa. — Às vezes ela põe os discos do Aznavour quando vamos lá para... — Eu ia dizer "tomar chá", mas achei melhor não. Depois do colégio, de Paizão, de St. John e da minha familiaridade com músicas pop francesas, eu já tinha sido exótica o suficiente para uma noite. — Para visitar.

— Agora que isso já ficou mais claro... — disse Doyle.

— Você acha mesmo que Aznavour é melhor? — perguntou Bennet para mim. — Sabia que Trenet disse: "Eu faço músicas como uma macieira faz maçãs. Elas surgem de dentro de mim."? É impossível não gostar disso.

A conversa recomeçou, e agora eu tinha meu lugar à mesa. Ainda estava um pouco constrangida, mas era tão divertido escutar a conversa deles que não me importei. Eles eram de lugares diferentes, e o mundo deles era o mundo inteiro, não apenas os poucos quilômetros no norte de Baltimore cheios de colégios particulares e mansões decadentes. Era o mundo inteirinho. Eu me esqueci completamente de Brooks. Foi como se o nosso encontro nunca tivesse acontecido, como se ele nem existisse. Nada existia além daquele restaurante secreto. Eu tinha entrado num mundo novo e deixado o antigo para trás.

OITO

✉ ✉ ✉

JANE, SASSY, GINGER E EU FOMOS TOMAR CHÁ NA SUA CASA depois do colégio na terça-feira. Normalmente gosto de ir tomar chá na sua casa, mas naquele dia foi quando começou A Tensão.

Era uma tarde agradável de outubro e o ar estava começando a esfriar. O gramado de Sherwood Gardens estava ficando marrom, e as árvores que ladeavam a entrada da sua casa estavam perdendo as folhas. Quando chegamos, Bernice estava colocando sanduíches de agrião na bandeja prateada de chá.

— Oi, garotas — disse Bernice. — A Sra. Beckendorf está aguardando vocês na biblioteca. É melhor se apressarem pois vocês chegaram atrasadas e ela está com o humor meio instável.

— Ah, que ótimo. — Ginger tirou um sanduíche da bandeja e colocou na boca.

A senhora é rigorosa com Ginger, mas uma coisa você precisa admitir, Poderosa: não deve ser fácil ter você como sogra.

Adoro sua biblioteca. Todas as semanas eu entro lá e fico maravilhada. Aqueles milhares de livros, os dois andares, e a luz do sol atravessando as janelas altas, fazendo o ar brilhar com as partículas de pó. Pelas portas francesas, avistei Wallace no terraço, movendo plantas de um canto para o outro e observando Raul empilhar as folhas caídas. De vez em quando, Wallace olhava para dentro da casa e nos saudava rapidamente com dois dedos, como se estivesse dizendo "Wallace Beckendorf se apresentando para serviço".

A senhora estava sentada na ponta da mesa de chá, como sempre, com Buffalo Bill no colo. No som, um quarteto de cordas tocava Schubert. Nada de músicas francesas e animadas naquele dia.

Nós a cumprimentamos com um beijo e nos sentamos. A senhora ficou nos fulminando com o olhar por alguns instantes tensos, alisando sombriamente o pelo duro de schnauzer de Buffalo Bill. Finalmente, falou:

— Boa tarde, garotas. Norris. Jane. *Sas*kia. — A senhora sempre pronuncia o nome de Sassy de uma maneira peculiarmente enfática, como se estivesse sentindo um gosto estranho na boca. Não gosta do nome dela? Uma vez ouvi a senhora comentar que Saskia parecia o nome de alguma atriz europeia. Ginger concordou. A diferença é que ela acha isso uma coisa boa. — E Virginia. Que não é mais uma garota e devia começar a se comportar como se soubesse que a meia-idade chegou, não como uma debutante de olhar ingênuo. Sim, a meia-idade chega até para você.

Ginger ficou pálida, mas duvido que tenha ficado surpresa.

— Estou me referindo a esse vestido horrendo — continuou a senhora. — Não acha que uma mulher da sua idade devia ficar de joelhos cobertos?

Talvez o vestido de Ginger até fosse um pouco curto, mas, vamos lá, as pernas dela são bonitas. Ela tirou o guardanapo da mesa e o colocou sobre os joelhos.

Bernice chegou com a bandeja de chá e a senhora serviu Earl Grey para todas nós. Sassy pegou um sanduíche. Apesar de a senhora odiar o nome dela, Sassy é a única de nós que nunca parece se sentir intimidada com a sua presença. Tirando os garotos, claro.

— Virginia, como está o meu querido Alphonse?

— Está muito bem — respondeu Ginger. — Levando a mesma vida tranquila de sempre.

— Bom saber. E, garotas, como vocês estão se saindo no colégio este ano? Saskia?

— Muito bem, Poderosa. — Eu sabia que não era verdade. Sassy estava praticamente reprovada em matemática, mas eu não queria mencionar isso e estragar o seu humor maravilhoso.

— Jane?

— Tudo uma maravilha.

— Percebi o sarcasmo na sua voz, jovem. Não ache que não notei. O seu boletim vai sair em breve e então veremos se tudo está mesmo uma maravilha. Norris, o que está achando de seu último ano no St. Maggie's?

— Até agora tudo bem, Poderosa.

— Ótimo. Bem. Tenho assuntos a discutir com vocês quatro, primeiro com Saskia. Que história é essa de você ser imortal?

Sassy ficou sem reação.

— Onde foi que a senhora ouviu isso?

— Do seu irmão mais novo, Theodore, depois que fiz ele parar de torturar o coitado do Bill aqui. Pode contar.

— Não sou imortal, Poderosa. Quero dizer, provavelmente não. É que passei por vários acidentes recentemente e parece que nunca me machuco.

Eu sabia que um carro tinha atropelado Sassy, mas ela havia contado isso como se não fosse nada de mais, só um susto. E de todo jeito ela parecia bem. Eu não sabia que ela achava que era imortal por causa disso.

— Foi sorte, jovem. Meu conselho é que ela tenha mais cuidado e evite outros acidentes. Você não é imortal, exceto no sentido de que nossas almas vão subir aos céus quando morrermos, graças ao sacrifício do nosso Senhor. Se tivermos sorte. E garotas que blasfemam não são candidatas muito boas para o céu.

— Não, senhora.

Jane passou geleia numa torrada. A senhora ficou com o rosto sério.

— Jane, se não aprender a segurar a faca direito, nenhum homem vai se casar com você.

Jane queria balançar a faca no rosto dela como se fosse um canivete — eu sabia disso —, mas apenas a colocou no prato e mastigou a torrada da maneira menos delicada possível, para provocá-la. A senhora conteve sua irritação admiravelmente.

— Mas, Jane. O Padre Burgess me falou que você tem dado muito trabalho para a Irmã Mary Joseph na aula de religião. Não preciso perguntar se é verdade; pelo olhar malicioso e alegre no seu rosto, acho que a situação é pior do que pensei. Se não tomar cuidado, Jane, você vai ser expulsa do St. Maggie's. O que vai achar disso?

— Vou amar! — exclamou Jane. — Quero estudar num colégio público.

A senhora riu.

— Você não aguentaria um minuto com aqueles vagabundos.

— Há. Você não conhece Jane — disse Ginger lentamente.

— Não quero mais ouvir falar mal de você este ano, Jane.

Minha irmã a fulminou com o olhar, e a senhora fez o mesmo com ela. Duas vontades inflexíveis se enfrentando. Depois de um instante eterno, Jane desviou o olhar. A senhora ganhou aquele round. Mas nunca subestime Jane.

— Agora, Norris, sua vez.

Ai.

— O seu baile. Já escolheu seus pares?

— Bem, Paizão e St. John — falei. — A senhora já organizou isso, eu acho.

— Sim, e o seu terceiro par será Brooks Overbeck. O que estou querendo saber, Norris, é se já enviou um convite para ele. O tempo está passando rápido.

— Ainda não, Poderosa.

— Bem, o que está esperando? Não está pensando em convidar algum outro jovem, está?

Seus pequenos olhos azuis me atravessaram, como se a senhora tivesse percebido e quisesse que eu soubesse disso.

Muita coisa acontece por baixo da superfície durante esses chás, não é?

— Creio que Brooks já tenha iniciado o contato com você, deixando-a saber que aceitaria seu convite alegremente. Não foi?

— Bem, ele me convidou para um baile...

— Para mim, isso é um início de contato. Coloque o convite no correio.

Eu não consegui responder. Estava com raiva e com medo. Pensei: *Quem ela acha que é pra me dizer o que devo fazer com a minha vida?* Tinha sido apenas um encontro idiota num baile idiota. Eu não tinha nada contra Brooks Overbeck, mas não gostava de ser obrigada a sair com ele. A próxima coisa, pensei, seria dizer que nosso casamento seria em junho.

— Nós fomos em Downs e encomendamos os convites — disse Ginger, tentando evitar uma briga.

— Mamie Overbeck já contou para todo mundo que Brooks vai acompanhar Norris no Baile de Debutantes — afirmou a senhora. — Creio que ela já tenha contado até para o colunista social do Baltimore Sun. O que significa que isso vai acontecer. Se não acontecer, Mamie vai ficar irritada e eu também. Brooks vai ficar magoado e a sua entrada na sociedade vai ser arruinada. Sua reputação ficará maculada para sempre por causa do seu egoísmo, ou da sua preguiça, ou seja lá o que for que está a impedindo de cumprir o seu dever familiar, Louisa Norris Sullivan.

Eu já havia aguentado seus sermões e ordens antes, Poderosa, e já havia saído dos seus chás aos prantos. Mas nunca fora daquele jeito. Talvez fosse porque agora eu era mais velha, ou talvez tivesse a ver com a mudança que aconteceu no curso de leitura dinâmica, mas daquela vez achei que a senhora tinha ido longe demais.

Eu sabia que qualquer coisa que dissesse aumentaria a sua determinação e teimosia, fazendo apenas minha situação piorar.

— Está me escutando, Norris?

— Sim, escutei — respondi asperamente.

— Ótimo. — A senhora sorriu, mas não estava contente. — Agora que já tratamos desses assuntos, vamos comer esses bolinhos maravilhosos que Bernice fez para nós. Quer mais chá, Virginia?

O CD de Schubert acabou.

— Norris, precisamos de mais música — ordenou a senhora. — Coloque La Sonnambula.

Encontrei o CD — Maria Callas cantando La Sonnambula — e o coloquei no som. A ópera espalhou-se pela enorme biblioteca. Abaixei o volume.

Engoli um sanduíche de pepino e meu chá enquanto encarava, lá no alto da parede da biblioteca, o seu retrato enorme de quando era nova. A senhora estava com seu traje de equitação, ao lado de seu amado cavalo, King, com dois spaniels a seus pés. Devia ter uns 16 anos quando o retrato foi pintado, era mais nova do que eu. Será que as pessoas já a chamavam de Poderosa Lou naquela idade? Ou será que ainda era somente Louisa?

Depois do chá, fomos lá fora cumprimentar Wallace. Ele estava com um chapéu de sol naquele dia, apesar de ser outubro, para proteger a pele rosada e branca da cabeça.

— Oi, garotas! Foi bom o chá com a vovó? — perguntou ele.

Sassy abraçou Wallace. Todas nós gostávamos dele. Parecia que não fazia ideia de que era casado com um tigre-dentes-de-sabre, e era exatamente isso que ele tinha de cativante.

■ ■ ■

Naquela noite, deitada na minha cama no Quarto da Torre, fiquei pensando no Baile de Debutantes. Eu me imaginei de vestido branco, como uma noiva, dançando com Paizão, depois com St. John e depois com Brooks. No entanto, toda vez que Brooks me rodopiava, ele se transformava em Robbie.

A senhora estava sentada num dos lugares de honra da mesa principal, franzindo a testa na direção da pista de dança e dizendo para Robbie, o intruso, sair da frente de Brooks Overbeck. A valsa parou e foi substituída pela ária melancólica de La Sonnambula enquanto o local crescia mais e mais e girava ao meu redor até eu pegar no sono.

NOVE

NO FINAL DE OUTUBRO, EU JÁ PRESUMIA QUE ROBBIE SENTARIA atrás de mim na aula de leitura dinâmica. A minha velocidade de leitura estava aumentando, mas não tanto quanto deveria. Eu me distraía o tempo inteiro com as palavras. Via uma de que gostava e parava para admirá-la. Robbie era a estrela do curso. Todas as semanas ele obtinha a maior velocidade de todas.

— Por que está fazendo este curso idiota? — perguntei para ele. — Você já lê rápido.

— Eu não lia rápido antes do curso. — E, além do mais, eu gosto dos meus colegas de classe.

Depois da aula, ele me disse que Katya ia participar de uma mostra em grupo na Cader Gallery e que ele iria para festa de abertura na sexta à noite.

— Quer ir também?

— Quero — respondi. Depois comecei a pensar no que tinha topado e acrescentei: — Espera, retiro o que disse. — Katya tinha sido legal comigo naquela noite no Maurice's, mas muitos outros amigos de Robbie também deviam ir para a tal festa. Incluindo talvez a dissimulada da Marissa, o chato do Josh e aquela garota ciumenta do Charles Theater. E se eu ficasse me sentindo estranha na festa?

— Tarde demais — falou Robbie. — Você já disse que quer ir. Não pode retirar o que disse. — Ele olhou para mim mais cuidadosamente. — Por que quer mudar de ideia?

— Estou com medo que seus amigos sejam malvados comigo de uma maneira tão sutil e sofisticada que eu mal vou perceber — confessei.

— Eu protejo você — disse ele.

— Então eu vou.

■ ■ ■

Jane queria usar a Mercedes naquela noite, então ela me deixou no centro e eu me encontrei com Robbie fora da galeria. Estava cheia de gente. As pessoas estavam até no meio da rua, rindo e fumando. A primeira pessoa que Robbie viu quando entramos foi Doyle.

— Oi, nós vamos jantar na casa da Carmen depois daqui — disse Doyle. — Vocês topam?

Robbie olhou para mim.

— Claro — respondi. — Jantar é bom.

Nós demos uma volta no lugar, olhando a arte. A peça de Katya era um monitor de vídeo dentro de uma moldura cuidadosamente pintada de dourado. O vídeo mostrava uma garota vestida como a Mona Lisa, sentada e sem se mexer, como se posasse para um pintor.

— Você gostou? — perguntou Robbie.

— Gostei.

— É muito fim dos anos 1980 — sussurrou Doyle para a gente. — Mas não vou dizer isso pra Katya.

Encontramos Katya no meio de uma multidão de amigos dela e a parabenizamos. Fiquei me sentindo tímida. Havia garçons servindo garrafas de cerveja e copos de plástico com vinho. O lugar foi ficando quente e lotado e sufocante. Robbie disse alguma coisa, mas eu não consegui escutar por causa do barulho, então ele gritou e mesmo assim eu não consegui entender.

— VAMOS SAIR PARA TOMAR UM POUCO DE AR — gritou ele.

Fiz que sim com a cabeça, e abrimos caminho em meio às pessoas. E no instante em que chegamos na porta, quem entra? Ginger e Paizão. Eles pareciam deslocados e ao mesmo tempo perfeitos — Paizão de gravata borboleta e um dos seus ternos de tweed antigos, e Ginger com um casaco de pele e batom cor de carmim. Não passou pela minha cabeça que eles poderiam comparecer à mostra de Katya, mas devia ter passado. Às vezes me esqueço dos artefatos medievais com que Paizão trabalha, e essas obras como o vídeo de Katya fazem parte do mesmo mundo.

— Olha só quem está aqui! — disse Paizão com seu jeito jovial. — Não sabia que você andava com esse pessoal do mundo da arte, docinho.

— Você veio com quem? — perguntou Ginger. — Com Claire?

Eles sorriram por reflexo ao me verem, a filhinha querida deles, mas ficaram um pouco confusos quando perceberam o rapaz ao meu lado, que não se parecia com Claire nem em forma, nem em tamanho, nem em nada.

— Querida, quem é seu amigo? — perguntou Ginger.

Minha educação veio à tona

— Ginger, Paizão: esse é Robbie. Robbie, esses são meus — *gulp* — pais.

Robbie apertou a mão de Paizão.

— É um prazer conhecê-los.

— Robbie *o quê*, querida? — perguntou Ginger.

— Pepper — disse Robbie. — Robinson Pepper.

Ginger finalmente apertou a mão dele.

— É um prazer conhecê-lo.

— O que achou da mostra? — perguntou Paizão. — Vale a pena desbravar a multidão ou é melhor a gente simplesmente sair daqui e ir jantar?

— É boa — respondi.

— Vale a pena ver, sim — disse Robbie.

Fiquei orgulhosa ao ver que ele não tinha se perturbado ao conhecer meus pais repentinamente. Continuou se comportando normalmente, de igual para igual.

— Vocês dois gostariam de jantar conosco depois que dermos uma olhada aqui? — perguntou Paizão. — Vamos só no Prime Rib, mas eu continuo achando que lá tem a melhor carne de todas.

Ah, não. Ai, Deus.

— A gente não pode — respondi rapidamente.

— Fomos convidados para jantar na casa de uma amiga — disse Robbie.

Ginger ergueu uma de suas sobrancelhas exageradamente feitas.

— Ah, é? Uma amiga? Não acho que essa amiga seja a Srta. Claire Mothersbaugh, é?

— Quem? — perguntou Robbie.

— Não, Ginger, é uma amiga de Robbie. Não se preocupem, não vou chegar tarde em casa.

— E quem está preocupado? — disse Paizão. — Não dá pra ficar até tarde nas ruas desta cidade nem se você quiser! Tudo fecha antes das duas horas! — Ele pressionou Ginger para a frente, na direção da galeria lotada. — Vemos vocês daqui a pouco.

De jeito nenhum. Acenei para eles irem e nós dois saímos para a noite fria, cujo ar fedia a fumaça de cigarro e escapamento de carro.

— Bom, isso já era — falei. — Não podemos mais ficar aqui. Temos que ir embora.

— Mas o jantar na casa de Carmen só começa daqui a uma hora.

— Nós podemos fazer hora, tomar um café ou algo do tipo.

— Foi tão ruim assim? O que você disse que ia fazer esta noite?

— Eles não me perguntaram. Acho que Ginger simplesmente presumiu que eu ia fazer alguma coisa com minha amiga Claire. Ou talvez uma das minhas irmãs tenha dito isso pra ela, para dar alguma desculpa.

— E agora vai pegar mal pra você?

— Não sei — falei. — Eles podem me bombardear com perguntas irritantes. Ou podem nunca mais falar nisso. Não sei qual dos dois.

— Achei eles gente boa — disse Robbie.

— Eles sabem conversar com as pessoas — argumentei. — Sempre são "gente boa".

Robbie arrastou a sola do sapato na calçada suja.

— Bom, então vamos andando para a casa de Carmen. Até chegarmos, já vai estar perto da hora do jantar.

Nós caminhamos pelo centro. Robbie segurou minha mão. Eu estava nervosa, pensando no que Ginger e Paizão diriam quando eu chegasse em casa, mas tentei afastar essas coisas da cabeça porque também estava nervosa por não saber se seria capaz de passar a noite inteira com os amigos de Robbie sem fazer papel de idiota.

— Como são seus pais? — perguntei. — Aposto que não saem por aí chamando todo mundo de "querida".

— De jeito nenhum — disse Robbie. — Minha mãe é psiquiatra. Ela é parte jamaicana e parte judia; diz que é um J duplo. E é muito sarcástica e franca. Quer que todos sejam sinceros e lidem com a verdade o tempo inteiro. É brutal. Eu gosto mesmo de pessoas como seus pais, que se dão ao trabalho de fingir que são legais, mesmo se não é o que estão a fim de fazer. Você não tem ideia do quanto isso é maravilhoso, Norrie. É tão civilizado.

Nunca tinha pensado por esse lado. Eu sempre quis que Ginger e Paizão parassem de enrolar e dissessem o que realmente pensavam. No entanto, a senhora nunca teve problema em expressar sua opinião, e às vezes eu não gosto muito disso. Sem querer ofender. Então talvez Robbie tivesse razão.

— E seu pai?

— Ele é tão ruim quanto minha mãe. Talvez pior. É consultor de pesquisa de mercado. Analisa as expressões faciais das pessoas para ver o que elas acham de certos comerciais e produtos. Ele era psicólogo, mas agora ganha mais dinheiro ajudando as grandes corporações a enganar o público. A pior parte de todas é que ele consegue olhar pro seu rosto e dizer: "O seu lábio superior se contorceu! Raiva! Você está com raiva. Não tente esconder isso de mim, rapaz. Por que fica com tanta raiva quando eu digo que essa calça deixa você parecendo uma menina? Você tem algo contra meninas? Talvez alguns sentimentos de Édipo mal resolvidos?".

— Ai.

— Talvez seus pais ainda estejam juntos por ficarem nesse estado de negação — disse Robbie. — Meus pais se separaram quando eu tinha 10 anos. Duas pessoas agressivas não aguentam morar tanto tempo juntas na mesma casa, analisando todas as palavras e espasmos faciais. Acabam destruindo um ao outro.

Caminhamos pela Mount Vernon Place. As pessoas saíam aos montes da Peabody Library, tendo acabado de ver algum concerto. Um grupo de estudantes de música estava sentado na beirada de uma fonte, com os estojos de instrumentos apoiados na frente do corpo e passando entre si uma garrafa envolta num saco de papel.

— Como gosto de Baltimore — disse Robbie. — É tudo tão tranquilo.

Apontei para o museu Walters Art.

— Paizão trabalha aí.

— Adoro o fato de você chamar seu pai de Paizão. Ele fica parecendo uma pessoa bem divertida e nem um pouco assustadora.

— Ele é divertido e nem um pouco assustador. Gosta de aproveitar a vida. Já o seu pai parece assustador, tenho que admitir.

— Da maneira que eu falo ele parece pior do que é. Acho que você gostaria se o conhecesse; ele é inteligente, e você gosta de pessoas inteligentes. Ele gostaria de você. Consegue analisar rostos, e você tem um rosto fantástico.

Paramos perto de outra fonte — a que tem a estátua do Sea Urchin. A água corrente deixava o ar gelado. Robbie olhou para mim. Eu entendia as expressões no rosto dele com muita facilidade. Talvez ele tivesse aprendido a telegrafar os sentimentos com clareza por ter sido criado por psicólogos malucos. Ele queria saber se eu me incomodaria se ele me beijasse.

— Não — falei. — Não vou me incomodar.

Ele abaixou a cabeça e me deu um beijo rápido e leve nos lábios.

— É o suficiente por enquanto — disse. E continuamos nosso caminho pelo centro da cidade.

■ ■ ■

Carmen morava num apartamento perto de Fells Point. No fim das contas, nem chegamos cedo demais. As pessoas já estavam tomando vinho na cozinha e ajudando Carmen com a salada. Ela enxugou as mãos úmidas no avental de lona, deu um beijo em Robbie e beliscou a bochecha dele.

— Robbila, Robbila — murmurou ela, parecendo uma avó judia, e apertou minha mão.

É pequena e magra como uma dançarina, com cabelo preto e longo, pele escura e lábios carnudos e vermelhos. Ela é sexy, e fiquei imediatamente com ciúmes. No fim das contas era para ficar mesmo, mas eu ainda não sabia disso.

Robbie me apresentou a todos. Eram muitos nomes para eu me lembrar, mas todos pareciam memorizar o meu.

— Espera... Sullivan? — disse uma garota de cabeça raspada. — Você não é daquela família malvada, é?

— Sou, sim — respondi, achando que ela estava fazendo alguma espécie de piada estranha. — Todos nós somos malvados. Como você descobriu?

Ela não estava brincando.

— Com aquele blog, sabe? Minhafamiliamalvada.com? Uma garota chamada Jane Sullivan conta tudo sobre a família rica dela que mora em Guilford alguma coisa...

Jane. Eu devia ter imaginado que tinha algo a ver com ela. Será que eu devia admitir que ela era minha irmã ou fingir que eu era de uma família Sullivan totalmente diferente? Afinal, esse sobrenome é comum. Ninguém ia perceber se eu fizesse isso.

— Vou mostrar pra você. — A garota foi até o Mac na escrivaninha de Carmen e digitou www.minhafamiliamalvada.com. No topo na página, apareceu um desenho da nossa casa. Numa coluna lateral, debaixo do "Sobre mim", tinha uma caricatura de Jane, que provavelmente fora desenhada pela amiga dela, Bridget.

— Essa é minha irmã — deixei escapar.

— Sério? — perguntou a garota careca. — Que engraçado. Escuta só isto. — Ela começou a ler um dos posts de Jane. — "Poderosa nasceu riquíssima. Já contei algumas das maneiras malvadas como os ancestrais dela ganharam esse dinheiro. Mas agora ela é ainda mais rica. E como conseguiu isso? Se casando." Ela chama a avó de "Poderosa". Que doido, não é?

— Você chama ela de "Poderosa" mesmo? — perguntou um cara pra mim.

— Todo mundo chama ela assim. — Eu nunca tinha parado para pensar nisso antes daquela noite.

— Você tem que entender o contexto — disse a careca. Na minha cabeça, o nome dela virara "Raspada". — Sabe, a coitadinha da garota rica reclamado de sua família terrível... — Ela parou de falar. Devia ter lembrado que a irmã da coitadinha da garota rica estava bem ao lado dela. — Desculpe. Quero dizer, você acha isso engraçado também, não é?

— Eu não li ainda — admiti. — Mas tenho certeza de que vou morrer de rir.

Katya e o resto do grupo da galeria chegaram, e o apartamento começou a ficar mais cheio. Robbie conhecia a maioria das pessoas. Eu estava curtindo o meu anonimato constrangedor, mas isso foi por água abaixo quando Shea Donovan chegou. Para piorar, ela estava de braços dados com Josh. Ele usava uma calça de yoga e uma camisa que dizia ESTEJA PRESENTE. Ela estava de calça jeans e moletom. Não parecia nada periguete, na verdade. Pelo menos não naquela noite.

— Deus nos acuda, Josh chegou — murmurou Anjali para Robbie. — Com aquela garotinha. — Tentei pensar nisso como um elogio; ela já havia parado de pensar em mim como uma garotinha.

— Eu conheço aquela menina — falei para Robbie. — Estuda no meu colégio.

— Ela não tem muito bom gosto para homens — disse Robbie. — Josh é um babaca.

— Pois é — falei. — Ela gosta de caras babacas.

— O jantar está pronto — avisou Carmen. A mesa comprida tinha candelabros altos e vários tipos de comidas deliciosas: frango ao curry, chamuças de vegetais, salmão ao molho teriyaki, bolinhos de carne de porco. Algumas pessoas se sentaram à mesa para comer e outras encheram os pratos e se agruparam nos sofás e almofadas espalhados pela sala.

Sentei à mesa ao lado de Robbie e fomos passando os pratos. Tinha música tocando, e o burburinho de conversa e risadas se espalhava pelo local. Robbie sorriu para mim, e de repente eu me senti feliz e animada. Pressionei a mão no topo da cabeça dele. Não consegui me conter. Achatei o cabelo preto e encaracolado dele e depois ri.

— Por que está fazendo isso? — perguntou ele.

— Não sei. Foi mais forte do que eu. — Ergui a mão, e o cabelo voltou ao formato natural de leque. — Você se incomoda?

— Não se é você que está fazendo.

Então demos uma risada superestranha, como se estivéssemos conspirando. Já tivera essa sensação com minhas irmãs antes, mas nunca com um garoto e nem mesmo com Claire.

Carmen sentou-se ao meu lado.

— Oi, vocês dois. Então. Norrie. Você é a nova namorada do Robbie?

Ela estava me olhando atentamente. Tive a impressão de que seu interesse na pergunta não era meramente casual.

— A gente se conheceu só há algumas semanas — disse Robbie.

— Isso não responde a minha pergunta — retrucou Carmen. — Que foi feita para Norrie, e não para você, Robbie. Não faça aquilo.

— Aquilo o quê? — perguntou Robbie.

— Aquilo quando você acha que sabe de tudo e responde as perguntas por todo mundo, mesmo se não tiverem perguntado nada pra você — disse Carmen. — Norrie tem idade para responder por si mesma, não tem, Norrie?

Ela estava sorrindo, mas de repente seus incisivos me lembraram os dentes de um lobo.

— Claro que tenho — falei. Eu tinha que deixar de ser a garotinha tímida, senão gente como Carmen acabaria comigo num instante. — Robbie e eu somos amigos.

— Como se conheceram? — perguntou Carmen.

— Num curso na Hopkins — falei.

— Ah, foi? Você estuda na Hopkins?

— Não.

— Então o que estava fazendo lá?

— O que é isto, um interrogatório? — perguntou Robbie.

— Só estou curiosa com sua nova amiga, Robbie.

Robbie franziu a testa. Havia uma certa tensão entre os dois — algum passado que eu desconhecia. Eu esperava me passar por aluna de graduação da Hopkins, mas tive a impressão de que Carmen já sabia quem eu era. Só queria que eu dissesse. Para que eu soubesse que ela sabia, assim como Robbie.

— É um curso noturno. — Hesitei para não aumentar minha humilhação; não era nem sequer um curso noturno tipo filosofia existencial ou física de partículas, mas sim: — Leitura dinâmica.

— Leitura dinâmica! Vocês dois já devem estar craques a essa altura. Pelo que me lembro, Robbie já lê bem rápido.

— Eu queria ler ainda mais rápido — explicou ele.

— Tenho certeza disso — disse Carmen. — Mais vinho? — Ela encheu nossas taças. — Robbie, qual o nome daquela garota que está com Josh, você lembra? Shawn, Sinead, algo assim?

Robbie me entregou.

— Norrie a conhece. Qual é o nome dela?

— Shea.

O sorriso de lobo de Carmen aumentou triunfantemente.

— Você é bem popular para alguém que eu não conhecia até agora. Também conheceu Shea no curso de leitura dinâmica?

— Nós estudamos juntas — falei. — Não somos amigas nem nada do tipo. Eu mal a conheço.

— Que interessante. Não seja esnobe, Norrie. Você tem mais coisas em comum com Shea do que com qualquer outra pessoa aqui dentro. — Ela se levantou rapidamente com a garrafa e se ofereceu para encher a taça de outra pessoa.

— Peço desculpas por Carmen — disse Robbie. — Às vezes ela é uma vaca.

Eu me levantei para ir ao banheiro. Shea e Josh saíram do banheiro juntos, esfregando o nariz um no outro. Ao me ver, Shea se animou e ficou bem simpática.

— Norrie! O que está fazendo aqui?

— Oi, Shea. O mesmo que você, eu acho.

— Seu namorado é gatinho! Josh disse que ele é bem inteligente.

— Ele não é exatamente meu namorado...

— Como assim? Eu vi ele sentado com o braço ao seu redor. O que está fazendo aqui com ele se ele não é... — Shea parou como se tivesse se lembrado de alguma coisa. — Espera... Brooks. Você estava na festa de Gornick com Brooks, e agora está aqui com esse cara...

Desde que eu a conheço — e eu a conheço desde o sétimo ano — nunca tinha visto Shea falar tanto. No colégio, ela sempre fica mascando chiclete, se escondendo atrás do cabelo e meio encurvada, como se não quisesse que ninguém a visse. Nas festas, com os garotos, ela é a rainha da linguagem corporal. Mas aqui, de repente, nesse mundo exótico de adultos que me intimidavam, ela estava animada e bonita. *Não é de espantar que goste de caras mais velhos*, pensei, *se ela se sente mais animada perto deles.*

— Estou só passando um tempo com Robbie — falei.

— Sabe de uma coisa? Estou doida para tomar um vinho — disse Shea. Ela foi cambaleando para o balcão da cozinha, onde estava a garrafa. Josh foi logo atrás.

■ ■ ■

Quando os cookies com especiarias feitos por Carmen foram servidos, a música já estava mais alta, as janelas tinham sido abertas e as pessoas haviam começado a dançar preguiçosamente num canto. Shea e Josh estavam grudados na extremidade de um sofá laranja e comprido, agarrando-se como se tivessem esquecido que estavam num lugar cheio de outras pessoas. Quando olhei para lá novamente, eles tinham sumido. Achei que tinham ido embora, mas meia hora depois vi Josh de novo no sofá, conversando com Katya.

— Estou tentando manter minha mente aqui e agora, sem deixar ela escapar, sabe? — disse Josh. Katya fez que sim com a cabeça distraidamente, seu olhar vagando. — Estou numa batalha constante contra o meu ego. Sempre tento contê-lo, mas ele termina voltando sozinho.

— Talvez faça parte da natureza humana — falou Katya.

— Josh está mentindo para Katya — sussurrou Robbie para mim. — Está vendo como ele está sorrindo com a boca mas não com os olhos?

— Estou... — respondi. Robbie tinha razão, o sorriso de Josh parecia forçado. — Então ele não está numa batalha constante contra o ego?

— Acho que ele deixou o ego vencer há muito tempo — disse Robbie. Nós demos uma risadinha.

— A natureza humana não é desculpa. — Josh alongou os braços e apoiou as mãos na cintura da calça.

— Olha lá! — sussurrou Robbie. — Ele acabou de dar dois sinais clássicos de que está flertando!

— Mas ela não está a fim dele — afirmei.

— Como você sabe?

— Sei lá. É só uma impressão.

— As pernas dela estão apontando na direção oposta dele — sussurrou Robbie. — É um sinal de que ela não gosta dele. Você captou isso inconscientemente.

— Durante a meditação eu fico me lembrando o tempo inteiro: as outras pessoas não importam — disse Josh. — A minha consciência é o universo.

— É assim que você quer conter seu ego? — indagou Katya.

Carmen saiu correndo do quarto, gritando de nojo.

— Josh! Cadê o Josh? — Ela focou o olhar nele. — Josh! Aquela bêbada que você trouxe vomitou na minha cama! Bem no meu travesseiro!

— Merda — murmurou Josh enquanto Carmen o arrastava para o quarto dela a fim de mostrar o estrago.

Alguns minutos depois, Josh ajudou uma Shea cambaleante a sair do apartamento. Ela estava com as pálpebras pesadas e arrotando.

— Preciso levá-la para casa. Desculpe, Carmen.

— O quê? Você não vai limpar?

— O que quer que eu faça? Ela está supermal. Eu me acerto com você depois. Pode me mandar a conta da lavanderia ou algo assim.

— Ela nunca mais vai voltar aqui, está me escutando? — Carmem os empurrou para fora do apartamento. — É isso que a pessoa ganha quando se agarra com periguetes mirins. — Pá! E bateu a porta com toda a força.

Algumas pessoas olharam na minha direção.

Carmen dirigiu sua fúria para mim.

— Talvez seja melhor vocês dois irem também, Robbie, antes que alguma outra coisa aconteça. Não quero ser responsável por corromper uma menor. Se quer dar uma de babá, é problema seu.

— Norrie está bem, Carmen — protestou Robbie. — Eu...

— Não se preocupe, Robbie, eu entendo — disse Carmen. — Eu era demais pra você, e como não sabe lidar com uma mulher de verdade, dessa vez acabou preferindo uma colegial. Boazinha, idiota e fácil de enganar. Não é, Robbie?

Meu rosto ficou completamente vermelho. Eu queria me defender, mas o que podia dizer? Além disso, agora estava claro que a tensão que eu tinha percebido antes entre os dois era uma tensão de ex-namorados.

— Norrie não é como Shea — disse Robbie. — Só porque elas têm a mesma idade...

— ... e estudam no mesmo colégio... — completou Carmen.

— ... não significa que são parecidas — concluiu Robbie. — Norrie não é burra e ninguém está enganando ninguém. Se quer ver quem realmente engana as pessoas, dê uma olhada no espelho.

— Que bom que nós dois terminamos! — disse Carmen. — Foi a melhor coisa que já aconteceu na minha vida.

Robbie agarrou minha mão e nós saímos correndo. Ela também bateu a porta com força depois que saímos.

— Como ela se atreve a falar com você dessa maneira? E comigo? E com qualquer pessoa? — Ele chutou a porta da escada e desceu os degraus com pressa, ficando alguns metros na minha frente. Quando chegamos na rua, no ar frio da noite, acrescentou: — Eu não queria que as coisas tivessem acontecido assim.

— Por que não me contou sobre ela antes? — perguntei.

— A gente terminou há meses. Parece que ela não superou o fim do namoro tão bem quanto eu achava.

Era mais de meia-noite. A cidade estava se acalmando. Um grupo de garotos nos observava do outro lado da rua.

— E agora? — perguntou Robbie. — A gente veio andando até aqui. Deixei meu carro perto da galeria. Como vou deixá-la em casa? — Ele achou que um de seus amigos ia nos dar uma carona até o carro dele; não imaginou que ia sair do jantar de maneira tão apressada e humilhante.

fazer com a minha vida? Tinha sido apenas um encontro idiota num baile idiota. Eu não tinha nada contra Brooks Overbeck, mas não gostava de ser obrigada a sair com ele. A próxima coisa, pensei, seria dizer que nosso casamento seria em junho.

— Nós fomos em Downs e encomendamos os convites — disse Ginger, tentando evitar uma briga.

— Mamie Overbeck já contou para todo mundo que Brooks vai acompanhar Norris no Baile de Debutantes — afirmou a senhora. — Creio que ela já tenha contado até para o colunista social do Baltimore Sun. O que significa que isso vai acontecer. Se não acontecer, Mamie vai ficar irritada e eu também. Brooks vai ficar magoado e a sua entrada na sociedade vai ser arruinada. Sua reputação ficará maculada para sempre por causa do seu egoísmo, ou da sua preguiça, ou seja lá o que for que está a impedindo de cumprir o seu dever familiar, Louisa Norris Sullivan.

Eu já havia aguentado seus sermões e ordens antes, Poderosa, e já havia saído dos seus chás aos prantos. Mas nunca fora daquele jeito. Talvez fosse porque agora eu era mais velha, ou talvez tivesse a ver com a mudança que aconteceu no curso de leitura dinâmica, mas daquela vez achei que a senhora tinha ido longe demais.

Eu sabia que qualquer coisa que dissesse aumentaria a sua determinação e teimosia, fazendo apenas minha situação piorar.

— Está me escutando, Norris?

— Sim, escutei — respondi asperamente.

— Ótimo. — A senhora sorriu, mas não estava contente. — Agora que já tratamos desses assuntos, vamos comer esses bolinhos maravilhosos que Bernice fez para nós. Quer mais chá, Virginia?

Abri a porta do carro. Robbie não saiu para abrir a porta para mim como Brooks teria feito. Mas não me importei. Sou perfeitamente capaz de abrir a porta sozinha.

— Vou esperar você entrar — disse ele. — Até a aula de terça.

— Até a aula.

Corri para dentro de casa e acenei da porta. Ele acenou de volta e foi embora.

Lá em cima, no meu quarto, Jane e Sassy estavam esperando.

DEZ

— JANE, QUE P... É ESSA? — JOGUEI MINHA BOLSA NA CÔMODA, puxei o moletom por cima da cabeça e a xinguei. Estava ofegante por ter subido a escada e por ter ganhado um beijo e ter ficado irritada. — Minha família malvada? Ponto com?

Jane sorriu.

— Como você descobriu? O site já ficou famoso?

— De certa maneira, sim — respondi. — Uma das amigas de Robbie me mostrou a página. Ela reconheceu meu sobrenome e me perguntou se eu era parte daquela família Sullivan. Eu preferia não ser.

— Foi só uma besteira que eu comecei. — Bridget também criou um site. O dela é bridgetsemsaida.com.

— Que legal! — exclamei. — Mas por quê?

— Porque todo mundo admira a gente — disse Jane. — Tem um certo mistério, e até mitos a respeito da gente. Poderosa fica espalhando essas histórias sobre os nossos ancestrais, sobre como eles eram incríveis. Achei que as pessoas deviam saber a verdade. Enfim, não escrevi nada sobre você... ainda.

— Acho bom não escrever.

— Como foi a mostra? — perguntou Sassy.

— Estava lotada. E adivinha só quem estava lá? Ginger e Paizão.

Sassy ficou boquiaberta e Jane riu.

— Está brincando! Eles conheceram Robbie?

— Conheceram. Foram muito educados.

— O que Robbie achou deles? — perguntou Jane.

— Achou encantadores.

— Todo mundo sempre diz isso — observou Sassy.

— Pois é, se ao menos as pessoas soubessem a verdade — disse Jane. — É exatamente por isso que estou escrevendo esse blog...

— Até parece — falei. — Você não sabe a verdade de nada.

Sassy tentou manter a paz.

— Para onde você foi depois da mostra?

— Para uma festa na casa de uma tal de Carmen, que na verdade era ex-namorada de Robbie.

— Puta merda.

— Pois é. Shea Donovan também estava lá. Foi uma dessas noites em que esbarrei em gente conhecida por todo canto.

— Tipo, que nem todas as noites? — comentou Jane.

— Shea ficou bêbada e vomitou na cama da Carmen.

Jane caiu na gargalhada.

— Coitada da Shea — disse Sassy.

Coloquei a camisola e cutuquei Jane para que ela abrisse espaço para mim na cama. Sassy pegou uma mecha do meu cabelo, ficou enrolando-a na mão e depois a soltou. Ela gosta de brincar com meu cabelo.

— A questão é a seguinte — falei. — Não consigo parar de pensar em Shea, e em mim, e no que significa nós duas estarmos, não sei, no mesmo mundo. Se nós duas estamos namorando esses caras mais velhos, quer dizer que eu sou... como ela?

Sassy enrolou meu cabelo mais um pouco. Jane ficou pensando.

— Quer dizer, está perguntando se você é uma vadia como Shea? Claro que sim.

Bati o quadril nela com tanta força que ela quase caiu da cama.

— Sério. É fácil ver o que as pessoas acham de Shea. As garotas da festa estavam falando mal dela. Mas o que falam de mim? E o que Robbie pensa de mim? Será que ele acha que sou uma colegialzinha fácil, que ele pode se aproveitar de mim e depois me dar um pé na bunda? Tipo, como se eu fosse nova demais para saber o que ele anda aprontando? Quero dizer, por que ele está comigo? Por quê?

Não achei que elas fossem ter as respostas. Queria ter uma irmã mais velha.

— Você tem duas escolhas — disse Jane. — Pode não se arriscar e terminar com ele agora, assim você não vai ser enganada nem vai se magoar. Ou pode continuar saindo com ele e ver o que acontece. Talvez o resultado seja bom, talvez não.

— O que você acha que eu devo fazer, Sass?

Ela parou de brincar com meu cabelo e estendeu as pernas para fora da camisola.

— Acho que você devia dar uma chance a ele. É só ficar atenta. Se amarelar agora, não vai passar o resto da vida pensando no que teria acontecido?

Percebi uma mancha escura na coxa de Sassy, do tamanho de uma moeda.

— Onde você se machucou? — Encostei levemente no machucado.

Ela se contorceu, mas disse·

— Não dói.

— Como foi que se machucou?

— Um carro bateu em mim.

— De novo? — perguntei.

— Sassy, o que tem de errado com você, hein? — perguntou Jane. — Você nunca presta atenção por onde anda, é?

— Presto, sim — defendeu-se ela, envergonhada. — É que eles aparecem do nada. Parece que tenho um ímã dentro de mim que atrai carros.

— Você bateu a cabeça? Se machucou em algum outro canto? — perguntei.

— Não. Não se preocupe, estou bem.

Olhei para Jane, que balançou a cabeça.

— É sério, estou bem — disse Sassy. — Os carros não conseguem me machucar.

— Sassy, não.

— Nem vem com esse papo de imortalidade de novo.

— Você tem alguma outra explicação? — perguntou ela. — Eu caí num buraco no contínuo do espaço-tempo, e nesse universo não consigo me machucar. Sou imatável.

— Imatável não, insana — disse Jane,

— Sassy, por favor, não fique achando que você pode simplesmente andar na frente dos carros e não se machucar — implorei. — Você é tão matável quanto nós.

— Tá bom — respondeu ela. Mas dava para perceber que não tinha se convencido.

■ ■ ■

— Quem é o garoto, Norrie? — perguntou Ginger.

No dia seguinte, desci às 10h30 da manhã. Takey já havia comido os sucrilhos dele e ido com a Dona Maura para um jogo de futebol. Sassy, Ginger e Paizão estavam comendo ovos e bacon silenciosamente. Jane desceu alguns minutos depois.

— Que garoto? — perguntei como uma idiota.

Ginger suspirou dramaticamente e chacoalhou o bracelete no braço sardento.

— O garoto com quem você estava na galeria. Ele era incrivelmente bonito. Mas acho que ficaria melhor se cortasse o cabelo.

— Ah, ele? Aquele era Robbie.

— Eu me lembro do nome dele, querida. Não é isso que estou perguntando.

— Ele me pareceu um ótimo rapaz — disse Paizão. — Refinado.

— Você percebeu isso só de olhar para ele? — perguntou Jane.

— Claro, docinho. De que outra maneira seria?

— Por que os rapazes só estão querendo saber de cabelos tresloucados esses dias, hein? — Ginger estremeceu.

— Achei que você ia gostar daquele cabelo tresloucado — disse Paizão. — Assim você se lembra das próprias aventuras juvenis.

Ginger e Paizão costumam se perder com facilidade no meio da conversa, desviando o assunto para alguma coisa como "Cabelos de 1977".

— Lembra a minha juventude um pouco demais — disse Ginger. — E então...? Em que colégio ele estuda?

— Colégio? — repeti.

— Sim, docinho. Sabe, aquele lugar onde a pessoa vai para aprender durante nove meses no ano?

Eu tinha a sensação de que Ginger e Paizão iam gostar de Robbie, contanto que não descobrissem muita coisa sobre ele.

— Bem... ele estuda na Hopkins.

— Universitário, é? — comentou Paizão. — O que ele está estudando?

— Cinema — respondi.

— Cinema? — disse Ginger. — Parece o maior desperdício de tempo. Mas acho que é pra isso que a universidade serve, para desperdiçar tempo.

Desde que eles ficassem satisfeitos com as informações que haviam obtido até aquele momento, tudo ficaria bem. Mas Sassy, é claro, tinha que falar demais.

— Eu quero conhecê-lo — pediu ela. — Não consigo imaginar você saindo com um garoto mais velho do que St. John.

Paizão bateu o jornal contra o prato, e Ginger deixou o bracelete retinir na mesa.

— Mais velho do que St. John? Do que está falando?

— Ha-ha — tripudiou Jane. — Agora é que não existem mais segredos nesta família.

Fulminei Sassy com o olhar, mas me senti culpada imediatamente, pois sei que ela estava arrependida e não queria ter sido tão linguaruda. Mas Jane, contudo, ia se ver comigo.

— Achei que ele era universitário — disse Paizão.

— Ele deve ser bem burro se é mais velho do que St. John e não se formou ainda — comentou Ginger desdenhosamente. — Tem algum distúrbio de aprendizado ou usa muitas drogas?

— Ele está na pós-graduação — expliquei.

— E qual é a idade exata desse rapaz? — perguntou Paizão.

— Vinte e cinco.

Paizão franziu a testa, refletindo.

— Ele é um tanto mais velho do que você, Norrie.

— Em que colégio estudou? — perguntou Ginger.

— Não sei — respondi. — Ele é de Nova York.

— Nova York! — Ginger se levantou e se jogou no divã. Aquele verde perto de onde tomamos café da manhã, sabe? Ele fica lá caso Ginger se sinta tomada por uma vontade de deitar. — Um estudante de cinema de 25 anos de Nova York... com distúrbio de aprendizado... que usa drogas. Ah, querida, que péssimo. Que tipo de futuro ele vai ter? — Não era a diferença de idade em si que a incomodava. Era a natureza preguiçosa da profissão que ele escolhera. E talvez as drogas, que eram algo da imaginação dela, mas que agora ficariam em sua cabeça para sempre.

— E St. John? — perguntou. — Quem é que está contratando poetas filósofos?

— St. John é de uma família com dinheiro — disse Ginger. — Então ele sempre terá futuro. Esse tal de Robinson Pepper tem dinheiro?

— Não sei — respondi. Duvidava que ele tivesse, e não me importava.

— Pelo menos ele vive a vida da mente — disse Paizão. — Já é alguma coisa. — No entanto, pela maneira como ele pegou uma migalha inexistente no queixo, percebi que estava constrangido com a situação.

— E se você acabar se casando com ele? — questionou Ginger, desviando para outro assunto. — Você não vai querer que seu sobrenome seja "Pepper". Norris Pepper... é tão... espalhafatoso.

— Eu posso ficar com meu próprio sobrenome.

— É irritante quando as mulheres fazem isso — disse Paizão. — Termina complicando tudo.

Tomei ruidosamente o meu café, que estava esfriando.

— Nós não vamos casar. A gente só se conhece há algumas semanas.

— Você mal o conhece — disse Paizão.

— E ele já está sendo uma má influência para você — disse Ginger. — *Desde quando* você toma café fazendo tanto barulho?

Jane caiu na gargalhada e também tomou o café dela ruidosamente.

— Tomar café fazendo barulho não tem nada a ver com ele. — Beberiquei novamente, com mais barulho. — Enfim, vocês não precisam se preocupar pois não vou me casar com ninguém.

— Nem eu — disse Jane.

— Que bobagem, querida, você vai se casar com alguém que seja bom e apropriado — disse Ginger. — Você também, Jane. Sassy, agradeço por nem ter dito essa frase ridícula em primeiro lugar.

— Não tive tempo de falar — disse Sassy. — Talvez eu não me case, quem sabe? E o que é alguém apropriado?

— Alguém tipo Brooks Overbeck — afirmou Jane, claramente querendo criar confusão.

— Exatamente — acrescentou Ginger. — Norrie, esse tal de Pepper não é um garoto, é um adulto. Ou ele vai se aproveitar de você e lhe dar um fora...

— Ah, acho bom que ele não faça isso — interrompeu Paizão, com a mandíbula tremendo.

— ... ou vai querer namorar a sério com você. Não é bom se envolver tanto com alguém assim logo agora, Norrie. Você vai acabar perdendo a oportunidade de conhecer todos os garotos maravilhosos da sua idade, como Brooks. Quando estiver na casa dos 20, vai poder sair com tolos sem ambição que acham que são criativos e que não são capazes de se sustentar. E, além disso, quem você vai levar para todos os bailes de debutante deste ano? Não vai poder ser um estudante de pós-graduação descabelado de outra cidade. Ele nem deve ter um terno de anarruga, não é? Imagino que não.

Jane estava com um sorriso sarcástico no rosto, triunfante, pois aquela conversa tinha demonstrado perfeitamente a teoria dela de que nossa família é malvada.

— Não faço ideia das roupas que ele tem no armário — falei. — Pelo que sei, pode até ter um uniforme de capitão do Star Trek. Se quiser usá-lo para um baile de debutante, a decisão é dele.

Ginger estava realmente me enfurecendo. Paizão nem tanto, pois dava para perceber que ele estava mesmo refletindo sobre o assunto. Ia fazer isso até o cérebro cansar e ele querer que a questão desaparecesse. Mas Ginger estava colocando toda espécie de obstáculo no meu caminho, obstáculos bobos que só tinham a ver com ela e com o que ela queria.

— Termine tudo agora, querida. É esse o meu conselho. Essa sua aventurazinha não vai dar em nada.

— Concordo — disse Paizão. — Essa situação me deixa muito desconfortável. Não gosto de pensar em você com um homem que é mais velho do que meu filho mais velho. — Ele ergueu o jornal e ficou olhando para as profundezas do papel, pronto para se livrar de todo esse assunto e voltar para suas preocupações mais esquecíveis. — Não quero proibi-la de se encontrar com ele, Norrie... afinal, não se pode criar leis para o que o coração deseja... mas eu adoraria que você fizesse isso para que nossas vidas pudessem voltar ao normal. Obrigado, querida.

Ginger ficou me observando por um bom tempo. Finalmente, disse:

— Norrie só está tentando chamar um pouco de atenção, nada mais do que isso. Quer que nós fiquemos preocupados, se rebelar um pouco. Não é, querida? Você nunca teve uma fase rebelde e todo mundo tem direito a passar por isso na sua idade.

Ela virou o rosto e fechou os olhos.

— E, garotas... isso vale para vocês três, e para você também, Al... espero que não chegue aos ouvidos da Poderosa. Ela não precisa saber dos detalhes sórdidos da sua vida amorosa, Norrie. Ficaria chateada, e ninguém quer que isso aconteça.

— De jeito nenhum. Ninguém — acrescentou Paizão.

Está vendo como escondemos as coisas de você, Poderosa? Mas agora estou contando tudo. Não estou deixando nenhum detalhe de fora.

A conversa acabou. Paizão estava concentrado no jornal, e Ginger cobriu os olhos com o antebraço como se estivesse com uma dor de cabeça terrível. Sassy deu de ombros, parecendo sem jeito. Jane sorriu maliciosamente. Apontei para o teto — código universal para "Meu quarto, agora" —, e nós três subimos para uma Reunião na Torre.

— Isso não acabou, não é? — disse Sassy na escada.

— Não, não acabou — respondi. — E, Jane, acho bom nada disso aparecer naquele seu blog imbecil.

— Liberdade de expressão. Você não pode me dizer o que eu posso ou não posso escrever, Mussolini.

Empurrei Jane contra a parede e disse com a minha voz mais ameaçadora:

— Sou sua irmã. Se você liga para a minha felicidade e meu bem-estar, não vai escrever sobre meus problemas pessoais no seu blog.

— Entendi — disse ela. — A não ser que isso se torne um assunto público. Daí não vou poder fazer nada.

— Então não deixe isso virar um assunto público — falei, entre os dentes cerrados.

— Tudo bem.

— Pense o seguinte, Jane — disse Sassy. — Se você contar os segredos de Norrie, ela não vai mais contar mais nenhum segredo pra você. O que acharia disso?

Ela tentou disfarçar, mas vi um certo pavor aparecer rapidamente no rosto de Jane. Ela odeia se sentir excluída. Dei um sorriso de agradecimento para Sassy. Às vezes ela sabe exatamente o que dizer.

ONZE

⊠ ⊠ ⊠

SENTI A DIFERENÇA ASSIM QUE CHEGUEI NO COLÉGIO SEGUNDA de manhã. As garotas me cumprimentaram como sempre, mas havia certa hesitação por parte delas, como se quisessem manter distância. Elas olhavam para mim com curiosidade ou desdém, e ninguém havia sentido curiosidade ou desdém por mim antes. Mas por que a curiosidade? Eu era apenas outra garota igual a elas, e era até menos interessante porque nunca me metia em encrenca e sempre parecia fazer as coisas certas — as coisas entediantes.

Mas a história sobre a festa de Carmen deve ter se espalhado, pois todo mundo estava sabendo dela. Dava para sentir. Eu tinha me tornado uma pessoa diferente para elas. Tinha me tornado uma pária. Tinha me tornado Shea.

Claire me encontrou no meu armário e confirmou minhas suspeitas.

— Norrie, é sério? Você foi para uma festa com Shea e dois garotos com mais de 20 anos? Como foi que isso aconteceu?

— Como é que todo mundo sabe disso?

— Caitlin deve ter espalhado. Acho que está com inveja de Shea.

Não conseguia entender como alguém podia ter inveja de Shea.

— Por que não me contou? — perguntou Claire.

Não precisei contar para Claire porque eu tinha Jane e Sassy. E também tinha a questão Brooks... Claire não ia entender. E também fiquei com medo do efeito Caitlin: Claire poderia sair falando sobre o assunto e todo mundo ia ficar com a impressão errada de mim.

— Não sei — respondi. — Foi estranho. A garota que deu a festa era ex-namorada de Robbie, e acho que ela ainda gosta dele ou está com raiva ou algo assim. Depois Shea vomitou na cama dela e isso não ajudou em nada...

— Agora você é, tipo, amiga de Shea? — perguntou Claire. — Porque é isso que todo mundo está comentando. Que você e Shea estão indo juntas a festas no centro e ficando com caras mais velhos.

— É isso que todo mundo está achando? — Fiquei chocada. Como é que as meninas da minha própria turma podiam mudar de opinião sobre mim tão repentinamente? — Que maluquice. Eu fui para a festa e Shea por acaso apareceu por lá. Isso não acontece com você o tempo todo também? — Esta cidade é uma teia de aranha gigante que prende a pessoa em qualquer lugar que ela for. Pelo menos é a minha impressão.

— Eu preciso conhecer esse tal de Robbie — disse Claire. — Não sei como você pode gostar de outra pessoa se tem a chance ficar com Brooks. Mas essa é a minha opinião.

Sabia que ela diria isso. Ela está do seu lado, Poderosa.

Como eu explicaria para ela? Eu gostava de Brooks, mas tinha a impressão de que ele só prestava atenção em mim por educação, que estava desempenhando o papel dele, que estava cumprindo seu dever familiar e deixando a avó dele contente ao dar uma de príncipe.

Robbie mudou tudo. Mesmo se eu quisesse, não seria capaz de me espremer de volta para dentro do globo de neve antigo onde todo mundo queria que eu ficasse. O vidro já havia se quebrado.

DOZE

E AGORA, PODEROSA, VOU ESCREVER UMA PARTE DA HISTÓRIA que nunca planejei contar para você. Fico bem constrangida com isso. Não envergonhada, constrangida. Mas enfim, prometi para mim mesma que contaria tudo para a senhora, e esta parte é importante.

Talvez se a senhora esquecer que sou sua neta e tentar pensar em mim como uma pessoa que não conhece ou como um personagem de livro... talvez a ajude a conseguir ler isso sem ter um ataque cardíaco.

Numa noite de novembro, depois da aula de leitura dinâmica, Robbie me convidou para sair novamente. Só nós dois. E, para garantir que não seríamos perturbados por ex-namoradas ou pinguças que estudam comigo, ele se ofereceu para fazer um jantar em casa. Ele mora numa quitinete num prédio antigo em Charles Village cheio de outros alunos de pós-graduação. Anotou o endereço para mim. Sexta à noite.

Eu disse para Dona Maura e Ginger que ia dormir na casa de Claire. Não queria contar para mais ninguém o que ia fazer — nem para Claire. Tinha a sensação de que algo importante aconteceria naquela noite e não queria nenhuma interferência.

Robbie mora num prédio de tijolos meio acabado. São 12 andares pontilhados por janelas. A entrada tem um piso de mosaicos desbotados e rachados que provavelmente já foi bonito muito tempo atrás. O elevador é lento e range. Subi até o sétimo andar e toquei a campainha de Robbie. Ele abriu a porta usando um avental quadriculado e com o cabelo em pé por causa do vapor na cozinha.

O iPod dele estava tocando alguma música antiga: era uma mulher com voz de bebê cantando alegremente sobre descascar uma uva. Dei a ele as flores que tinha levado e ele me deu um beijo na bochecha.

O apartamento é pequeno e tem uma cama elevada encostada num canto com uma escrivaninha embaixo. Tem também uma pequena cozinha com uma janela com vista para um pátio com dezenas de outras janelas, acesas e apagadas, uma colmeia fascinante de estudantes zunindo em suas pequenas células.

Eu me sentei à mesa da cozinha, que tinha uma garrafa aberta de vinho tinto, uma garrafa de água mineral com gás e um prato de queijos e torradas. Robbie estava no fogão, mexendo uma panela de massa.

— Espero que goste de espaguete com almôndegas — disse ele. — Pois é o que vamos jantar.

— Adoro espaguete com almôndegas. — Peguei uma bolacha com queijo de cabra.

Segurando uma colher grande de madeira, Robbie serviu vinho nas duas taças. Ele ergueu a dele, encostou na minha e disse:

— Saúde.

— Saúde. — Dei um gole. Por alguma razão, pensei no vinho da Comunhão.

O telefone de Robbie tocou. Ele franziu a testa ao olhar para a tela, atendeu e acenou a colher para mim.

— Só um segundo. Doyle? Oi. Não, cara, não posso. Hoje não. Estou ocupado. Não é da sua conta. Não vou contar. Não vou dizer se você está certo ou errado. Pode ficar pensando o que quiser, cara. Tá bom. Passa lá no cinema amanhã à noite. É. Tá, tchau.

— Era Doyle — disse ele enquanto desligava o telefone.

— Coisas da pós-graduação?.

Ele riu.

— Pois é, coisas da pós-graduação. — Deu mais uma mexida na massa e depois a colocou num escorredor na pia. — O jantar já está quase pronto.

Eu estava começando a gostar da voz engraçada e infantil no iPod.

— Quem está cantando?

— Blossom Dearie. Ela era uma velhinha legal. — Ele jogou o CD com a foto de uma mulher loira na capa. Enquanto eu olhava o CD, ele fez um prato de espaguete com almôndegas para mim. — Você quer salada? Posso fazer uma salada.

— Você quer? — perguntei.

— Não faço questão. Mas, se você quiser, posso fazer uma rapidinho.

Eu não queria salada. Queria devorar coisas deliciosas, sem me preocupar com vitaminas e saúde e fibras. Eu me perguntei qual seria a sobremesa.

— Não precisa fazer salada.

Ele sorriu e me ofereceu um cesto com pão de alho. Peguei um pedaço. Estava quentinho e amanteigado. Começamos a comer. Não conversamos. Eu não sabia sobre o que falar. Dei uma olhada no pequeno apartamento, nos desenhos nas paredes que provavelmente eram dos amigos dele, no pôster emoldurado de Rushmore e no robô de brinquedo no peitoril da janela.

— Me conte alguma história — pedi para Robbie. — Alguma coisa que aconteceu quando você era criança.

— Humm. Tá. — Ele comeu um pouco de espaguete e pensou. — Quando eu tinha 12 anos, minha mãe finalmente deixou que eu fosse andando para a escola sozinho. Ficava a apenas três quarteirões de casa, mas minha mãe sempre ia comigo.

— Em que bairro você morava?

— Greenwich Village. Não é nada perigoso, pelo menos em relação a outros lugares de Nova York. Não é como West Baltimore nem como este bairro. Mas, quando eu era pequeno, lá não era tão chique como é agora.

Ele parou e tomou um gole da água com gás.

— Então lá estava eu, com 12 anos, indo a pé para a escola pela primeira vez. Uma mulher sai correndo de um prédio, gritando, coberta de sangue. Não entendi nada do que ela estava dizendo, só "Me ajude! Me ajude!". Fiquei paralisado na calçada. Surtei.

— Ela havia matado alguém?

— Eu não sabia. Corri até a banca de jornal na esquina e disse para o jornaleiro chamar a polícia. A viatura chegou e eles levaram a mulher para dentro do prédio. Disseram para eu ir para a escola. Eu não podia ficar lá parado, então fui para a escola. Eles reclamaram do meu atraso e ligaram para minha mãe. Ela ficou furiosa. Meu primeiro dia indo pra escola sozinho e eu chego atrasado.

— Os pais sempre se preocupam com as coisas menos importantes de todas! E você descobriu a história da mulher?

— Passou no noticiário daquela noite. Ela era da Indonésia e tinha sido trazida para cá como escrava doméstica. Eles a obrigavam a trabalhar dia e noite, davam mingau para ela comer e nunca a deixavam sair de casa. Ela cansou disso e tentou matar o casal que a mantinha presa com uma faca de trinchar. Mas tudo que conseguiu foi decepar a mão da mulher.

— Eca! — Por reflexo, eu segurei minha própria mão para garantir que ela ainda estava lá.

— Pois é. Depois disso, minha mãe não deixou mais que eu fosse sozinho para a escola. Não pude mais sair de casa sozinho por um ano.

— Mas isso é ridículo — argumentei. — A mulher da Indonésia não representava nenhum perigo pra você.

— Tentei explicar isso para minha mãe, mas a gritaria e o sangue a deixaram apavorada.

— O que aconteceu com a escrava?

— Ela foi mandada de volta para a Indonésia e os captores foram presos.

— Caramba.

— Pois é.

— Esse tipo de história faz você pensar no que realmente acontece na casa dos seus vizinhos. Será que estão escondendo algum escravo secreto no porão? Será que moram num labirinto de jornais velhos que não jogam fora por nada? Será que estão inventando um aparelho que vai solucionar todos os mistérios da viagem no tempo?

Robbie riu.

— Está vendo aquela janela ali? No quinto andar, a terceira da esquerda? — Ele apontou para uma das janelas acesas do outro lado do pátio. A luz estava acesa, mas a cortina estava fechada.

— Aham.

— Tem uma garota lá dentro que se veste de cigana e começa a dançar. — Ele se levantou e rodopiou pela cozinha, balançando os braços. — Acontece de vez em quando, no fim da noite. Ela deixa a cortina fechada o tempo inteiro, menos quando está fazendo a dança cigana.

— Será que ela está lançando um feitiço?

Robbie deu de ombros.

— Não sei o que ela está fazendo. Mas pelo jeito quer mesmo que as pessoas a vejam com aquela fantasia. — Ele estendeu o braço até o fogão para pegar a panela. — Mais almôndegas?

— Só mais uma, por favor. Estão deliciosas.

— Obrigado. — Ele colocou mais molho no meu espaguete. — Também faço um risoto de camarão maravilhoso. É receita do meu pai. — Passou mais pão de alho para mim. — Sua vez de contar uma história.

— Tá bom. — Decidi contar uma história que nunca tinha contado para ninguém. — Uma vez, Paizão decidiu levar St. John e Sully para velejar no fim de semana. Eles iam velejar por Chesapeake, pescar e dormir no barco. Jane, Sassy e eu reclamamos. Não era justo, a gente também queria ir. Mas não cabia todo mundo no barco e, enfim, era para ser uma coisa entre um pai e seus filhos homens. Isso foi antes de Takey nascer.

"Então Ginger disse que nós garotas também íamos nos divertir no fim de semana sem eles e nos levou para Nova York. Ela disse que a gente ia alugar um quarto no Pierre e ia ao teatro, especialmente para aqueles musicais bregas que Paizão não gosta de ver, tipo *Wicked*, e faria compras e comeria em restaurantes e passearia de carruagem no Central Park... tudo que tínhamos direito. Paizão e os meninos ficariam com inveja."

— Pierre — disse Robbie. — Nossa, você é muito rica, não é?

— Hum... na verdade, não... só de certa maneira. É uma longa história. — Fiquei com vergonha. Não pense mal dele por causa disso, Poderosa.

— Desculpe. Parece um fim de semana bem divertido.

— Foi o que pensamos. Pegamos o trem para Nova York e fomos para o Pierre. A nossa linda suíte tinha vista para o parque, e compramos ingressos para ver Wicked naquela mesma noite. Nós nos vestimos e fomos para o musical e foi ótimo. Depois fomos jantar e Ginger disse que a gente podia pedir o que quisesse, então pedi lagosta. Ginger pediu camarão ao alho e óleo. Ela disse que podia ficar com o pior hálito do mundo naquele fim de semana, pois Paizão não estava por perto. Mas acabou não comendo o prato. Ela não comeu nada.

Dei a última mordida no meu pão de alho e continuei:

Sassy e Jane e eu ficamos falando sobre o musical e que estávamos loucas para rever *O mágico de Oz* agora que sabíamos a verdadeira história da Bruxa Malvada do Oeste. Tudo parecia maravilhoso. Mas no fim do jantar percebi que Ginger estava bem quieta. Olhei para ela e vi que estava encarando a mesa ao lado com uma expressão bem triste no rosto.

— Quem estava na mesa ao lado?

— Era só um casal de velhinhos. Não sei se foi alguma coisa neles que a deixou triste ou se por coincidência ela estava olhando tristemente na direção deles. Mas foi estranho ver Ginger daquele jeito. Normalmente ela é bem tranquila e inabalável.

Robbie me ofereceu mais pão de alho.

— Não me importo se você vai ficar com o pior hálito do mundo.

— Obrigada. — Peguei um pouco, porque ele também estava comendo, então nós dois íamos ficar com hálito ruim. Se chegasse a tanto. — Voltamos para o hotel e fomos dormir. Eu me levantei no meio da noite para ir ao banheiro e vi que Ginger estava na sala de estar, chorando.

— Ah. Coitada da Ginger.

— Você não entende. Isso não tem *nada* a ver com ela, nem um pouco. Perguntei o que havia de errado e ela disse: "Desculpe, querida, mas acho que precisamos voltar pra casa". Eu perguntei "Por quê?", e ela disse "É que estou com saudades demais do seu pai".

— Caramba. Que romântico.

— Eu não achei. Tinha 10 anos na época, fiquei furiosa porque a gente teve que ir embora antes do nosso super fim de semana acabar. Mas também fiquei com medo, pois ela estava tão arrasada que parecia doente. Aquela pessoa pálida e chorosa não era a Ginger que eu conhecia. Ela ligou para Paizão, e ele e os garotos também voltaram antes da viagem. Ela estragou o fim de semana de todo mundo só porque não conseguia passar uma noite sem Paizão. Eu sei que não parece nada de mais, mas aquilo tudo me deixou chocada. Notei que meus pais não tinham passado uma única noite separados desde que eu me lembrava. Os dois são todos blasé a respeito do casamento deles, mas na verdade dependem totalmente um do outro.

— Minha mãe provavelmente diria que isso não é muito saudável.

— Com certeza não é. Aquilo me fez pensar nos meus pais de uma maneira nova. Uma maneira nova e meio patética. Foi a primeira vez que pensei em Ginger como uma pessoa... bem, carente.

— Acho que você está sendo rigorosa demais com ela — disse Robbie. — Seus pais se amam. Isso é bom.

— Acho que sim. Mas não é cem por cento bom.

Respirei fundo e fiquei encarando meu prato, que de alguma maneira tinha ficado vazio. Quando foi que comi todo o espaguete?

Em seguida olhei para Robbie. Ele estava esperando, querendo saber por que Ginger e Paizão se amarem não era cem por cento bom.

— Porque eles se amam mais do que amam a gente — declarei.

— Isso não pode ser verdade.

— Pode, sim. — Tomei um pouco d'água. Hora de mudar de assunto, rapidamente. — Ufa. Falei demais.

— Tudo bem. Antes fui eu que falei demais.

— As duas histórias aconteceram em Nova York.

— Lá sempre tem coisa acontecendo. Você devia voltar lá.

— Vou, sim.

Ficamos sentados em silêncio por um instante. Era um silêncio agradável. Pensei no que havia acabado de acontecer. Eu tinha contado para ele uma história imbecil da minha família. Tinha contado sem ficar constrangida. Parecia que estava falando com uma das minhas irmãs. E Robbie pareceu realmente interessado.

Olhei o cabelo dele, os olhos castanhos brilhantes, a pele macia com suas várias expressões de alegria, o sorriso de cereja e com covinhas. Já era, pensei. Estou apaixonada.

— Qual vai ser nossa sobremesa? — perguntei.

— Norrie, acho que estou apaixonado por você — disse ele.

Nós ficamos nos encarando, num momento de sintonia estranho e empolgante. Então ele se levantou, eu me levantei, ele estendeu o braço e me puxou para perto.

Nós nos beijamos até eu achar que ia perder a consciência. E de certa maneira perdi. Não desmaiei nem nada, mas minha mente foi parar num outro mundo, ficou entorpecida e sem nenhum pensamento, guardada no meio da naftalina até o instante em que eu voltasse a precisar dela.

Agora vou fechar as cortinas dessa cena. Acho que é o limite para uma avó e sua neta abrindo o coração. Mas quero acrescentar uma pequena coda.

Mais tarde, no meio da noite, eu acordei e vi que estava numa cama elevada, com o teto a apenas alguns metros da minha cabeça. Robbie estava deitado ao meu lado, roncando baixinho, com um braço por cima da minha barriga.

Eu afastei o braço dele delicadamente e desci da cama. O apartamento estava escuro. As velas tinham queimado até o fim, mas havia luz entrando pela janela. Coloquei a camisa de Robbie e fiquei sentada na mesa da cozinha, olhando lá para fora.

A lua estava cheia, reluzindo no meio de um céu límpido e frio e iluminando a cozinha. Do outro lado do pátio, o tabuleiro de damas formado pelas janelas brilhava, apesar de serem duas da manhã. A cortina estava aberta no apartamento da garota cigana, e eu a vi, vestida com um pano na cabeça, um xale e uma saia longa de cor chamativa, rodopiando e girando e cantando. Olhei para as outras janelas. Um homem atarracado subia numa cama como a de Robbie, e uma gata cinza pulou ao lado dele e encostou em sua bochecha. O homem fez um carinho com o nariz. Eles ficaram com os narizes encostados e se acomodaram para dormir. A garota cigana rodopiava e dançava. Tudo estava bem na colmeia de estudantes.

■ ■ ■

Quando cheguei em casa no dia seguinte, depois do café da manhã, a casa estava silenciosa. Ginger, Paizão e Jane ainda estavam dormindo, e Dona Maura estava limpando a cozinha. Escutei barulho de televisão vindo da sala menor e olhei lá dentro. Sassy estava no sofá vendo desenhos com Takey, o braço por cima do ombro dele, que estava com a mão na perna dela. Não notaram minha presença. Os dois estavam hipnotizados pelo programa, com aquela expressão de zumbi, sem perceber nada, com os picolés de cereja derretendo nas mãos. Naquela posição, Sassy parecia uma criança, sem perceber que seu pé esquerdo estava fora do banquinho ou que o líquido pegajoso do picolé escorria pelos seus dedos.

De repente, eu me senti velha. Talvez não velha, mas madura. Me senti feliz e triste. Encostei no meu próprio rosto, nas minhas maçãs do rosto novas e ossudas.

Agora tudo estava diferente.

TREZE

A SENHORA CONVIDOU SASSY, SOMENTE SASSY, PARA TOMAR chá naquela semana. Ginger, Jane e eu entendemos o recado: estava com raiva da gente. Não sei o que Ginger fez para chateá-la, mas imaginei que parte dos boatos a meu respeito tinha chegado aos seus ouvidos. Já os crimes de Jane não eram nenhum mistério: o Baltimore Sun tinha acabado de publicar uma matéria sobre o blog dela e todos os segredos escandalosos da família, e ela foi suspensa do colégio por blasfemar. Jane já estava esperando pela encrenca — não, ela estava querendo encrenca.

Voltei do colégio e percebi que tinha me esquecido de comprar absorventes, então perguntei para Jane se ela queria ir comigo de carro até a Roland Pharmacy. Ela estava inquieta por ter passado o dia inteiro em casa, então topou. Começou a chover. Dirigimos até a farmácia com o ruído dos limpadores de para-brisa, o barulho da água debaixo dos pneus e o cheiro de lã molhada.

Parei o carro na frente da farmácia.

— Vai vir ou vai esperar no carro?

— Esperar no carro — disse Jane. — Compra um chocolate Mounds pra mim.

Peguei uma caixa de absorventes e parei para ver as revistas por um instante. Escutei uma voz familiar dizer:

— Vim buscar um remédio que minha mãe encomendou.

Brooks Overbeck apoiou os cotovelos no balcão da farmácia, entregando a receita para o farmacêutico.

— Já trago, rapaz — falou o homem atrás do balcão.

Brooks se virou, apoiando-se no balcão para esperar enquanto observava o movimento pós-aulas na farmácia. Os olhos dele passaram rapidamente pelas meninas do ensino fundamental que estavam rindo dos cartões de aniversário e por uma mulher analisando hidratantes antes de chegarem nas revistas e em mim. Eu estava olhando para ele e, enquanto ele se aproximava, eu casualmente passei a segurar a caixa de absorventes atrás das costas.

— Oi, Norrie, e aí?

— Oi, Brooks.

Ele tirou um envelope cor de creme do bolso do casaco.

— Recebi isto aqui pelos correios hoje. Claro que você vai receber minha resposta oficial depois que minha mãe me ensinar a maneira correta de responder, mas só para constar a minha resposta é "Claro, gatinha!".

— Resposta? — Eu não sabia do que ele estava falando. — Resposta de quê?

— Você é engraçada. — Ele encostou o envelope na palma da mão. — Sempre foi, não é?

— Engraçada? Eu? Não, não sou nada engraçada. — Movi a caixa de absorventes para a dobra do braço (não me importava mais que ele visse) e tirei o envelope da mão dele. Era um papel grosso cor de creme da Downs, endereçado para ele e com o meu endereço no remetente. Mas a letra — fina e irregular, porém determinada — era inconfundível. Era a sua, Poderosa.

— Estava esperando você me convidar — disse Brooks. — Também recebi alguns outros convites, mas estava esperando o seu.

Abri o cartão. O Sr. e a Sra. Alphonse Sullivan III têm o prazer de convidá-lo para a apresentação de sua filha, Louisa Norris, no Baile de Debutantes, sábado, 21 de dezembro...

Talvez isso a surpreenda, Poderosa, mas não gosto quando as pessoas agem em meu nome sem minha permissão. A primeira coisa que pensei foi: como ela se atreve a fazer isso?

Minha mente acelerou furiosamente, mas eu não sabia o que dizer para Brooks. Não era culpa dele.

— Overbeck — chamou o farmacêutico.

— Tenho que ir — disse Brooks. — A gente se fala. *Ciao*!

Ele voltou ao balcão para pegar o remédio. Peguei o Mounds para Jane e paguei no caixa. Depois fui correndo para o carro.

— Viu alguém lá dentro? — perguntou Jane, porque quase toda vez que vamos a Roland Pharmacy encontramos alguém conhecido.

— Brooks — respondi. — E você não vai acreditar no que a Poderosa fez.

— Ah, vou sim. Não tem nada que você possa dizer sobre Poderosa que vai me surpreender.

— Então sorte sua. Porque ela com certeza me deixou de queixo caído.

E não seria a última vez que isso ia acontecer, seria?

■ ■ ■

— Ginger! — gritei quando cheguei em casa.

Joguei o casaco no pé da escada. Jane ficou perto de mim, esperando alegremente a discussão começar.

Foi estranho não encontrá-la no jardim de inverno, tomando chá e conversando ao telefone com uma das amigas. Não sei por que gritei o nome dela. Queria que ela lutasse por mim — pelo meu direito de escolher meus próprios pares, de viver minha própria vida. Mas claro que Ginger já devia estar envolvida nisso tudo, não é?

Finalmente, ela apareceu no topo da escada, parecendo abalada. Estava de óculos — aqueles que parecem olhos gigantes de besouro — e o cabelo estava bagunçado de um lado e liso do outro. Vestia o pijama de seda florido. Era óbvio que havia algo de errado.

— Parem de gritar e subam aqui, garotas. Aconteceu uma coisa.

Jane e eu nos entreolhamos. Minha irmã estava esperando alguma coisa sórdida. A maioria das expressões faciais dela contém uma certa alegria satânica.

Entramos no quarto de Ginger e vimos Sassy deitada de bruços na cama, chorando. Takey fazia carinho na cabeça dela desajeitadamente.

— O que aconteceu? — perguntei.

— Wallace morreu — disse Ginger.

— O quê?! — exclamou Jane.

Ginger balançou a cabeça e sentou ao lado de Sassy, massageando as costas dela.

— Sassy o encontrou. Ela estava saindo da casa da Poderosa e viu Wallace dentro do carro dele. Morto.

— Ele estava sentado lá dentro? — perguntei.

— De olhos abertos — relatou Takey.

Sassy ergueu o rosto úmido e rosado e fez sim com a cabeça.

— Nossa! Que assustador! — exclamei.

Jane e eu nos deitamos na cama.

— Coitada da Sass — disse Jane.

— Foi horrível. — Sassy começou a chorar mais.

— O que aconteceu? — perguntei.

— Nós não sabemos — disse Ginger. — O seu pai está no hospital agora com Poderosa. Aposto que foi um ataque do coração. E se tivesse acontecido enquanto ele estivesse dirigindo? Ele podia ter batido em alguém.

Sassy chorou mais ainda e se levantou bruscamente.

— Não aguento mais! É terrível demais! — Ela saiu da cama e correu para fora do quarto. Um segundo depois, escutamos a porta do quarto dela bater.

— Por que ela está chateada? — perguntou Jane. — Quero dizer, sei que acabou de ver um cadáver pela primeira vez. mas está se comportando como se tivesse matado o cara com as próprias mãos.

— Ele sempre foi meio rígido — disse Ginger.

Suspirei. Elas eram cruéis. Todos nós éramos.

O telefone tocou. Ginger estendeu o braço e atendeu. Pela maneira como ela estava falando, percebi que era Paizão na linha.

— Ele está vindo para casa — falou ela, desligando. — Os médicos disseram que foi um derrame. O funeral é na sexta.

— Coitado do Wallace — falei.

■ ■ ■

Parecia feriado com St. John e Sully em casa, e Jane, Takey e eu tivemos dificuldade em conter a alegria ao vê-los no nosso período de luto. Apenas Sassy lamentou a morte continuamente. Ela ficava sentada conosco, escutando as aventuras de St. John e Sully pelo mundo, vestindo preto o tempo inteiro — até encontrou um pijama preto em algum lugar — e caindo aos prantos sem motivo algum. Estava mais triste do que qualquer outra pessoa da família, mas, conhecendo Sassy, isso não era tão estranho.

Na sexta, todos nós vestimos preto e entramos na limusine que nos levou para a catedral.

Não consegui enxergar muito bem o seu rosto por trás do véu de renda. Era difícil saber exatamente o que a senhora estava sentindo. Acho que a senhora o amava, mas quem sabe que segredos existem no seu coração?

Tentei impedir Takey de fingir que atirava nas pessoas enquanto entrávamos na igreja, mas ele só obedece à Dona Maura. Brooks já estava sentado com Carrie e os pais dele e Mamie. Ele me cumprimentou com a cabeça enquanto eu deslizava pela nossa bancada.

Fiquei encarando o corpo de Wallace, com uma aparência toda encerada dentro do caixão, e senti uma pequena pontada no coração, mas não consegui chorar. Eu queria chorar. Parecia o certo. As pessoas ao meu redor fungavam e enxugavam os olhos. Sassy passou a missa inteira chorando e tremendo. Jane coração de pedra não, claro. Ginger estava chorando, mas era impossível saber a razão. Talvez tivesse perdido um brinco.

Ver Paizão chorando baixinho me abalou. Paizão não finge choro. Wallace não era o pai dele, e, se a senhora parar para pensar, Paizão já foi a vários funerais de maridos seus. Talvez ele estivesse se lembrando do verdadeiro pai. Ou talvez ele seja apenas uma pessoa sensível. Sassy herdou a sensibilidade dele.

A cerimônia terminou e nós saímos da catedral, fileira por fileira. Eu estava me sentindo cansada. Os rostos pelas bancadas formavam um borrão até que, de repente, na última fileira, um apareceu repentinamente. Robbie. Ele olhou para mim com tanto afeto que eu finalmente me entreguei aos prantos.

— Ah, Norrie! — Sassy pôs os braços ao redor da minha cintura e ficou me abraçando enquanto andávamos. Foi só isso que me impediu de sair correndo para os braços de Robbie. O fluxo de pessoas nos fez passar direto por ele e sair da igreja.

Eu não tinha contado a ele sobre o funeral; ele devia ter visto o aviso no jornal. Queria tanto ficar com ele, mas precisava comparecer ao almoço. Não sabia por que o rosto dele tinha provocado aquilo, mas na limusine eu passei o caminho inteiro até Gilded Elms escondendo o rosto com um lenço e chorando. Então fiquei preocupada: e se eu estivesse ficando como Ginger? E se eu só conseguisse ser feliz se estivesse com Robbie, da mesma maneira como Ginger só conseguia ser feliz com Paizão?

CATORZE

NA NOITE DEPOIS DO FUNERAL DE WALLACE, SENTAMOS À mesa da cozinha para jantarmos calmamente com Dona Maura. Sassy disse que não estava se sentindo bem e subiu para o quarto dela. O resto de nós preparou sanduíches de peito de peru e tomou leite, fofocando sobre quem tinha dito o que no almoço pós-funeral.

— Brooks Overbeck me disse que já comprou gravata branca e fraque para o Baile — disse Sully.

— Bom para ele.

Sully e St. John trocaram um olhar. No meio de toda a agitação em torno do funeral, eu não tinha me esquecido de Brooks e do Baile, mas não me parecia correto falar de algo tão frívolo vestindo roupas de luto.

— Vou subir para fumar — avisou Jane. — E não estou nem aí, todo mundo pode saber — acrescentou ela ao ver o dedo erguido de Dona Maura, pronta para repreendê-la.

— Vou com você. — Eu me levantei da mesa, com o sanduíche pela metade. — Para garantir que não vai incendiar meu quarto.

Jane e eu subimos para a Torre. Ela abriu a janela e acendeu um dos cigarros de cravo. Eu me joguei na cama.

— Então, o que foi que fez você chorar? — perguntou Jane. — Quero dizer, no fim do funeral. Por que estava chorando?

— Que tipo de pergunta é esta? Era um funeral. Todo mundo estava chorando. Menos você, claro.

— Acho que você sabe do que estou falando. Você não estava chorando por causa de Wallace. Eu estou triste por ele. Estou mesmo. E estou triste por Sassy, por ter sido ela quem o encontrou. Parece que isso mexeu mesmo com ela.

— Queria que ela desabafasse sobre isso — falei.

A porta se abriu — nessa família, ninguém se dá ao trabalho de bater antes de entrar — e Sully e St. John entraram.

— Este lugar está um lixo sem os meus pôsteres — disse Sully. — Parece um quarto de menina.

— O quarto é meu agora. — Eu não estava a fim de brincar.

— Oficialmente, isto aqui sempre foi e sempre será o meu quarto — disse St. John. — Estou só emprestando ele para vocês, filhotes.

St. John esticou o corpo comprido na base da cama e Sully se acomodou na poltrona perto da janela. Os dois olharam para Jane.

— O que foi? — perguntou ela. — Estou fumando. Me deixa em paz.

— Precisamos ter uma conversa com Norrie — disse St. John.

— Então conversem.

— É pra você sair daqui, sacou, tampinha? — disse Sully.

Jane apagou o cigarro.

— Cala a boca, Sully. Você e suas gírias ridículas da universidade.

— Uuuh, Jane disse "cala a boca" — provocou Sully.

Jane foi andando teatralmente até a porta.

— Vai pra casa do cacete.

— Uuuh, Jane disse "cacete" — cantarolou Sully. — As pessoas desta casa falam como se estivessem no século XX.

— Inclusive você — disse St. John. — Quando não está tentando falar como um traficante de *A escuta*.

Pois é assim que Sully fala quando a senhora não está por perto, Poderosa, então peço desculpas pelos xingamentos. Cortei alguns, mas para outros não existia nenhuma palavra com o mesmo significado.

Jane foi embora grunhindo e bateu a porta ao sair. Eu sentei e me encostei nos travesseiros.

— A gente ouviu falar do cara mais velho com quem você está saindo, N. — disse Sully. — Não é nada legal.

— Sully, achei que você fosse deixar eu falar — interrompeu St. John.

— Vá em frente — disse Sully.

— Paizão contou pra gente, Norrie. Ele está tentando fingir que não está preocupado, mas você sabe que ele está. Quantos anos tem esse cara, 25?

— É. E daí?

— Ele é quatro anos mais velho que eu — disse St. John. — Ele é velho demais pra você.

— Você não sabe como os homens são, Norrie — acrescentou Sully. — Não gosto de dizer isto, mas nós somos uns merdinhas.

Olhei para St. John querendo alguma confirmação. Talvez Sully até fosse um merdinha, mas St. John?

Ele assentiu solenemente.

— Nem sempre, mas podemos ser. Alguns são. E normalmente os caras que ficam atrás de meninas mais novas não são os melhores.

— Mas vocês não conhecem Robbie — argumentei. — Não é assim. Não fica atrás de meninas mais novas. Todas as ex-namoradas dele têm a mesma idade que ele. Isso foi só... um acidente.

Sully se levantou de repente.

— Ah, não. Você está grávida?

— Não — falei. — Não esse tipo de acidente. Estou só querendo dizer que simplesmente aconteceu. Sei que a hora não é a melhor, mas não posso fazer nada. Eu conheci o amor da minha vida. Eu podia ter conhecido ele depois, quando estivesse com uns vinte e alguma coisa, mas não foi o que aconteceu. É o destino. Não tem nada que eu possa fazer.

— Destino? Ah, não, nem comece com isso — disse St. John. — Quando as garotas começam a falar em destino é porque vai dar problema.

— Pois é, os garotos do destino são sempre os maiores canalhas de todos — falou Sully. — É assim que as garotas justificam a canalhice deles: "Não posso fazer nada se ele é um imbecil, isso é o destino!" Não se apaixone, Norrie. É tudo a maior mentira.

— Até parece que você entende disso — falei. — Já se apaixonou alguma vez na vida?

— Norrie, escuta só — interrompeu Sully. — Tem um cara na minha fraternidade, ele está no último ano. Todo ano, quando chegam os alunos novos, ele dá uma olhada no diretório e encontra as garotas mais gatas. Escolhe as garotas, uma por uma. Ele as convida para uma festa, faz elas encherem a cara, transa com elas e depois as risca da lista. Ele até tem um quadro gigante no quarto com as fotos delas. Depois que ele pega, faz um X vermelho na foto. E daí sai contando pra todo mundo que viu a menina pelada e que ela é gorda.

— E daí? Isso só prova que a sua fraternidade é cheia de babacas .

— Esse foi apenas um exemplo — explicou Sully. — Posso dar mais uma dúzia deles, até piores.

— Como você sabe que esse tal de Robbie não está saindo com mais três garotas ao mesmo tempo? — perguntou St. John.

— Bem... acho que não tenho certeza disso.

— Ele pode estar aprontando todo tipo de coisa e você não faz nem ideia — disse Sully.

— Você nem o conhece — respondi. — Por que vocês pelo menos não o conhecem primeiro para depois concluir que ele é uma encarnação do diabo?

Sully riu.

— Rá! Ele nunca ia topar conhecer a gente. Seus irmãos mais velhos? Ele ia ficar se cagando de medo.

Por mais que eu não quisesse admitir, eles tinham colocado algumas dúvidas na minha cabeça. O que é que eu realmente sabia sobre Robbie? Eu me encontrava com ele apenas uma ou duas vezes na semana. O que ele fazia no resto do tempo? Será que estava me enrolando e saindo com outras garotas também? Como eu ia saber?

— E Brooks? — perguntei. — Ele também é homem. Como você sabe que não é tão ruim quanto esses caras da sua fraternidade?

— Talvez até seja — disse Sully. — Mas ele nunca a trataria mal graças às várias ligações que vocês dois têm. Ele sabe que tudo que acontecer entre vocês vai cair nos ouvidos de Poderosa e Mamie, e não vai querer se arriscar.

— Então a única razão pela qual eu posso confiar nele é porque ele tem medo de irritar a família? — Essa era uma maneira perturbadora de encarar o amor. Não gostava de pensar em Brooks como um covarde, assim como não gostava de pensar em Robbie como um predador.

— E você? — perguntei. — Também é um canalha, St. John?

— Que nada, eu não — disse St. John. — Mas Sully é.

— Não sou, não — retrucou Sully. — Sou um cara legal. Não posso fazer nada se as garotas ficam se jogando pra cima de mim. O que é que eu devia fazer, resistir?

— Sim, é exatamente isso que devia fazer — disse St. John.

— Cara, eu sou humano.

— Sabe de uma coisa? Não confio em nenhum de vocês dois — afirmei.

Mas eles são meus irmãos e estavam apenas tentando me proteger. Se eu não confiava neles, em quem ia confiar?

QUINZE

ALGUNS DIAS APÓS O FUNERAL DE WALLACE, RECEBI PELOS correios uma carta de pêsames de Robbie. Ela dizia:

Querida Norrie,
Sinto muito pela morte do seu avô. Você parecia tão triste no funeral. Espero que não tenha se importado em eu ter ido de penetra, mas queria estar lá caso precisasse de mim. Vi que você estava sendo bem consolada pela sua família, especialmente por suas irmãs. Não quero incomodá-la num momento como esse, mas se quiser me ligar estou aqui. Esperando. Pode telefonar. Ou mandar mensagem de texto ou o que for.

Espero vê-la na aula terça, mas eu entenderia se você faltasse. Em alguns momentos a leitura dinâmica não parece muito importante. Aliás, na maior parte deles. Mas eu a conheci por causa da leitura dinâmica, então para mim ela devia ser obrigatória em qualquer currículo acadêmico. Com certeza seria um prazer ver o seu rosto tão interessante.

Robbie

— Ele não assinou "Com amor" — salientou Jane, o que não ajudou em nada.

— Ele não precisou fazer isso — disse Sassy. — O fato de ter mandado essa carta já é uma demonstração do seu amor.

— Você podia mostrar isso para Poderosa e Ginger — disse Jane. — Elas vão ficar tão contentes em ver um jovem que usa o correio para se comunicar em vez de mensagens de texto. Etiqueta de antigamente e tal. Não estou vendo nenhuma carta de Brooks jogada por aí.

— O pai dele mandou uma — falei. — Em nome de todo o clã Overbeck.

— Mesmo assim — disse Jane.

— Pois é, mesmo assim — concordou Sassy.

■ ■ ■

Fui para a aula de leitura dinâmica na terça à noite. Como poderia deixar de ir? Estava louca para ver Robbie. Queria ver o que eu ia sentir agora que sabia que ele provavelmente não passava de um babaca predador de meninas, de acordo com Sully e St. John.

Cheguei na aula um pouco atrasada e fui para a fileira de trás, bem ao lado dele. Robbie procurou por sinais de tristeza no meu rosto. Tenho certeza que encontrou. Pôs a mão em cima da minha e voltou a atenção para a professora, que falava sobre técnicas para ler superficialmente.

Odeio ler superficialmente, escrevi no caderno dele.

Eu também, respondeu ele. *Se vale a pena ler, vou querer ler todas as palavras.*

Logo que fiquei na presença dele, percebi que Sully e St. John não tinham razão. Talvez eu fosse ingênua. Talvez eu estivesse enganando a mim mesma. Mas resolvi que, se eu ia acabar me magoando, então ia acabar me magoando e fim de história. De que outra maneira eu ia descobrir a diferença entre um cara legal e um babaca? Meus instintos me diziam que Robbie era um cara legal, e se meus instintos estavam tão enganados assim, então eu tinha muito o que aprender.

Depois da aula, Robbie segurou minha mão e nós atravessamos o campus em direção a um café.

— Tenho que contar uma coisa pra você — falei, enquanto tomava meu chá de menta.

— O que foi, minha garota?

— Vai acontecer uma coisa daqui a algumas semanas, o Baile de Debutantes. Você já ouviu falar disso?

Robbie fez sim com a cabeça.

— É parecido com uma festa de 15 anos?

— Sim — respondi. — E eu preciso participar. Com meu pai, meu irmão e um cara chamado Brooks. Minha avó vai ficar muito chateada se eu não for. E desde que Wallace morreu, ela está mais sensível do que o normal. Só achei que você devia saber.

— Quando é?

— 21 de dezembro.

— O dia mais curto do ano.

— E a noite mais longa.

— Espero que se divirta.

— Não vou me divertir. Nem se preocupe.

— Não, eu quero que você se divirta.

— Você não está entendendo — falei. — Esse garoto Brooks... ele foi, tipo, escolhido para mim.

— Ele gosta de você?

— Não sei. É difícil saber. Ele é muito obediente. Sabe que deve gostar de mim, então se comporta como se gostasse. Talvez ele goste mesmo.

— Você gosta dele?

— Ele é legal — respondi. — Mas não gosto dele da maneira como gosto de você.

— Bom saber.

— Mas eu também sou uma pessoa obediente. Acho que é por isso que vou participar do baile pra começar.

— Não tem nada de errado em você querer deixar sua família feliz, contanto que também esteja feliz.

— Mas é exatamente essa a questão — falei. — Tenho me sentido tão estranha ultimamente. Inquieta e impaciente e louca e irritada. O que eu quero é fugir. Simplesmente ir embora e fugir, fugir, fugir... com você. Quero ir para qualquer lugar com você, qualquer lugar que não tenha bailes, nem avós mandonas, nem uniformes de colégio, freiras, jogos de hóquei, jogadores de lacrosse, garotas boazinhas e garotas más. Somente nós dois.

Ele ficou com a boca reta e o rosto inexpressivo.

— Pois é. Isso é maluquice. Você não pode fazer isso.

— Você não fugiria comigo?

— Eu não quero fugir. Eu gosto daqui. Além disso, tenho uma tese para escrever.

Está vendo o quanto ele é responsável?

No entanto, o meu coração rachou um pouquinho de nada. Fiquei desapontada. Mais do que desapontada. Estava esperando ele dizer que iria comigo para qualquer lugar, o que importava era ficar comigo. Mas, em vez disso, ele foi sensato. Ele gosta daqui. Quer terminar a pós-graduação.

Ele é um adulto.

Também posso entrar nesse jogo, pensei. *Vou ser adulta também.*

— Tudo bem. Vou fazer o que preciso fazer e você também pode fazer o que precisa fazer. Agora tenho que ir pra casa, estudar e dormir. Bem, boa noite então.

Saí apressadamente do café. Eu me senti tentada a olhar para trás e ver se ele estava me seguindo ou se pelo menos me observava. Mas não fiz isso, pois sabia que estragaria a minha saída dramática. Ainda assim, fiquei tentando ver se escutava passos enquanto ia até meu carro. Quando finalmente cheguei no carro, eu me virei. Não tinha ninguém me seguindo.

DEZESSEIS

SULLY VOLTOU PARA DARTMOUTH E ST. JOHN VOLTOU PARA Nova York, e as coisas começaram a se acalmar novamente. A senhora não convidou ninguém para tomar chá naquela semana. Nós presumimos que estava triste, com saudades de Wallace. Sassy ainda estava abalada com a morte dele. Ia para o colégio e para o treino de hóquei, e uma vez por semana ia para o centro dar aulas particulares para uma aluna com quem estava trabalhando havia um tempo, mas fora isso só fazia ficar dentro do quarto. Ela não subiu na Torre para conversar comigo e com Jane, nem quando eu a convidei.

Uma semana se passou e eu não tive nenhuma notícia de Robbie. Então, quando chegou a hora de fazer a prova final do meu vestido do baile, aceitei sem dizer nada. Ginger teve a ideia de convidar Claire e a mãe dela para irem conosco. Acho que ela pensou que isso me animaria.

Enquanto estávamos na Seville Shop, fiquei conferindo o telefone o tempo inteiro para ver se chegava alguma mensagem dele. A senhora nem percebeu. No provador, antes de colocar o vestido — nenhuma mensagem. Depois de colocar o vestido e subir o zíper até a metade — nenhuma mensagem.

Saí do provador e subi na plataforma, na frente do espelho de três lados. Diane subiu a parte final do zíper. Furtivamente, olhei o telefone mais uma vez — nenhuma mensagem.

Fiquei bem parada enquanto Diane inseria e removia os alfinetes na seda à altura da minha cintura. Nunca fiquei tão parada em toda a minha vida. Meu interior virou pedra. Eu me senti como uma bailarina numa caixinha de joias de criança, que fica girando ao som da "Dança da fada açucarada" de O Quebra-Nozes. Eu não conseguiria me mexer nem se quisesse, só se alguém desse corda na caixinha e me fizesse girar.

— Está satisfeita com o comprimento, querida? — perguntou Diane. — Posso encurtar um pouco a bainha se achar que pode tropeçar.

Balancei a cabeça.

— O comprimento está perfeito. Obrigada, Diane. Estou bem feliz com o vestido.

De volta ao provador para tirar o vestido. Nenhuma mensagem de Robbie. Nada.

Por que ele não tinha me ligado? Será que eu havia feito algo que o assustou?

Escutei a voz de Sully na minha cabeça: *bem que eu disse — ele é um canalha.*

Não é, respondi. *Não é.*

Quando a prova do vestido acabou e nós fomos almoçar no Petit Louis, meu telefone finalmente apitou. Era uma mensagem. Sei que a senhora odeia quando a pessoa manda mensagem de texto durante as refeições, então tentei ser o mais discreta possível, mas eu precisava de todo jeito ver de quem era a mensagem.

Era de Shea. Ela escreveu: N tenho q falar c vc importante.

— Quem é? — Claire arrancou o telefone da minha mão. — O que ela teria a dizer de tão importante? — De repente, os dedões de Claire estavam em disparada por cima do teclado.

— Claire, o que está fazendo?

— Colocando Shea no lugar dela. Você é educada demais.

Peguei meu celular de volta, mas tudo que dizia era MENSAGEM ENVIADA.

— O que você escreveu?

— Eu disse para ela deixar você em paz. Disse que você não quer falar com ela. Que descarada.

— Claire!

— O que foi? Você nem é amiga dela, é? Pelo menos é o que vive dizendo...

Comecei a mandar uma mensagem para Shea, mas a senhora viu que eu estava com o celular.

— Norrie, guarde essa engenhoca imediatamente. Pelo amor de Deus, estamos no meio do almoço.

Guardei o celular. Mandei uma mensagem para Shea mais tarde, explicando o que tinha acontecido, mas ela não respondeu. O que quer que Claire tivesse escrito havia mesmo a magoado.

O que Shea tinha de tão importante para me contar?

— Deixa isso pra lá — disse Claire. — Ela só estava tentando criar drama.

Enquanto isso, eu ainda não recebera nenhuma notícia de Robbie.

Eu me recusei a tomar a iniciativa. Tinha orgulho demais para isso. Se ele não gostava mais de mim, então era isso. Eu não podia fazer nada a respeito. Talvez meus irmãos tivessem razão. Talvez todo mundo tivesse razão. Ele não era a escolha certa para mim. Eu era nova demais, ele era velho demais, e muitas garotas gostavam dele, que provavelmente estava brincando com todas nós como se fôssemos fantoches.

Mas eu sabia que isso não era verdade. Ele era um homem bom. Ele era meu. Dava para sentir.

Querida Poderosa, não sei nenhuma outra maneira de explicar o que fiz.

Eu sabia qual era o meu dever e não tinha nenhuma intenção de fugir dele. Eu estava planejando participar do Baile. Eu tinha toda a intenção de ser a melhor debutante que pudesse.

Sei que não foi o que aconteceu. Mas queria que a senhora soubesse que tentei.

DEZESSETE

DIA DO BAILE: O TELEFONE NÃO PARAVA DE TOCAR. A CAMPAINHA não parava de tocar. Dona Maura estava correndo de um lado para o outro como uma galinha, e a casa parecia um hospício. Toda vez que a campainha tocava, mais flores chegavam. Paizão entrou no fraque com dificuldade, Ginger passou o dia com bobes no cabelo e Takey e um amigo fizeram uma guerra de pistolas d'água, arriscando molhar o térreo inteiro.

No meio de todo aquele movimento, sentei na minha cama na Torre e fiquei olhando pela janela. Era um dia nublado e gélido, e as árvores desfolhadas arranhavam o céu acinzentado. Meu vestido estava pendurado na porta do closet. Eu já havia ido no Carl's para fazer o cabelo e as unhas. Fiquei escutando as campainhas tocando, as portas batendo, o pessoal em serviço gritando freneticamente. Ginger me chamou várias vezes pela campainha do quarto dela, mas eu a ignorei. Estava apenas tentando respirar.

Jane e Sassy bateram na porta entreaberta.

— Vocês bateram antes de entrar — falei. — Que novidade.

— Você tem que ver o tanto de flores que chegou lá embaixo — disse Sassy. — A sala inteira está perfumada. E Paizão comprou um presente especial para você, está dentro de uma caixinha azul da Tiffany's!

— Ela não parece muito animada com a grande noite, não é, Sass? — perguntou Jane.

— Não falem de mim como se eu não estivesse aqui — falei.

Sassy se aconchegou perto de mim como um gato. Passou os braços ao redor da minha cintura e deitou a cabeça no meu colo. Por algum motivo, aquilo fez lágrimas brotarem nos meus olhos. Alisei o cabelo dela.

— Eu meio que entendo porque você não pode mais desistir — disse Jane. — Mas pense o seguinte, Nor: é somente uma noite. Depois acaba. Não é como se você estivesse casando.

— E não vai ser tão ruim assim — disse Sassy. — Não é como uma cadeia ou um treinamento do exército ou um curso preparatório para o SAT. Você vai usar o seu lindo vestido branco e comer caranguejo imperial e tomar champanhe, e dançar com Paizão e Sully e Brooks, e fazer reverências...

— E depois acaba — repetiu Jane. — Brooks provavelmente vai tentar te beijar, mas você pode muito bem dizer que está com aftas.

Jane é nojenta, mas ela me faz rir.

— Daí amanhã você pode ligar para Robbie e dizer que o Baile já passou e que tudo pode voltar ao normal — falou Sassy.

Chorei novamente.

— Duvido que isso aconteça. Não tenho nenhuma notícia de Robbie há duas semanas. Ele deve pensar que eu me importo mais com dinheiro do que com ele.

— Mas isso é a maior mentira! — disse Sassy. — Ele não conhece você bem?

— Ele não me quer mais — afirmei. — Com ou sem baile. Não existe nenhuma outra explicação.

— Então esqueça esse garoto, Norrie — disse Jane. — Ele é apenas um cara qualquer. Um imbecil que faz pós-graduação... em *cinema*. Por favor. Pra que serve isso? Não é como se ele estivesse salvando o mundo ou reformando a sociedade ou algo assim.

— Ele é uma pessoa boa — falei. — Eu sei que o conheci cedo demais, mas tive uma sensação tão forte... — Sassy apertou minha cintura. — Vai ver eu estava errada.

Jane e Sassy me ajudaram a colocar o vestido. A cada dez minutos, eu esperava alguma mensagem de Robbie no celular, mas nada veio. Como pôde desistir de mim tão rápido? Ele simplesmente desapareceu. Alguma coisa estava errada.

Coloquei meus brincos de pérola, e Sassy prendeu uma gardênia branca no meu cabelo.

— Pronto — disse ela. — Você está pronta.

— Eu é que não vou fazer isso ano que vem — falou Jane. — Mas, se Poderosa descobrir alguma maneira diabólica de me obrigar a participar, eu vou de gótica. — (A senhora está avisada.)

A campainha de Ginger soou novamente.

— Ela só vai parar quando você for lá embaixo ver o que ela quer — disse Jane.

— Por que ela nunca sobe aqui, hein? — resmunguei.

— Sorte sua ela não fazer isso — disse Jane, acendendo um cigarro. — Pense só como seria.

— Acho que é hora de ir. — Coloquei as luvas brancas compridas e peguei minha clutch prateada. Nós três descemos a escada e fomos para o quarto de Ginger no segundo andar. Ela estava de robe branco, sentada na frente da penteadeira, mexendo na caixa de joias.

— Está pronta? — perguntei para ela.

— Nem perto — disse Ginger. — Que brincos eu devo usar, os de diamante ou os de rubi? — Ela aproximou um de cada orelha para que nós víssemos.

— Rubi. — Eu a ajudei a fechar o bracelete.

— Diga a seu pai que eu desço num minutinho. É uma mentira completa, mas diga mesmo assim.

A sala de estar estava cheia de flores. O cheiro era fortíssimo. Parei para ler os cartões que chegaram com os arranjos, dando parabéns a mim e a meus pais pela minha entrada na sociedade. Claro que havia um arranjo enorme dos Overbeck, e um ainda maior da senhora. A propósito, obrigada pelas lindas flores.

Apesar de ser o dia mais escuro de dezembro, todas as flores eram de cores primaveris, como branco e amarelo e azul-claro — todas exceto um buquê de rosas vermelhas.

Tirei o cartão do envelope. Era de Robbie.

Querida Norrie,
Não sei por que está me ignorando, mas vou ignorar o fato de você estar me ignorando e tentar uma última vez. Você falou em fugir, e eu respondi falando da minha tese! Que imbecil! Fuja comigo esta noite. Vou ficar esperando você na Penn Station. Podemos pegar o trem para Nova York. E depois vemos o que acontece. O que acha?

Seja como for, estarei esperando.

Seu Robbie.

A minha mente, que tinha passado o dia inteiro em marcha lenta, despertou imediatamente. Como assim, eu o estava ignorando? Quando ele tinha tentado falar comigo?

Pensei em Shea e na mensagem de texto misteriosa. Será que Robbie a tinha encontrado em algum lugar e pedido para ela me dar um recado?

Será que ela havia ficado com tanta raiva da mensagem de Claire que acabou se vingando de mim de alguma maneira? Tipo dizendo para Robbie não entrar mais em contato comigo?

Enfim, agora ele tinha entrado em contato. Guardei o cartão na bolsa.

■ ■ ■

A suíte do hotel fedia a laquê. A senhora estava aguardando a gente junto com as meninas tagarelas e suas mães, mas estava sentada separada do grupo, observando. O seu broche de diamante era a maior joia do local — disparavam raios ofuscantes e pareciam criar uma espécie de campo de força ao seu redor.

Claire soltou a escova e veio correndo na minha direção.

— Graças a Deus você chegou. Precisa me salvar de Lily! Ela está sendo a maior vaca. Disse que viu meu vestido em promoção no Walmart.

Ela apertou minhas mãos. Tentei escapar. Não estava a fim de me envolver nesses dramas de debutantes.

— Ignore a Lily. É óbvio que ela inventou isso.

— Eu sei, mas agora estou achando meu vestido pobre. Por que não percebi o quanto ele era horroroso na hora de comprar? Vou ser lembrada para o resto da vida como a debutante com o vestido do Walmart.

— Você está maluca — afirmei. — Ninguém vai se lembrar de nada disso pelo resto da vida.

— Sua anta, as pessoas colocam as fotos na internet e elas ficam lá para sempre — disse Claire.

A Sra. Shriver bateu palmas para chamar atenção.

— Olá, garotas e acompanhantes! Estão prontas para a grande noite?

— Sim! — gritou a multidão de debutantes recatadas.

Ela nos lembrou da programação da noite uma última vez: fila de entrada, coquetéis e *hors d'oeuvres*, apresentação dos membros do baile, apresentação das debutantes — andar até o centro da pista de dança com o pai, fazer uma reverência e ser acompanhada para fora da pista por um jovem que a pessoa escolheu para ser seu par. Em seguida, jantar e dança. Fila da mais baixa para a mais alta ao entrar no salão de baile. Todas nós tínhamos praticado. Todas nós estávamos prontas.

As garotas e suas mães bateram palmas e comemoraram. As mães beijaram as filhas, e as filhas se contorceram. Escutei mais de uma garota reclamar:

— Está estragando minha maquiagem!

Achei um espaço na frente do espelho coletivo e parei para dar uma última olhada. Eu estava pálida, exceto pelas minhas bochechas, que estavam rosadas por causa do blush. Abri a bolsa e tirei o batom. Lá estava o bilhete de Robbie, brilhando como plutônio e me repreendendo.

Ele vai estar me esperando na estação de trem, pensei. Tudo que eu precisava fazer era ir para lá, e nós dois fugiríamos de todas essas flores, vestidos rodados de cetim, perfume e laquê e danças antiquadas que faziam as garotas rodopiarem exatamente da mesma maneira ano após ano.

Entrei na fila com as outras garotas. A senhora parou e me beijou quando estava indo para o salão. Olhei-a bem nos olhos — lembra? E a senhora disse algo que me surpreendeu:

— Minha querida e meiga neta, você herdou os meus olhos.

A senhora nunca tinha dito nada assim para mim antes.

A porta do quarto se abriu e nós descemos para o salão ao som da orquestra. Ginger e eu nos juntamos à fila de entrada e ficamos esperando para cumprimentar nossos pares que entravam no salão. Paizão estava de cartola e me beijou com olhos lacrimosos. Sully me beliscou e sussurrou:

— Bem-vinda ao inferno, irmãzinha.

Depois riu para mostrar que estava só brincando, mais ou menos. Os pais de Brooks me desejaram felicidades cordialmente, e Mamie disse:

— Qualquer família ficaria contentíssima em ter você, contentíssima!

Por último entrou Brooks, que beijou minha mão e disse com uma falsa formalidade:

— Boa noite, Srta. Sullivan.

Quando a fila se desfez para os coquetéis e *hors d'oeuvres*, eu senti um nó no estômago e não consegui comer. Tomei um gole de ginger ale e tentei conversar com as senhoras exageradamente bem-vestidas e com os homens de rostos vermelhos e jeito estranhamente galanteador. Toda vez que eu abria a boca, meu cérebro repetia, Robbie, Robbie, Robbie, como se fosse um tambor. Logo esse barulho começou a ficar mais alto do que a conversa, do que a música, do que tudo, até eu passar a ficar com medo de enlouquecer bem no meio do baile.

Brooks não teve nenhuma culpa em relação ao que aconteceu naquela noite. Ele foi um cavalheiro do início ao fim. Segurou meu braço e me acompanhou pelo salão como se tivesse percebido que eu precisava me acalmar.

— Você praticou a sua reverência? Ouvi falar que os juízes estão tirando pontos de quem não consegue encostar o nariz no chão.

Dei uma risada forçada. Achei a piada dele engraçada; eu que não estava muito em clima de rir.

— Esse pessoal da marinha me deixa bem intimidado. — Ele me guiou através de uma fileira de cadetes da Academia Naval. — Consegue imaginar quanta disciplina eles precisam para manter esses uniformes brancos tão limpos?

— Não — disse minha boca, mas meu cérebro dizia, Robbie, Robbie, Robbie.

Dei uma olhada no relógio de Brooks. 20h35. Eu me perguntei que horas Robbie chegaria na estação de trem. Na minha imaginação, ele estava parado perto da árvore de Natal gigante, com pessoas passando apressadamente ao lado dele, um ponto imóvel no meio de um borrão de viajantes natalinos.

— Quer um pouco de champanhe?

— Agora não, obrigada — falei. Minha cabeça já estava um pouco aérea, e eu precisava me concentrar. Eu me sentia mal por estar sendo tão apática, mas não conseguia evitar.

A Sra. Shriver começou a passar pelo salão silenciosamente, encostando com discrição nos cotovelos das garotas e sussurrando que estava na hora da apresentação. Desaparecemos uma por uma e formamos uma fila atrás de um telão numa das extremidades do salão de baile. Avistei Paizão na fila com os outros pais, esperando para nos apresentar. Ele deu uma piscadela para mim e eu acenei sutilmente.

— Sentem-se, por favor — disse um homem. — Por favor, sentem-se todos.

Cadeiras arranharam o chão e taças retiniram enquanto os convidados encontravam seus locais nas mesas ao redor da pista de dança. A orquestra parou, e um silêncio tomou conta do local. O Sr. Ferguson cumprimentou a todos e falou sobre a instituição beneficente que o baile ajudaria. Eu parei de escutá-lo e procurei uma caneta na minha bolsa. Bem no fundo, no meio de uma dobra do tecido, encontrei um lápis bem pequeno, daqueles que a pessoa usa para anotar a pontuação num jogo de golfe em miniatura. Meu coração estava acelerando, todo o meu sangue corria pela minha cabeça até circular meus braços e pernas como um carro numa pista de corrida, me deixando tonta. Mas eu estava pensando claramente. O salão inteiro ao meu redor virou um borrão, mas a voz na minha cabeça estava transparente feito água de piscina: Robbie, Robbie, Robbie.

Tirei a carta de Robbie do envelope e a guardei na bolsa. Em seguida, escrevi um bilhete no envelope vazio. Soltei o lápis na bolsa, depois a fechei e segurei o envelope com minha mão enluvada.

A orquestra começou a tocar "Stardust". O Sr. Ferguson começou a ler os nomes:

— Sr. John Preston Ames e sua filha, Caroline Leslie Ames.

Caroline Ames deu o braço ao pai e fez sua entrada e sua reverência. Observei o pai dela ir para a mesa enquanto o acompanhante mais novo, um universitário, guiava Caroline até a lateral da pista para que os dois esperassem a primeira dança.

— Dr. Thomas Cochran e sua filha, Mary Elizabeth Cochran.

Eu me aproximei da frente da fila. Será que ia mesmo fazer isso? Não sabia se tinha coragem para tanto. A garota que eu era antigamente talvez até sonhasse em fugir, mas no fim das contas ela acabaria amarelando. Ela se deixaria levar pelo caminho mais fácil, que causava menos incômodos, que todos esperavam dela.

Agora eu estava me sentindo diferente. Mas será que eu estava mesmo diferente?

— Sr. Martin Mothersbaugh e sua filha, Claire Barton Mothersbaugh.

Eu me inclinei para a frente e vi Claire entrar no salão de braço dado com o pai, sorrindo para os aplausos. Consegui ver a senhora presidindo a programação, bem no centro e ao lado de Mamie, aplaudindo amargamente para cada garota que aparecia.

E lá na pista de dança estava Brooks, esperando a vez dele ansiosamente no meio da fila de acompanhantes. Será que eu realmente seria capaz de fazer isso com ele? Será que um dia ele me perdoaria?

Será que eu realmente me importava?

— Dr. Philip Riggs e sua filha, Marissa Leah Riggs.

Estava bem perto da minha vez. Só duas garotas na minha frente. Paizão esfregou as palmas das mãos, nervoso e contente. Coitado de Paizão. Ele era um querido, como diria Ginger. O que eu mais odiaria seria magoá-lo. Mas eu acreditava que, quando tudo isso passasse, no fundo ele acabaria ficando do meu lado. Ele quer que eu seja feliz.

— Sr. Andrew Morton Stewart e sua sobrinha, Amalie Caton Stewart.

Eu era a próxima. Caminhei para a frente, dei o braço para Paizão e coloquei o bilhete a lápis no bolso da calça dele, sob o pretexto de que estava tirando um fiapo.

— Está pronta, filha querida?

— Estou.

O Sr. Ferguson anunciou os nossos nomes.

— Sr. Alphonse Sullivan III e sua filha, Louisa Norris Sullivan.

Então fizemos nossa entrada. O broche da senhora reluziu e me ofuscou por um segundo. Paizão me deu um beijo e se afastou enquanto eu fazia minha reverência. Quase perdi o equilíbrio, mas no último segundo consegui me ajeitar e me levantei.

Brooks se aproximou para segurar minha mão e me guiar. A antiga Norrie teria ido com ele complacentemente. Mas a nova Norrie lançou-se para a frente e tomou as rédeas.

Lançando um olhar de desculpas para Brooks, eu me separei dele e saí correndo. Disparei pelo corredor que separava as fileiras de mesas redondas até chegar à porta do salão. Atrás de mim, escutei as pessoas arfando de surpresa, susto e confusão. Não parei para olhar para trás. Empurrei a porta e desci a escada apressadamente, todos os 13 andares. Passei correndo pela entrada do hotel repleta de pessoas festejando em clima natalino, pelo porteiro de libré e pelas limusines paradas, e senti o ar frio de dezembro da rua.

Estava sem casaco; não tinha pensado em pegá-lo, não tive tempo. Não importava. Virei para Charles Street e corri em direção a Penn Station.

Enquanto corria, pensei: e se Robbie não estiver lá? E se ele tiver desistido de mim por não ter recebido nenhuma notícia minha nessas últimas semanas? E se ele for mesmo o canalha que Sully disse que ele era, um mentiroso, que na verdade nem sequer planejava ficar me esperando por lá? E se ele estiver escondido, só esperando para ver se vou aparecer, para depois poder ir embora rindo da minha ingenuidade irremediável?

Era tarde demais para me preocupar com aquilo. Eu tinha estragado a minha entrada na sociedade. Tinha humilhado minha família e meus amigos. Tudo que tinha deixado para trás era a terra devastada. Se Robbie não estivesse lá, eu não teria para onde voltar.

Ou talvez até tivesse, mas não era o que eu queria.

Parei na entrada da estação para recuperar o fôlego. O ar frio estava fazendo minha garganta arder.

Robbie estava perto da árvore de Natal, assim como eu tinha imaginado. Ele abriu o maior sorriso ao me ver. Estendeu os braços. Eu corri até ele.

Todas as explicações seriam dadas depois. O trem chegou, nós entramos nele e saímos da cidade no meio da noite.

■ ■ ■

Esta é a história completa.

Peço desculpas se envergonhei a senhora e Paizão e todo mundo. Mas tenho que confessar: aqueles três dias em Nova York foram tão maravilhosos que não gosto nem de pensar que eu poderia ter deixado de vivê-los. Não culpe todo mundo pelos meus crimes. Por favor, por favor, me perdoe. E por favor não nos exclua do testamento. Não me importo tanto com o dinheiro por minha causa, mas Ginger e Paizão não vão saber se virar sem ele. E que vida o coitado do Takey teria?

Estou pedindo sua compreensão... depois que a senhora compreender, sei que vai me perdoar.

Sincera e respeitosamente,

sua neta,

Louisa Norris Sullivan

PARTE DOIS

JANE

Minha Família Malvada

Querida Poderosa,

A senhora quer uma confissão? Tem uma bem aqui:

www.minhafamiliamalvada.com

Lá a senhora vai encontrar todas as provas de que precisa, completas e sem nenhuma edição. Não omiti nada. A senhora não vai gostar de muita coisa que está lá, mas é assim que as coisas são. Isto aqui é uma confissão, então eu preciso ser honesta, doa a quem doer — certo?

Soube que a senhora já leu a maioria dos posts do blog. Estou incluindo algumas outras informações para que possa entender o que se passava na minha cabeça quando eu os escrevi. Se assim for mais fácil de a senhora me perdoar, ótimo. Se não, acho que nós da família Sullivan vamos ter que viver de seguro-desemprego ou algo assim. O que a deixaria orgulhosíssima.

UM

✉ ✉ ✉

minhafamiliamalvada.com

Minha família é malvada

Bem-vindo a minhafamiliamalvada.com, um blog escrito por mim, Jane Sullivan, para expor os pecados da minha família. Nós cometemos muitos pecados ao longo dos séculos, então vou começar do começo e depois chegar à atualidade. Depois que tiver falado de tudo que minha família fez de errado, talvez eu comece a falar dos crimes de outras famílias malvadas que conheço.

Neste blog, Você, O Mundo em Geral, vai descobrir a verdade sobre a grandiosa e lendária família Sullivan de Baltimore, Maryland. Talvez você já tenha ouvido falar da minha avó, Arden Louisa Norris Sullivan Weems Maguire Hightower Beckendorf, mais conhecida como "Poderosa Lou". E por que ela tem tantos sobrenomes? Porque se casou cinco vezes. Ela nunca se divorciou — é uma católica fervorosa, então só de falar em divórcio ela estremece. Não, os quatro primeiros maridos dela morreram. Quatro. Morreram. Ninguém acha isso suspeito? Será que sou a única questionando as coisas por aqui?

A Poderosa doa muito dinheiro para o Baltimore Museum of Art, para o Peabody Conservatory e para muitos outros colégios e instituições beneficentes e fundações.

Todos comentam como ela é uma pessoa boa. Não estou dizendo que não é. Tudo que estou dizendo é que, depois que souber a verdade, você vai poder decidir isso sozinho. É fácil doar dinheiro quando a pessoa tem rios e rios dele.

Então, se ficou curioso para saber a verdadeira história da família Sullivan, leia este blog.

CÂMBIO E DESLIGO

Talvez a senhora até saiba, Poderosa, mas não sou a garota mais popular do St. Maggie's. Tem alguma coisa na minha personalidade que irrita as pessoas. E eu não tenho nenhum problema com isso.

Brincadeiras como a que aprontei na festa de verão de Matt Bowie não colaboram. Mas quem consegue resistir? Bibi D'Alessandro é um alvo tão tentador. Talvez a senhora ache que Brooks Overbeck deva ser eleito o Mulá de Roland Park, mas eu acho insuportável a maneira como todo mundo o bajula — especialmente as garotas.

Então peguei o celular de Brooks e enviei uma mensagem para Bibi D'Alessandro. Mas Brooks não estava sabendo nada. Ele estava nadando na hora. Escrevi VC É MTO GATA. VEM AKI E ME DÁ UM BJO e apertei ENVIAR. Joguei o celular de volta na toalha dele, fechei os olhos e tentei ficar com cara de inocente.

Minha amiga Bridget deu uma risadinha e disse:

— Você é tão malvada. — (A senhora se lembra de Bridget, não é? Ela foi para a minha festa de aniversário no último verão. Cabelo castanho e repicado, sardas? A senhora a chamou de "Focinho de porco"? Claro que não na frente do focinho de porco dela.)

— Eu não sou malvada — respondi, sem abrir os olhos. — Bibi que é.

Bridget, Sassy e eu fomos para a festa de Matt Bowie com Norrie. A razão de eu ter ido nada tem a ver com querer encontrar aquelas pessoas, mas porque estava quente e eu queria nadar. Adoro nadar ao lado de um cemitério — assim eu tomo mais cuidado para não me afogar.

Bibi estava deitada no túmulo de Eliza Caton Bowie quando recebeu a mensagem. O túmulo dela é o melhor para pegar sol, pois é comprido e liso e as pedras ficam quentinhas. A Garota Mais Odiada, Tasha Wallace, estava deitada no chão ao lado dela, como uma boa puxa-saco. Vi Bibi pegar o celular e proteger os olhos para enxergar a tela. Ela passou o telefone para Tasha. Enquanto esta decifrava a mensagem, Bibi sentou-se e olhou para nós, que estávamos nas margens pedregosas do lago artificial.

Brooks tinha acabado de sair da água, pingando. Balançou o cabelo, secou-se com uma toalha e sentou com os amigos, rindo de como Ryan Gornick conseguia cuspir água por entre os dentes com uma precisão incrível. Bibi se levantou, ajeitou o biquíni e foi andando toda exibida na direção dos túmulos antigos, onde nós estávamos. Tasha subiu no túmulo de Eliza Bowie para assistir.

Brooks estava deitado na toalha, de olhos fechados. A situação era perfeita demais, era quase como se ele fosse a Branca de Neve esperando que alguém o acordasse com um beijo. E Bibi seria a Princesa Encantada dele, quer ele gostasse ou não.

— Isto vai ser ótimo — sussurrou Bridget.

Bibi parou ao lado de Brooks, lançando uma sombra sobre o rosto dele, mas ele não abriu os olhos. Ela posicionou um pé de cada lado do corpo dele, ajoelhou-se e pôs as mãos em seus ombros. Ele abriu os olhos imediatamente. Ela se curvou e o beijou empolgadamente.

Brooks se levantou bruscamente, assustado, e gritou:

— Ei! O quê...?

Foi uma reação involuntária. A testa dele bateu no nariz de Bibi com bastante força. O nariz dela começou a sangrar.

Bibi deu um pulo, chocada, limpando o nariz e olhando confusa para os dedos ensanguentados. Ryan e os outros caíram na gargalhada. Brooks passou a mão no cabelo fino e úmido, com um olhar de cãozinho obediente no rosto. Não sei o que todo mundo vê nele, mas Bibi é louca por ele; a amiga de Norrie, Claire, também; além de um milhão de outras garotas. Às vezes eu me perguntava (isso antigamente; agora todos já sabemos a resposta) se Norrie também gostava dele, apesar de nunca admitir isso. Até Bridget fica com uma expressão boba no rosto quando ele está por perto. Ela tenta disfarçar de mim, mas EU ENXERGO TUDO.

— Ei, Bibi, desculpa — disse Brooks. Ele ofereceu o canto da toalha para ela limpar o nariz e o lábio, mas aquilo só fez o sangue manchar todo o rosto dela. — Não sabia que você estava ali. Hum, e afinal o que você estava fazendo em cima de mim daquele jeito?

— Quando vai cair a ficha, Overbeck? — perguntou Ryan. — As minas adoram você.

— Ela foi tomada por uma vontade incontrolável de ter seus filhos — disse Davis. — É pura biologia.

— Ela veio até aqui hipnotizada por Overbeck — falou Ryan. — Preciso ter bebês Overbeck... preciso ter bebês Overbeck...

Bibi os fulminou com o olhar.

— Você me mandou uma mensagem. Você me disse... — Ela viu o rosto inexpressivo de Brooks e parou. — O que está acontecendo? Alguém está pregando uma peça em mim? — Todo mundo riu enquanto ela olhava de um rosto para o outro, paranoica. Bem, talvez não paranoica, pois ela não estava imaginando coisas. Alguém estava mesmo pregando uma peça nela.

— Bibi, não fique chateada — disse Brooks. — Pode me beijar quando quiser.

Brooks estava querendo ajudá-la a se livrar do constrangimento com a piada, mas Bibi é incapaz de ter senso de humor — por isso que é tão bom provocá-la — e não percebeu. Ela voltou correndo para o túmulo de Eliza Caton Bowie para limpar o rosto.

Brooks se levantou e foi até ela para ajudá-la.

— Ei, olha só, desculpa mesmo pelo seu nariz. Deixe eu ajudar você...

Norrie e Claire saíram da água a tempo de ver Bibi correndo e Brooks indo atrás dela, pedindo desculpas sem parar.

— O que aconteceu? — perguntou Norrie.

Dei de ombros, toda inocente.

— Você conhece a Bibi. — Girei o dedo ao redor do ouvido para indicar insanidade.

— Na verdade, não — disse Norrie. — Ela é sua amiga.

— Ela era minha amiga — falei.

— Que seja. — Norrie se acomodou na toalha e fechou os olhos. Ela estava ocupada demais com os importantíssimos assuntos de debutante para se preocupar com os problemas mesquinhos de suas irmãs mais novas.

DOIS

minhafamiliamalvada.com

A maldade chega aos Estados Unidos

Meu ancestral Francis Sullivan imigrou para Baltimore vindo de County Meath, na Irlanda, em 1847, durante a Grande Fome. Ele tinha 21 anos e era analfabeto. Como muitos outros imigrantes irlandeses, passou a trabalhar na ferrovia B&O Railroad. Francis gostava de beber muito. Assim como a maioria dos outros trabalhadores da ferrovia. Isso estava começando a virar um problema — brigas, fins de casamento, o mesmo de sempre —, então as mulheres e os padres iniciaram um movimento de abstinência chamado Sociedade da Sede Divina. Era meio que como a proibição de vendas alcóolicas na década de 1930, mas beber não era ilegal, apenas visto com maus olhos.

Francis Sullivan e seus amigos de bebida estavam sendo pressionados pela Sociedade da Sede Divina para ficarem longe das tavernas e passarem a frequentar a igreja. Mas os trabalhadores da ferrovia realmente adoravam beber. Então Francis teve uma ideia: por que passar o dia se matando de trabalhar na ferrovia se a gente pode ganhar mais dinheiro abrindo uma taverna? O problema era como fazer isso sem irritar as esposas e os padres. Então Francis abriu um clube em Fells Point. Ele lhe deu o nome de Círculo do Coração Valente e alegou que era uma sociedade de abstinência estritamente masculina. Mas na verdade era um bar secreto, e os homens diziam que Francis servia a melhor cerveja escura da cidade. Eles diziam às esposas que estavam indo para uma reunião de abstinência — lamento, querida, é só para homens — e enchiam a cara completamente. O Coração Valente foi o maior sucesso. Não demorou para que a Sociedade da Sede Divina passasse a considerar a abstinência uma causa perdida. Francis morreu rico. Como dono de taverna.

Este foi o início da fortuna da família Sullivan — uma fortuna construída com mentiras e vícios. Com maldade, se preferir.

Daniel Sullivan, diferentemente do pai, Francis, estudou. Ele não era nada burro. Quando cresceu, o encanamento dentro das casas estava começando a se popularizar. Os novos vasos sanitários ficavam sempre entupidos. Então Daniel inventou o desentupidor de vaso. Pelo menos foi ele quem o patenteou. O antigo melhor amigo dele, Patrick Heath, alegava que Daniel tinha roubado sua ideia.

Não importa. Daniel patenteou, Daniel ganhou o dinheiro, e azar do amigo dele.

Agora a família Sullivan estava riquíssima. Então Daniel se casou com a filha de um rico cultivador de tabaco e ficou ainda mais rico.

Exatamente. Tabaco.

E é apenas o início.

CÂMBIO E DESLIGO

Em breve: a Guerra Civil. Esperem só até vocês lerem as maldades que minha família fez naquela época!

COMENTÁRIOS:

bridgetsemsaida: Hum, não queria chamar atenção para isso, Jane, mas você fuma. Então não pode falar mal dos seus ancestrais por cultivarem tabaco.
minhafamiliamalvada: Cravo! Eu fumo cigarros de cravo.
bridgetsemsaida: Mas eles também têm tabaco.
minhafamiliamalvada: Nunca disse que eu era perfeita. Além disso, sei que faz mal e vou parar em breve. E também, olha só, isso é algo inevitável pra mim pois obviamente o tabaco está nos meus genes.

— Ninguém vai ler nossos blogs — disse Bridget. — Como é que as pessoas vão descobri-los?

Bridget e eu estávamos no banheiro do segundo andar, fumando cigarros de cravo perto da janela. A gente estava tentando transformá-lo no banheiro das garotas rebeldes, o banheiro que as garotas boazinhas teriam medo de usar, mas não parávamos de ser interrompidas por meninas do nono ano que achavam que ser rebelde era mascar chiclete.

— A verdade sempre encontra uma maneira de se espalhar — falei quando as três mastigadoras de Trident finalmente terminaram de retocar a sombra azul-clara e saíram do banheiro. — Vai chegar um momento em que isso vai cair na boca das pessoas e nós vamos ficar famosas.

— Tá, mas quanto tempo isso vai demorar? — Às vezes Bridget é superirritante. Reclamona. E às vezes aquele nariz dela parece mesmo um focinho de porco. Eu nunca disse que você estava errada em relação a isso, Poderosa. — Talvez a gente devesse escrever no blog do colégio. Assim todo mundo vai ver.

Balancei a cabeça. Bridget nunca pensa nas coisas direito

— Isso não vai adiantar, porque as freiras podem acabar com o blog. Com nossos próprios blogs, ninguém pode nos impedir de dizer tudo o que quisermos. Este país é supostamente livre, pelo menos fora da jurisdição das freiras.

— Você tem muito mais assunto do que eu — reclamou Bridget novamente. Ela é minha melhor amiga meio que por falta de opção. Desde o incidente com Bibi no ano passado, ninguém tem muito interesse em fazer amizade comigo. — Contrabando e assassinatos e disputas... O maior segredo da minha família é que minha mãe sacrificou o nosso gato. Ela disse que Lingueta estava com câncer de gengiva, mas na verdade ela fez isso porque ele não parava de fazer xixi no tapete da sala.

— Espalhe isso, amiga! — Eu tentei animá-la.

— É a maior besteira.

— Você não está investigando o suficiente — falei. — Com certeza a sua família deve ter segredos maiores do que esse. E as viagens a trabalho do seu pai? Quem sabe ele na verdade não está visitando a família secreta.

Ela pareceu duvidar.

— Acha mesmo?

— Tudo é possível.

O blog de Bridget se chama bridgetsemsaida.com, e o nome está fazendo jus ao blog. Eu estava decidida a fazer alguma diferença no mundo com o meu blog. Uma grande diferença. Desmascarar a hipocrisia, onde quer que ela esteja! Era o meu novo lema. E adivinha só? Descobri que os maiores hipócritas vivem nas mansões que ficam nas áreas ricas. Que por acaso é onde a senhora mora.

— Precisamos nos unir — falei. — Formar uma Frente Antipopular. Vamos destruir tudo.

— À Frente Antipopular! — gritou Bridget.

Nós batemos nossos anéis prateados um no outro. O meu tem uma caveira sobre ossos cruzados, e o dela, um símbolo da paz. Já tínhamos conversado sobre o que poderíamos fazer para destruir tudo: as mesmas merdas de sempre, tipo raspar a cabeça, fazer tatuagens feiosas, colocar piercings em todas as áreas do corpo que pudessem ser perfuradas, fugir para Nova York ou Portland, Oregon, e viver nas ruas, ou morar num dos armazéns abandonados lá do centro. Mas os jovens fazem isso há anos, e o que eles conseguem? Nada. Nós decidimos que a coisa mais destrutiva que poderíamos fazer, que mais chatearia os adultos do nosso mundo, seria contar segredos. Todos os segredos familiares que sabíamos. E mostrar a todo mundo que os cidadãos exemplares que eles tanto admiram são, no melhor dos casos, sibaritas preguiçosos e, no pior, criminosos. Criminosos que nunca são descobertos e, quando são, nunca são presos. Nós destruiríamos a sociedade com os nossos blogs.

Então, como a senhora está vendo, não era nada pessoal.

Bibi e Tasha entraram no banheiro naquele momento. Tasha tapou o nariz e Bibi tentou afastar a fumaça de cravo.

— Argh, Jane — disse Bibi. — Dá para sentir o cheiro lá do corredor. Está tentando ser expulsa do colégio?

— Ela nunca vai ser expulsa — falou Tasha, esfregando o dedão e o indicador para insinuar dinheiro.

Eu entendi a indireta: elas estavam dizendo que o St. Maggie's tinha uma tolerância maior comigo porque a senhora é uma das alunas antigas mais respeitadas e uma das maiores doadoras de fundos. Mas, se isso é mesmo verdade, por que a Irmã Mary Joseph está tentando me meter em encrenca? Por que tive que ficar na detenção por três semanas depois de protestar no musical do colégio? Subir no palco e fazer um strip-tease no meio de *Garotos e garotas* era tão terrível assim? É verdade que tecnicamente eu não estava participando da peça, mas as garotas que participavam também tinham que tirar a roupa. (Eram as garotas do coral cantando aquela música "Take Back Your Mink".) Fui punida só porque consegui ficar de calcinha e sutiã antes de ser expulsa do palco. O que só faz fortalecer meu argumento: a peça é sexista e explora as mulheres, e um colégio só para garotas é o último lugar em que ela devia ser encenada.

Mas ninguém quis saber da minha mensagem sobre preconceito. Todo mundo só se importou com o fato de que eu tirei a roupa.

Bibi e Tasha foram para dentro das cabines e começaram a conversar por cima das divisórias de metal como se assim elas estivessem numa sala à prova de som.

— Enfim, diga para o pessoal chegar na minha casa às oito — disse Bibi. — E é para elas levarem bebidas, porque meus pais não têm nada. E não se esqueça de avisar que eu convidei um monte de garotos.

Elas deram descarga simultaneamente e saíram para lavar as mãos.

— Vai dar uma festa, Beebs? — perguntei.

— O quê... você ouviu? — questionou ela.

Joguei meu cigarro na pia.

— Sequem logo as mãos e vão saindo. — Tentei soar durona. — Este é o banheiro das garotas rebeldes.

Bibi e Tasha riram ao sair. Ninguém estava levando a sério a minha ideia do banheiro das garotas rebeldes.

— Quando é a festa dela? — perguntei para Bridget. — Você ouviu falar de alguma coisa?

— É no sábado.

— Azar delas. Vamos fazer nossa própria festa na minha casa. Só nós duas. E vai ser bem mais legal do que uma festa sem graça de gente de colégio.

— Isso aí — disse Bridget. É o que ela sempre diz. Ela sempre topa tudo.

Às vezes é bom ter alguém topa-tudo por perto.

TRÊS

✉ ✉ ✉

minhafamiliamalvada.com

O lado errado da Guerra Civil — ou seja, o lado malvado

Os Norris são outro ramo da minha família. Eles também vieram da Irlanda para Baltimore. Wilbur Norris ficou rico se aproveitando de pessoas pobres. Ele comprava os terrenos dos fazendeiros por pouco dinheiro e os vendia para a ferrovia B&O Railroad por uma fortuna. Não demorou para que ele passasse a ser um dos diretores da ferrovia e ganhasse mais dinheiro.

É bem difícil enriquecer sem se aproveitar de alguém. É exatamente essa a mensagem que estou querendo passar.

Quando a Guerra Civil começou, Wilbur Norris ficou do lado do Sul. Ele não possuía escravos (embora fosse bem provável que alguns dos meus ancestrais possuíssem — ninguém quer falar sobre isso, só que, convenhamos, fazendas de tabaco?), mas gostava de negócios e tinha interesses em fazer acordos no Sul (com certeza baseados na escravidão).

Eu gostaria de fazer uma pausa aqui para salientar que estamos falando sobre a ESCRAVIDÃO de seres humanos. O que é mais malvado do que escravidão? Nada, talvez só o genocídio.

Wilbur Norris construiu a casa em que minha família malvada mora hoje. A filha dele, Evangeline, morava no Quarto da Torre, exatamente o mesmo quarto onde minha irmã está dormindo bem agora. O nome da minha irmã? Norrie — apelido para Norris. E assim vai...

Durante a Guerra Civil, Baltimore foi ocupada pelos soldados Yankees, mas o exército Confederado estava acampado nos arredores da cidade, no condado de Anne Arundel. Se usassem um telescópio, os soldados confederados conseguiam enxergar a luz do Quarto da Torre da minha irmã. Um rapaz chamado Russell Pinkney entrava escondido na torre de Evangeline à noite e enviava sinais secretos de espionagem para as tropas Confederadas no condado de Anne Arundel. Ele acabou sendo capturado e ficou preso em Fort McHenry por um tempo, então perdeu a segunda metade do último ano de colégio e se formou atrasado. Essa foi a pior coisa que ele sofreu — sorte dele.

Minha ancestral ajudava um espião Confederado. Minha casa foi utilizada para avançar a causa dos Confederados. Até mesmo a casa em que moro hoje tem um passado de maldades. Não dá nem para fugir. Espero que as moléculas do ar maligno não estejam entrando na minha pele de alguma maneira.

Em breve: Maldade? Bem-vindo ao século XX.

CÂMBIO E DESLIGO

COMENTÁRIOS:

Sully: Pqp, Jane! Que porcaria é essa?
minhafamiliamalvada: É a VERDADE, irmão. Não está reconhecendo?

Todo boletim que já recebi na vida tem algum comentário do tipo: "Jane tem problemas com autoridade." E Paizão sempre diz:

— Isso aí, garota! Enfrente o sistema!

O que é bem vergonhoso. Ginger sempre suspira e acrescenta:

— Querida, deixe eu dar um pequeno conselho pra você: finja ser obediente até se formar. É só ficar de boca calada e fingir aceitar tudo que as freiras disserem. Assim você não vai precisar desperdiçar muito do seu precioso tempo ficando em detenção ou coisas do tipo. Depois você pode se rebelar o tanto quanto seu coraçãozinho quiser. Tá bom?

Eu entendo o argumento de Ginger — abalar o sistema por dentro —, mas simplesmente sou incapaz de fazer isso. Os problemas começaram no segundo ano do fundamental, quando eu fiz a Primeira Comunhão. A Irmã Madeline disse que, depois que comungássemos, Jesus ia morar nos nossos corações. Eu estava apavorada com a ideia de Jesus morar no meu corpo, não importava o quanto as pessoas dissessem que ele era maravilhoso. Acho que eu estava levando as coisas ao pé da letra demais. Mas, assim que a hóstia se dissolveu na minha boca, eu senti. Ele estava em algum canto lá dentro, flutuando na minha barriga, fluindo pelo meu sangue em direção ao meu coração. Aquilo me deixou bastante desconfortável. Desde aquele dia, toda vez que Jesus é mencionado, eu sinto aquele desconforto estranho. É como se tivesse que limpar a garganta. O que é uma bela dor de cabeça quando a pessoa estuda num colégio católico, pois, como a senhora sabe, o nome de Jesus é mencionado bastante, especialmente na aula de religião.

No ano passado, quem deu aula de religião para mim foi a Irmã Apollonia. (A senhora se lembra bem dos santos, Poderosa? Santa Apolônia, padroeira dos dentistas, perdeu todos os dentes quando foi golpeada por ter se recusado a renunciar a sua fé cristã.) A Irmã Apollonia usa um pequeno dente dourado numa corrente ao redor do pescoço para homenagear a padroeira. Ela é uma freira meiga e sorridente cujo foco religioso está mais no tamanho do amor de Jesus pelas criancinhas. Ela também acredita em distribuir doces durante a aula. Talvez seja a maneira de ajudar os dentistas locais. Nós duas nunca tivemos nenhum problema.

Este ano, quem está me ensinando religião é a Irmã Mary Joseph. Notei de cara que ela ia se tornar minha arqui-inimiga. Tinha um rosto sério e semicerrava os olhos de um jeito agressivo; ela é praticamente Clint Eastwood de hábito. Ficou treinando o olhar agressivo para cima de mim e decidiu imediatamente que eu era sinônimo de encrenca.

Começamos o ano letivo aprendendo sobre a vida dos santos.

— Os santos nos ensinam lições sobre Deus — explicou a Irmã Mary Joseph. — O sofrimento deles nos mostra o que Deus quer que a gente busque. Cada geração tem seus próprios santos, com suas próprias mensagens divinas. Sim, Mary Pat?

— Por que Deus mata tantos santos?

— Ele não os mata, ele os martiriza. Para que nós prestemos atenção — disse a Irmã M-J.

A Irmã Mary Joseph disse que nós precisávamos memorizar uma centena de santos e suas respectivas causas até o fim do mês. Eu meio que gosto desse papo de santo, pois é basicamente mágica. A minha parte preferida é aprender para que santos rezar em situações específicas, desde São Mateus (padroeiro dos contadores, bibliotecários e seguranças) a Santa Germana Cousin (pessoas feias).

Uma que é bem legal é a Santa Wilgefortis. Ela não queria se casar com o rei da Sicília, então rezou para que Deus deixasse ela continuar virgem. E, puf, no dia seguinte ela acordou de barba e bigode. Virgindade a salvo. Ela é a padroeira das esposas infelizes que querem se livrar dos maridos.

Tenho a sensação de que a Irmã Mary Joseph rezaria para a Santa Wilgefortis caso estivesse correndo risco de se casar. Mas a Olhada de Clint já é suficiente para ela não precisar de nenhum milagre.

Minha padroeira é Joana d'Arc: em parte porque temos o mesmo nome (ou pelo menos são bem parecidos), porém mais porque ela é a padroeira das pessoas que se opõem à autoridade. Ela foi executada pela igreja por cometer heresias. Eles a julgaram novamente e a declararam inocente, mas isso só vinte e cinco anos depois. Ela já estava morta e não poderia causar mais problema algum.

— O dever de casa de hoje tem duas partes — avisou a Irmã Mary Joseph. — Primeiro quero que escolham seus padroeiros. Vocês não precisam ter o mesmo nome da pessoa, só quero que seja quem mais admiram. Escrevam uma página sobre o que vocês admiram na pessoa e desenhem um ícone para ele ou ela, incluindo símbolos do que o santo ou santa representa. Parte dois: quem são os nossos santos do século XXI? Pense em alguém dos últimos cinquenta anos que você admira e que acha que merece a santidade. Escreva uma página argumentando a favor da canonização dele ou dela e também desenhe um ícone para ele ou ela. Este projeto é para a próxima semana. Alguma pergunta?

Ergui a mão.

— Sim, Jane?

— A Igreja comete erros? Tipo, o Papa pode cometer algum erro?

Olhar de laser.

— O que isso tem a ver com a vida dos santos?

— Bem, se Joana d'Arc era uma santa, por que a Igreja a colocou na fogueira por heresia? — perguntei. — Muitos padres e bispos disseram que ela desobedeceu às leis religiosas. E depois eles mudaram de ideia e a transformaram em santa. Então alguém da Igreja deve ter errado, não é?

— A teologia católica é muito complicada — disse a Irmã Mary Joseph impacientemente.

— Então, se eles erraram naquela época, podem errar agora também — prossegui sem que ela pedisse. A Irmã M-J me ignorou.

— Alguma pergunta relevante? Bibi?

— O santo ou santa do século XXI precisa ser uma pessoa real ou podemos inventar?

A pergunta estúpida de Bibi não ganhou o Olhar.

— Acho que, se quiser, você pode descrever a pessoa moderna ideal para ser canonizada. Mais alguma pergunta? Tasha?

— Podemos indicar a senhora, Irmã Mary Joseph?

A Irmã deu o que constituía um sorriso para ela: a linha dos lábios finos se esticou um pouco para fora.

— É muita bondade sua, Tasha, mas preciso pedir humildemente para que você deixe o Vaticano decidir isso.

Preciso pedir humildemente... fiquei com vontade de vomitar. A Irmã Mary Joseph mataria para se tornar santa, tenho certeza disso. Queria indicar Tasha para se tornar a padroeira dos bajuladores, puxa-sacos e ladras de melhores amigas.

Levantei a mão. Sempre tive uma dúvida e nunca tinha perguntado a uma freira antes. A Irmã Mary Joseph chamou meu nome relutantemente.

— Irmã, a senhora já desejou alguma vez ser padre em vez de freira?

A Irmã M-J rangeu os dentes.

— Pare de desperdiçar a aula com essas perguntas bobas, Jane. Homens são padres e mulheres são freiras. É o mesmo que você perguntar se já pensei em virar homem.

— Agora já existe operação para isso — falei. Até as garotas mais certinhas riram.

— Jane Sullivan, se está pensando que vai passar o resto do ano se comportando assim, é melhor sair desta sala agorinha e nunca mais voltar. Então, o que vai fazer?

Antes que eu pudesse responder, o sinal tocou. Todas se levantaram rapidamente.

— Mais alguma pergunta br-r-r-rilhante? — indagou a Irmã M-J, vibrando a língua. — Não? Turma dispensada.

Eu fui a primeira a sair.

■ ■ ■

Levei meu papel de desenho e minhas canetas para o quarto de Norrie, na Torre da Maldade. Às vezes gosto de fumar enquanto trabalho. No início ela até dizia:

— Nada de fumar no meu quarto.

E eu respondia:

— Sully sempre deixava.

Ela terminou esquecendo o assunto. Ela havia acabado de herdar o quarto de Sully e acho que ainda não se sentia a verdadeira dona dele. Norrie fica louca quando eu fumo, o que me diverte mais ainda.

Estava fazendo meu ícone para Joana d'Arc. Eu a desenhei amarrada ao poste, olhando para o céu, esperando que Deus a salvasse. Algo que ele não faria.

Ela era tão valente. Não era uma daquelas santas passivas que só faziam sofrer — que eram estupradas, decapitadas, que tinham os olhos arrancados etc. Era uma garota que agia. Ela lutou para mudar o mundo, mesmo que isso fosse praticamente impossível. Tinha 17 anos — a minha idade, a idade de Norrie, a idade de Hannah Montana — quando pegou uma espada e liderou homens adultos na batalha contra os ingleses. Em 1429. Isso que é valentia.

Quando estavam decidindo se ela ia ou não virar santa (quatrocentos anos depois da morte dela), algumas pessoas anti-Joana da Igreja disseram que ela não podia porque não tinha sido uma mártir — ela não queria morrer. Ela queria viver, e teve coragem de dizer isso. Não me importo se ela era uma santa de verdade ou não. Para mim, isso é apenas um detalhe. O fato de ela querer viver em vez de pular no fogo por vontade própria (como a rainha do dente, a Santa Apolônia) faz com que eu a admire mais ainda.

Ela era intensa. Ela dizia o que pensava. Nada a detinha. É por isso que ela era tão incrível.

Norrie se levantou e olhou por cima do meu ombro.

— Bridget escolheu Santa Brígida?

— Claro — respondi, pintando as chamas de laranja. — Apesar de Santa Brígida ser super sem graça.

— Leiteiras, vacas e crianças bastardas. O que não gostar?

— Quer dizer que existem crianças cujos pais não são casados? — perguntei sarcasticamente. — Como isso é possível? Achei que as pessoas precisavam se casar antes que a cegonha trouxesse os bebês.

— Eu gosto da Santa Brígida — disse Norrie.

— Claro.

— Ela era bonita.

— Exatamente. — O pai de Santa Brígida tentou casá-la com um jovem bardo, mas ela queria continuar virgem então rezou para que Deus tirasse a beleza dela. (Assim como a Santa Wilgefortis. Muitas santas eram obcecadas com as próprias virgindades.) A oração dela foi atendida, mas a beleza dela voltou quando ela se tornou freira. Por quê? Que bem isso fez para ela? Foi só para que ela saísse bem nas fotos de santos que ficam nos vitrais? Todo mundo gosta mais dos santos bonitos.

— Duvido que Santa Joana usasse tanto lápis de olho assim — disse Norrie.

— Vá se foder.

— Se vai invadir isto aqui e usar meu quarto como fumódromo, precisa aceitar minhas opiniões.

— Tá bom. Vou voltar para o meu quarto — falei, mas não me mexi.

Nós ficamos em silêncio por um tempo. Ela voltou a ler no assento da janela.

— Por que você vai sair com Brooks este fim de semana? — perguntei.

Ela abaixou o livro.

— Não sei. Por que eu não deveria sair com ele?

— Você gosta dele?

Ela deu de ombros.

— Está vendo, essa resposta não é muito boa.

— Sim, eu gosto dele — disse ela. — Você não gosta?

Ele é um cara legal se a pessoa gosta de gente sem graça e conformista — e, estranhamente, muitas garotas gostam disso. Sei que a senhora gosta dele, Poderosa, e minha intenção não é criticar o seu gosto. Só estou comentando.

— Eu sei por que você realmente vai sair com ele — falei. — Porque a Poderosa quer.

— Mentira — disse ela. — Vou sair com ele porque eu quero ver como é sair com Brooks Overbeck.

O que eu poderia responder? Ficamos em silêncio de novo. Sassy apareceu.

— O que estão fazendo?

— Nada — disse Norrie.

Sassy se deixou cair na cama. Ela gosta de deitar sempre que pode. Herdou isso de Ginger. A senhora já percebeu quantas camas e divãs tem na nossa casa? É para que Ginger possa ficar na horizontal toda vez que tiver vontade.

— Não vi você e Lula no treino de hóquei hoje — disse Norrie para Sassy.

— O treino do time reserva só começa na próxima semana — explicou Sassy.

— Você não vai nem tentar entrar no time principal? Todo ano algumas meninas do segundo ano conseguem.

Sassy deu de ombros.

— Não sou muito boa em hóquei.

— Hóquei é o esporte mais imbecil de todos — afirmei. — E lacrosse é o segundo mais imbecil.

— Você jogaria bem se treinasse mais, Jane — disse Norrie. Ela é completamente uma peça do sistema.

Sassy ficou olhando para o teto.

— O que foi, Sass? — perguntou Norrie. — Está cansada?

— Estou — respondeu ela. — E um carro acabou de me atropelar.

— O quê? — Norrie pulou do assento da janela e mergulhou na cama.

— Ela está brincando. — Eu me juntei às duas na cama. — Ela tem que estar brincando. Olha só pra ela. Parece alguém que acabou de ser atingida por um carro?

— Mas eu fui. — Sassy esfregou os olhos. — Na Northway. Um carro deu ré para sair de casa e esbarrou em mim. Mas estou bem. — Ela encostou na coxa distraidamente. Havia um pequeno machucado do tamanho de uma moeda.

Norrie surtou.

— Tem certeza? Não quer ir no médico ou algo assim para ver se teve uma concussão? Talvez você esteja com ferimentos internos.

— Não bati a cabeça — disse Sassy. — É sério, estou bem. Ela não bateu em mim com tanta força.

— Quem bateu em você? — perguntei. — Foi a Sra. Vreeland? — A Sra. Vreeland mora na esquina com a Northway. Às vezes, quando éramos pequenas e estávamos brincando com outras crianças pela vizinhança, usávamos o jardim dela de atalho e o atravessávamos correndo. Toda vez ela chamava a polícia. Eu odeio a Sra. Vreeland.

— Não. Alguma mulher que eu não conheço.

— Mas tem certeza de que não se machucou? — Agora Norrie estava sacudindo as pernas e braços de Sassy, procurando por ossos quebrados. Sassy ficou mole como uma boneca de pano. — Você contou para Ginger e Paizão?

— Não. O que eles poderiam fazer?

— Não sei — disse Norrie. — Mas eles são nossos pais...

Nós três caímos na gargalhada. Ginger e Paizão não são muito úteis em situações de emergência. A senhora lembra quando Takey tinha 2 anos e caiu do seu banco do piano e quebrou o nariz? Paizão não conseguiu lembrar o telefone da emergência. E Ginger... quando um de nós diz que está ficando doente, ela responde secamente: "Vou começar a organizar o funeral."

— É sério, Norrie, juro que não estou machucada. — Sassy se sentou e flexionou o braço para provar.

— Tudo bem. — Norrie se encostou na cabeceira da cama e apoiou os pés nas pernas de Sassy, fingindo que não estava mais preocupada. — Talvez você devesse escolher Sassy como uma das suas santas — disse ela para mim. — Ela foi atropelada e não se machucou. É indestrutível.

— Os santos não são indestrutíveis — argumentei. — Nunca prestou atenção nas janelas da igreja? Os santos sempre são flechados ou decapitados ou queimados vivos. É por isso que são santos. O que você descreveu é um super-herói, não um santo.

— Tá bom, então talvez ela seja um anjo — disse Norrie. — Eles não morrem, não é? Eles não já estão mortos?

— Feito fantasmas?

— Não, feito anjos.

— Parem, meninas — disse Sassy. — Não sou santa nem anjo. Só sou sortuda. Muito, muito sortuda.

— Pois é, pode continuar acreditando nisso — falei. Saí da cama e voltei para a escrivaninha para fazer as chamas da Santa Joana. Queria que elas ficassem mais fortes.

QUATRO

✉ ✉ ✉

minhafamiliamalvada.com

100% Verdade! Não é invenção! Nenhuma mentira!

Como Lou se tornou Poderosa

Agora chegamos à história da minha avó, a Poderosa Louisa Norris Sullivan etc. etc. Foi o pai dela quem construiu Gilded Elms e foi lá que ela cresceu, a filha mimada, idolatrada e determinada de um diplomata. E é lá que ainda mora. Ela herdou a casa depois que os pais morreram e se mudou para lá após se casar. Seu marido, Alphonse Sullivan Jr., era diplomata assim como seu pai.

Quando criança, a melhor amiga de Poderosa era Mary Margaret Rennert, mais conhecida como Mamie ou Mame. O pai de Mamie, James Renner, era dono de um jornal. Juntas, Mamie e Poderosa dominavam o colégio St. Maggie's. Elas faziam as melhores festas. Elas andavam a cavalo e bebericavam champanhe e pulavam em fontes com suas roupas elegantes. Eram conhecidas por entrarem de penetra nas festas do Maryland Club vestindo apenas roupas de banho por baixo dos casacos de pele.

Poderosa tinha muitos pretendentes (ela ainda se refere aos namorados dela assim), mas o preferido era Junius Overbeck. Ele foi o acompanhante dela no Baile de Debutantes e ela esperava que ele fosse pedi-la em casamento alguns meses depois. Mas, no Baile, Junius fez uma coisa que era considerada tabu — ele dançou a última dança com Mamie, não com a Poderosa Lou. Como ele não imaginou que isso deixaria a Poderosa furiosa? E deixá-la furiosa não é bom para ninguém.

Depois do baile, todos foram ao country club para passar o resto da noite dançando, e Junius não tirou os olhos de Mame — apesar de ele supostamente ser o acompanhante de Poderosa. Quando amanheceu, Junius e Mame foram embora do clube juntos. Uma semana depois, os pais de Mame anunciaram o noivado dela com Junius Overbeck.

Podia muito bem ter caído uma bomba nuclear em Baltimore; seria o mesmo efeito de uma Poderosa puta da vida. A melhor amiga de Poderosa tinha roubado o pretendente dela no Baile, um crime imperdoável. Ela parou de falar com Mame e jurou vingança.

Daquele dia em diante, o objetivo da vida de Poderosa passou a ser atrapalhar tudo que Mame fazia. Somente ela dominaria a sociedade de Baltimore. E Mamie Rennert Overbeck ficaria às margens de tudo.

Não percam o próximo episódio para saber mais. As repercussões dessa antiga disputa atravessam gerações!

CÂMBIO E DESLIGO

COMENTÁRIOS:

bridgetsemsaida: Sua avó não vai ficar com raiva quando ler isto?
minhafamiliamalvada: Ela não lê blogs.
bridgetsemsaida: Mesmo assim. Alguém pode comentar com ela.
minhafamiliamalvada: Espero que sim.
Sully: Jane, a Poderosa vai cortar sua garganta e beber seu sangue na melhor taça de cristal Waterford que ela tiver.
minhafamiliamalvada: Bom saber que a internet chega aí em New Hampshire.
Sully: VSF. O povo aqui da fraternidade acha seu blog hilário. Eles pensam que você está inventando essa merda toda.
minhafamiliamalvada: Eles não viram meu novo slogan? 100% verdade! Não sabia que o pessoal de Dartmouth era analfabeto.

— Norrie vai para o baile Holman com Brooks nessa sexta — gritei para Bridget no refeitório. — Sabe... BROOKS OVERBECK!

Eu precisei gritar porque o refeitório é como uma câmara de ecos do inferno — irritantemente barulhenta. Garotos falam alto, mas as vozes agudas das garotas são ensurdecedoras. Então não foi culpa minha se por acaso Bibi escutou o meu pequeno aviso. Não gritei de propósito só porque ela estava sentada na mesa atrás de mim, juro.

■ ■ ■

Tirei um D no meu ícone de Santa Joana e um F no meu ícone do século XXI, Santo Lux Interior. A Irmã Mary Joseph não gostou do fato de eu ter desenhado um balão de diálogo ao lado da boca de Santa Joana que dizia "Sou foda". Ela disse que eu poderia refazer o desenho de Santa Joana se quisesse compensar a nota. E também, se eu quisesse compensar o F de Lux Interior (ela nunca tinha ouvido falar em The Cramps! Os inventores do horror punk! O que é que elas aprendem nesses conventos, hein?), eu poderia escrever sobre a história do catolicismo em Maryland. Até parece.

■ ■ ■

Bridget foi dormir lá em casa no sábado à noite. Ginger e Paizão haviam saído, e Dona Maura estava de folga, então Sassy e Takey estavam jogando Wii na sala e vendo quem arrotava mais. Norrie tinha saído com Robbie, apesar de na época eu não saber que ele era Robbie, tipo O Robbie. Achei que ele era só um cara qualquer do curso de leitura dinâmica e de quem ela não queria falar muito.

Bridget e eu nos aproveitamos da ausência de Norrie para usar o quarto dela como estúdio de tatuagem. As coisas sempre são mais divertidas no Quarto da Torre; talvez seja a atmosfera de Maldade.

Fizemos desenhos dos tipos de tatuagem que gostaríamos de fazer. Não se preocupe, não eram tatuagens reais — nós as desenhamos com marcadores de texto. Mas pelo menos enquanto elas não fossem lavadas — e meu plano era passar o máximo de tempo possível sem lavá-la —, nós ficaríamos parecendo duas fodonas com tatuagens proibidas.

Eu ia fazer a tatuagem de Bridget e ela ia fazer a minha. Inicialmente pensei em pedir para Bridget copiar nas minhas costas o ícone de Santa Joana que eu tinha desenhado, mas ela não desenha tão bem e fiquei com medo de que fosse estragar.

— Escolhe alguma coisa simples — pedi para ela, pois não queria passar a noite inteira desenhando.

Ela brincou com a ideia de fazer uma vaca e um balde de leite em homenagem à Santa Brígida, mas eu a convenci de que não existia ideia mais ridícula para uma tatuagem do que uma vaca. Além disso, não sei desenhar vacas. Então ela escolheu um trevo de três folhas (que também é ridículo, mas não falei nada porque é fácil de desenhar) e eu escolhi uma caveira sobre ossos cruzados — o símbolo universal de perigo, veneno e piratas.

Eu desenhei em Bridget primeiro. Peguei um marcador cor de esmeralda e treinei fazendo desenhos de trevos numa folha de papel até ela ficar satisfeita. Depois ela tirou a meia e eu desenhei o trevo no tornozelo dela.

— Minha vez — falei. — Use preto. O preto mais escuro que tiver aí.

Enquanto Bridget mexia nos marcadores, fiz um rabo de cavalo para que o cabelo não atrapalhasse. Queria a tatuagem na nuca. Abaixei a cabeça, e ela começou.

O marcador estava frio e fazia cócegas na minha pele, especialmente quando encostava na coluna.

— Por que está demorando tanto? — perguntei.

— Estou desenhando com cuidado. Você não quer que o desenho fique bom?

— Quero. Por favor faça um desenho bom.

— Tá bom, então cala a boca.

— Ninguém pode dizer cala a boca na nossa casa.

— Vai à merda.

— Isso você pode dizer.

Peço desculpas se a ofendeu, Poderosa, mas estou apenas citando Bridget.

Ela pressionou o marcador com mais força enquanto fazia o contorno. Fiquei encurvada por mais alguns minutos sem-fim, então ela acabou. Minha cabeça estava pesada quando a levantei.

— Como ficou?

— Do mal. Veja no espelho.

Fui até a penteadeira de Norrie e tentei ver minha nuca no espelho, mas era impossível. Que burrice, pensei. Por que coloquei a tatuagem num lugar que não vou conseguir ver?

— Tome. — Bridget me deu o espelho de mão de Norrie. Eu o segurei como as pessoas seguram no cabeleireiro, para que a cliente veja como ficou o penteado maravilhoso. Lá estava. Preta e com aparência malvada: a caveira sobre ossos cruzados.

— Não está legal? — Bridget puxou a perna da calça para ver o trevo de novo.

— Queria que fosse de verdade — afirmei. — Vou passar um tempão sem lavar a nuca.

— Mas ainda assim pode manchar. — A tatuagem de Bridget já tinha manchado um pouco.

— Vou tomar cuidado. — Eu realmente gostei da tatuagem. E pensei: quando fizer 18 anos e me formar no St. Maggie's Reformatory, vou mesmo fazer uma tatuagem de verdade.

■ ■ ■

— O que é isso na sua nuca? — perguntou Norrie durante o café da manhã do dia seguinte. — Tem uma mancha preta.

Sassy afastou meu cabelo para dar uma olhada.

— É de verdade?

— Claro que é — falei.

— Mas não é permanente — acrescentou Bridget. — Fizemos com marcador.

— Vocês fizeram tatuagens de mentira com marcadores? — questionou Norrie. — Que maturidade.

Sassy soltou meu cabelo.

— Ainda bem que não é de verdade. Achei o desenho assustador.

— É para ser assustador.

— O seu cabelo cobre quase tudo — disse Norrie. — Talvez as freiras nem vejam.

— Olha a minha. — Bridget ergueu o tornozelo para mostrar o trevo no instante em que Dona Maura apareceu com um prato de ovos.

— Não coloque o pé na mesa.

— Você faz uma tatuagem em mim? — perguntou Takey para mim.

— Claro. O que você quer?

— Um revólver.

— Revólver não. Posso fazer várias outras coisas.

Takey fez uma pistola com a mão direita, mirou em mim e atirou

— Ka-ping! Você morreu.

Dona Maura balançou a cabeça e foi para a cozinha resmungando.

— Posso fazer um peixinho-dourado — sugeri. — Igual ao Bolhinhas.

Takey atirou em mim de novo, bem entre os olhos, e respondeu:

— Tá bom.

■ ■ ■

No colégio, na segunda-feira, eu tentei deixar o banheiro das rebeldes mais rebelde pichando o interior das cabines. Bibi e Tacha entraram e eu coloquei os pés em cima do vaso para que elas não me vissem.

— Ele estava tão na sua — dizia Bibi para Tasha. — Se Shea não tivesse aparecido, ele teria sido seu.

— Tá, mas e o que isso diz a respeito dele? — perguntou Tasha. — Entre eu e Shea, ele escolhe Shea?

— Não é que ele tenha escolhido Shea — respondeu Bibi. — É que ele sabia o que ela faria e o que você não faria, e ele estava a fim de pegar alguém naquela noite. Eu acho.

— Mesmo assim. Isso me faz pensar no tipo de cara que ele é — disse Tasha. — E como Shea foi parar na sua casa, hein? Você não convidou ela, convidou?

— Porra, claro que não — respondeu Bibi. (Mais uma vez, estou apenas citando). — Alguém a levou pra festa.

— Sempre tem alguém que leva.

Elas ficaram em silêncio por um instante. Eu fiquei completamente imóvel.

— Ei — disse Bibi. — Tem alguém aqui dentro?

Prendi a respiração.

— A porta desta cabine está fechada — disse Tasha. — Não estou vendo nenhum pé, mas... — Ela empurrou a porta.

Eu tinha trancado. Ela empurrou de novo. Fechei os olhos. Ao abri-los, a cabeça de Tasha estava olhando para mim por debaixo da porta.

— Jane, você está espiando a gente?

— É a Jane? — disse Bibi. — Pode sair. A gente não morde. — Eu a escutei bater os dentes algumas vezes. Elas riram. Eu risquei B.B. + TASHA PARA SEMPRE na divisória da cabine antes de sair.

— Eu não estava espiando — falei. — Não posso nem ter um pouco de privacidade aqui dentro?

— Ouvi falar que sua irmã foi embora da festa de Ryan Gornick na sexta junto com Shea — disse Bibi.

— Não sei com quem ela foi embora — respondi. — Ela foi pra festa com Brooks. Você gosta dele, não é?

— Não — disse Bibi, de maneira não muito convincente. — Eu só quero avisá-la de uma coisa: o pessoal está começando a falar da sua irmã e de Shea na mesma frase. Como se elas fossem o mesmo tipo de pessoa. Ou seja, como se fossem periguetes.

— E daí? — rebati. — Ninguém se importa com isso.

— Brooks se importa.

— Você está é com ciúmes porque Brooks gosta de Norrie e não de você — falei.

— Eu não acho que ele gosta de Norrie — disse Bibi. — Acho que a avó dele está fazendo ele fingir que gosta.

— Ah, é? Bem, então talvez a minha avó esteja fazendo Norrie fingir que gosta de Brooks.

— Os dois deixam as avós escolherem com quem eles saem? — perguntou Tasha. — Que século é este?

— Pois é — concordou Bibi.

— Concordo plenamente — falei

— Então todas nós concordamos — concluiu Tasha.

— Acho que sim — falei.

— Tá bom, então — disse Bibi. — Nos vemos na aula de religião. Estou doida para ver a Irmã M-J trucidar você.

— Eu também — falei. — Adoro sofrimento.

— Você fala muita merda — disse Bibi.

Sinto falta da amizade de Bibi. Sinto mesmo. Mas, se eu dissesse isso, ela nunca acreditaria em mim.

CINCO

minhafamiliamalvada.com

100% Verdade! Não é invenção! Nenhuma mentira!

Poderosa vs. Mame: O Confronto das Socialites

Então começou a grande rixa. O casamento de Mamie com Junius Overbeck foi o evento social do ano. Poderosa foi convidada, mas se recusou a ir. Não, na verdade ela teve uma ideia melhor. Uma ideia encantadora e perversa.

Poderosa fez sua própria festa no mesmo dia do casamento de Mamie. E não foi uma festa qualquer. Era um convite irrecusável. Uma recepção em Gilded Elms com ninguém menos do que o Duque e a Duquesa de Windsor. Edward, sabe? O tio-tataravô do Príncipe William? O cara que abdicou do trono britânico para se casar com seu verdadeiro amor? Que por acaso era uma garota de Baltimore, Wallis Warfield Simpson, e antiga namorada do pai de Poderosa. Wallis não visitava Baltimore havia um bom tempo, então seu retorno foi um acontecimento e tanto. Poderosa implorou para que o pai organizasse essa visita, e ele não pôde deixar de fazer esse mimo para sua querida princesa, Lou. Num estalar de dedos, a visita foi providenciada.

O casamento da coitada da Mamie foi arruinado. Ninguém queria ir para um casamento comum quando tinha a oportunidade de conhecer a realeza britânica. Até mesmo os pais de Mamie saíram mais cedo para ver Wallis e o antigo rei da Inglaterra de perto.

Mamie fingiu não se incomodar. Ela e Junius foram para Bermudas na lua de mel e voltaram felizes e bronzeados. No entanto, quando Mame se tornou diretora do Comitê Júnior, que cuidava de todos os eventos sociais importantes da cidade, ela tirou o nome da Poderosa Lou de todas as listas de convidados. Começava A Rixa.

"Vou mostrar a Mame quem é que manda nesta cidade", disse Poderosa, cerrando o punho de raiva. Então tramou o próximo ato de sua vingança.

Fiquem ligados.

CÂMBIO E DESLIGO

Aliás, Deus não existe. Tenho provas disso! Mas vou guardá-las para o momento certo.

COMENTÁRIOS:

Sully: Mana, onde você ouviu falar dessa merda? Poderosa contou ou você está inventando?
minhafamiliamalvada: Não estou inventando. Aprendi com as histórias que ouvi ao longo dos anos. E também pesquisei. Muito disso saiu nos jornais.

Sully: Não consigo decidir se é vergonhoso ou não.
minhafamiliamalvada: Não importa se é vergonhoso. É a VERDADE.
St. John: "Não existem verdades, apenas momentos de claridade que são tidos como respostas" — Montaigne.

Não sei se a senhora percebe, Poderosa, mas toda terça, durante o chá, a senhora encrenca com alguma de nós. Naquela terça, foi a minha vez. Esta é a minha versão da história. Se a senhora quiser contar a sua, sinta-se à vontade para escrever uma réplica.

Começou assim:

— Jane, o que tem de errado com seu cabelo? — E depois só piorou. — Parece um monte de minhocas murchas.

— Obrigada — respondi.

Eu até tinha colocado uma camisa de gola rolê para que a senhora não visse minha tatuagem, pois não queria que encrencasse comigo. Mas não deu muito certo.

— Ela não tem lavado o cabelo — explicou Norrie.

A senhora se serviu de uma xícara de chá.

— E por que não? O seu cabelo já é castanho desbotado. Você precisa mantê-lo limpo para que ele pelo menos fique com algum brilho.

— O cabelo dela é perfeitamente horrendo — disse Ginger. — Eu fico insistindo para ela fazer luzes, mas Jane não acredita em produtos químicos. Dá pra acreditar? Que tipo de vida nós teríamos sem produtos químicos?

E daí que eu não tenho cabelos lindos e loiros como os das minhas irmãs? Tudo depende da perspectiva da pessoa. O cabelo pode ser chamado de castanho desbotado, mas pode ser também um "loiro proletário".

Além disso, tem loiras por todo canto. O St. Maggie's está cheio de loiras, naturais ou não. Por que eu gostaria de ficar parecida com todo mundo? Tentei tingir meu cabelo de preto uma vez, mas ficou ridículo porque minhas sobrancelhas não são escuras o suficiente. E quando Bridget tentou escurecer minhas sobrancelhas com um lápis, fiquei parecendo o Colin Farrell.

— Ainda não estou entendendo — disse a senhora. — Jane, por que você não tem lavado o cabelo?

Silêncio. Norrie e Sassie não me deduraram por lealdade. Eu não queria que minha tatuagem saísse — era essa a razão. Tentei usar o tal de xampu a seco, mas só fez meu cabelo ficar duro e difícil de pentear.

— Por que ela faz as coisas em geral? — questionou Ginger lentamente. — É algo além da nossa compreensão, Poderosa. Melhor nem perguntar.

— Não vou aceitar isso — respondeu a senhora. — Quero uma resposta.

— Não se preocupe, vou lavá-lo em breve. — Peguei a faca e passei manteiga num pãozinho.

A senhora lançou um olhar fulminante para minhas mãos e deu uma de suas poderosíssimas exaladas de dragão.

— Jane Sullivan, você tem 16 anos, já é uma jovem crescida. Até agora não aprendeu como segurar uma faca corretamente?

Parei e olhei para a faca na minha mão. Tenho que admitir que ainda não entendo essa história da faca. O que estou fazendo de errado?

— Ginger, como você permite isso há tanto tempo? Ela está agarrando a faca como um assassino. O que vai fazer, matar o pãozinho a facadas? É assim. — Pela milésima vez, a senhora demonstrou a maneira correta de se segurar uma faca.

— Não estou vendo a diferença — falei.

— Francamente. Dedão aqui, indicador aqui. Encoste a extremidade nas juntas dos dedos, não na palma.

Ajeitei a posição da faca até a senhora ficar satisfeita.

— Pratique em casa até acertar — disse a senhora. — Nenhum homem vai querer casar com uma garota que segura a faca desse jeito.

Até parece que os garotos prestam atenção no jeito que as garotas seguram os talheres. Fiquei com medo de olhar para Norrie e Sassy, pois a gente terminaria caindo na gargalhada. Quero dizer, fala sério, Poderosa. A senhora acha que Wallace se casou com você por causa de sua etiqueta à mesa?

Por falar em Wallace: ele nos viu pela porta de vidro bem naquele momento, fez a saudação de dois dedos que sempre fazia e entrou para nos cumprimentar, poupando-nos desse papo maluco sobre talheres.

— O chá está bom hoje, senhoritas? — Ele estava carregando um vaso com flores amarelo-alaranjadas. — Trouxe alguns crisântemos para você, para alegrar sua mesa.

— Obrigada, querido. — A senhora afastou um prato vazio para que as flores coubessem. — Jane...

Mais uma vez, a senhora fixou o olhar na faca na minha mão. Peço desculpas por ter balançado a faca no seu rosto e fingido ameaçá-la, mas foi a senhora que me levou a fazer aquilo.

— Você vai se casar comigo nem que eu tenha que obrigá-lo a entrar na igreja com esta faca no seu pescoço! — falei.

Norrie, Sassy e Ginger caíram na gargalhada. Wallace pareceu ficar confuso. A senhora tocou a sineta para chamar Bernice e se levantou da mesa.

— Quando vocês, supostas damas, voltarem na semana que vem, espero que possamos ter um chá civilizado. E, Jane, espero que seu cabelo não esteja mais parecendo um animal morto. — Após estalar a língua, a senhora desapareceu pela casa gigantesca com Buffalo Bill trotando a seus pés.

Eis o que aconteceu depois que a senhora foi embora:

Bernice apareceu para limpar a mesa.

— O que vocês fizeram com ela? Tinha fumacinha saindo até das orelhas.

— Jane a ameaçou com uma faca — respondeu Ginger.

— Isso explica — falou Bernice.

Pensando bem, acho que a senhora não perdeu muita coisa. Quando a senhora vai embora, Poderosa, todo o drama vai junto; isso eu admito.

SEIS

minhafamiliamalvada.com

A Viúva Negra

Poderosa nasceu riquíssima. Já contei algumas das maneiras malvadas como os ancestrais dela ganharam dinheiro. Mas agora ela é ainda mais rica. E como conseguiu isso? Se casando.

Minha avó se casou cinco vezes. O primeiro marido, Alphonse Sullivan Jr., meu avô, era rico como ela. Mas ele morreu de ataque cardíaco aos 43 anos. As pessoas diziam que ele trabalhava demais. Meu pai tinha 10 anos na época. Poderosa herdou a parte do dinheiro da família de Al Jr. que pertencia a ele, claro. Tlim tlim.

Depois que se passou o período apropriado de luto, Poderosa não teve nenhuma dificuldade para encontrar novos pretendentes, como ela mesma explica delicadamente. Em dois anos, estava casada outra vez. O segundo marido, Geoffrey Weems, era um banqueiro. Ele também trabalhava muito, eu acho, pois morreu um ano depois, com 54 anos, também de ataque cardíaco. Tlim tlim duplo!

Em seguida, ela se casou com Leo Maguire, dono de uma fábrica de sapatos. Talvez ninguém chegue a pensar que é possível enriquecer fazendo sapatos, mas era o caso de Leo. Ele era muito rico. E, quando morreu, cinco anos após o casamento (de câncer), Poderosa herdou a fábrica de sapatos. Tlim tlim triplo!!!

A esta altura, ela já era podre de rica. O Marido Número 4, Bertram Hightower, não era rico, então ela devia amá-lo, mas quando vejo a foto dele não entendo o porquê (ele tinha a maior cara de cavalo). A família dele fora rica antigamente, mas quando Poderosa apareceu eles eram apenas metidos. A família de Bert era dona de uma fazenda de cavalos mas não tinha mais condições de mantê-la, então Poderosa assumiu o comando e agora a fazenda é dela. Tem um estábulo inteiro de lindos cavalos puro-sangue ingleses para montar. Esse casamento chegou a durar doze anos. Foi bem triste quando Bertram morreu num acidente a cavalo. Foi triste e nada suspeito.

Depois que Bertram morreu, Poderosa ficou solteira por um tempo. Então, aos 70 anos, decidiu se casar mais uma vez. O Marido Número 5 é Wallace Beckendorf. Ele é careca e quieto e dono de uma creche. Passa muito tempo cuidando dos jardins gigantescos de Poderosa, apesar de ela ter um jardineiro. Ele simplesmente gosta de ficar lá fora com as plantas. Nós gostamos dele. Wallace é muito gente fina. A gente estava esperando que ele fosse transmitir um pouco do seu jeito tranquilo para minha avó, mas não foi o que aconteceu. Que pena. Não se pode para ter tudo.

Se alguém quiser investigar as circunstâncias de algumas das mortes dos maridos de Poderosa, sinta-se à vontade. Eu mesma gostaria de fazer isso, mas estou ocupada demais recebendo uma lavagem cerebral da Igreja.

Enquanto Poderosa estava ocupada se casando e ficando viúva, A Rixa entre ela e Mamie não parou por um segundo. Se Mame doava uma academia para o St. Maggie's, Poderosa doava um auditório. Quando o prefeito escolheu Poderosa para ser diretora da Comissão de Artes da Cidade, Mame acusou Poderosa de subornar todos os políticos do estado para conseguir o cargo. Depois disso, Poderosa fez questão de cortar as verbas para o projeto mais querido de Mame, o Beco dos Maus Ouvidos, um acampamento de verão para crianças pobres que têm essa deficiência horrorosa — falta de habilidade musical. Era um ataque após o outro. Se Poderosa convidasse alguém para uma festa e essa pessoa fosse para a festa de Mamie, entrava para a lista negra dela e nunca mais era convidada para nada pelo resto da vida, a não ser que fosse rastejando até ela e implorasse — e mesmo assim não era garantido.

Finalmente, há dez anos, após décadas disputando aquela partezinha da sociedade de Baltimore, a origem da rivalidade das duas, Junius Overbeck, faleceu. No imenso funeral, que encheu a catedral nova, a Poderosa Lou mostrou que realmente estava compadecida por Mame em seu luto. Eu estava lá, vi tudo. (Sim, tinha apenas 6 anos, mas lembro.) Ao agir com nobreza, Poderosa pediu publicamente para que A Rixa acabasse. Estava na hora, declarou, de ela e Mame serem amigas e aliadas novamente.

"Nós beneficiaremos mais esta cidade juntas do que separadas", declarou Poderosa no funeral. "Minha querida Mame, vamos colocar de lado nossas diferenças tão antigas e declarar uma trégua. Sinto sua falta, minha antiga parceira de crime.

Todos aplaudiram com lágrimas nos olhos. Foi um momento tão comovente. Finalmente a antiga Rixa tinha acabado. Ou será que não?

Tenho que admitir: conheço minha avó, e ela não é de desistir tão facilmente. A minha teoria é a seguinte: quando Junius morreu, ela viu fraqueza em sua vítima e deu o bote. Encontrou uma maneira de atingir Mame onde ela mais sentiria, uma maneira de atingi-la de uma vez por todas. Será que vocês querem saber que maneira é essa? Talvez eu compartilhe minha teoria em algum momento.

No próximo capítulo: minha mãe. Será que ela fez a própria terapeuta cometer suicídio? E por que ela odeia tanto a palavra "bumbum"?

CÂMBIO E DESLIGO

COMENTÁRIOS

***minhafamiliamalvada*: Algum comentário? Ninguém? Estão com medo demais, é?**

— Você lavou o cabelo — disse Sassy. — Ainda bem. Estava começando a feder.

— Não estava. — Eu finalmente tinha cedido e lavado meu cabelo. As garotas do colégio tinham começado a tapar o nariz quando me viam. Imaginei que uma semana com uma caveira sobre ossos cruzados na nuca foi tempo suficiente para mandar uma mensagem. Mas ainda tomei cuidado quando fui lavar a nuca. — A tatuagem ainda está aí?

Sassy afastou meu cabelo para ver minha nuca.

— Sim. Nem manchou.

— Sério? Que engraçado. — Peguei o espelho de mão de Norrie e olhei com meus próprios olhos. Lá estava a tatuagem falsa, tão definida e escura quanto no dia em que Bridget a desenhou. — O marcador dizia "tinta lavável". Que mentira.

— Mas não está feliz por ela não ter saído? — perguntou Sassy.

— Sim — respondi. — Só estou surpresa. O trevo de Bridget sumiu há vários dias.

— Ela provavelmente é mais limpa do que você.

— Vá se ferrar.

— Talvez você tenha deixado a tinta por tanto tempo que ela entrou na sua pele e a tingiu.

A gente estava descansando no quarto de Norrie numa noite de sábado de novembro. Era bem tarde. Eu estava pensando no fato de que ano iria que vem Norrie iria para a universidade e a Torre finalmente seria minha. Norrie dissera para algum canto com Robbie. Pensei no que Bibi tinha dito sobre as pessoas estarem falando dela e de Shea da mesma maneira. Não que eu me importasse com o que Bibi pensa, mas não gostei de escutar ela falando mal de Norrie.

— Sass, você acha que Norrie é uma periguete por sair com Robbie?

— Não. — Norrie o ama. Não tem nada de periguete nisso.

— Queria dar um cala a boca naquela Bibi D'Alessandro para ela parar de falar besteira.

— Jane!

Revirei os olhos.

— Ano que vem, quando este quarto for meu, ninguém vai poder entrar aqui.

— Isso não é justo — disse Sassy. — Todo mundo sempre deixou a gente entrar aqui. É o nosso quarto de brincadeiras.

— Azar. Tudo isso vai terminar quando o Reino de Jane começar. Não se preocupe, você só vai precisar aguentar o Reino de Jane por um ano, depois vai poder pegar o quarto e fazer o que quiser com ele. Pode enchê-lo de unicórnios e arco-íris, não estou nem aí. Só você e Takey que vão ficar aqui na casa.

— Vai ficar tão vazio.

— Pois é. Mas pense em toda a privacidade que você vai ter. Também vai ter toda a atenção de Paizão e Ginger. — Aquilo fez nós duas rirmos.

Abri o computador de Norrie e chequei meu e-mail. Encontrei uma mensagem interessante de uma pessoa chamada Delphine Burrell.

Cara Jane Sullivan,

Recentemente fui parar no seu blog, minhafamiliamalvada.com, e gostei bastante dele. Na verdade, acho que muitos cidadãos de Baltimore

gostariam de ler suas opiniões sobre a história da nossa cidade. Posso entrevistá-la para uma matéria na seção local do nosso jornal? Eu gostaria de falar sobre o seu blog e sobre o que você acha da história da sua família.

Obrigada!

Delphine Burrell

Repórter Especial

The Baltimore Sun

Humm. Muito interessante. O *Sun* queria fazer uma matéria sobre mim e sobre minha família. Minha família malvada.

Será que eu devia aceitar?

— Alguma novidade? — perguntou Sassy.

— Não. — Fiz logoff e fechei o laptop.

Era melhor não falar do *Sun* para Sassy. Em breve ela descobriria. Todos descobririam.

Lá fora, alguém bateu a porta de um carro. Olhei pela janela.

— Norrie chegou. — Acendi um cigarro para que ela fosse recebida pelo cheiro de cravo quente assim que entrasse. Ah, como ela adora isso.

— Jane, ela vai nos expulsar.

— Não vai, não. Ela sempre diz isso, mas nunca faz.

Alguns minutos depois, Norrie entrou bruscamente no quarto.

— Bem que achei que você estaria aqui dentro. — Ela estava me fulminando com o olhar.

— O que foi? O que eu fiz?

— Vou te mostrar. — Ela abriu o laptop, que fez um barulho e ligou. Ela teclou alguma coisa e minhafamiliamalvada.com apareceu na tela.

— Que porra é essa, Jane? — (Citações! Citações!) — Está contando todos os segredos da nossa família num blog? E eu tenho que descobrir isso numa festa, por uma total desconhecida?

— Uma total desconhecida lê o meu blog? — perguntei. — Caramba. Quem é ela?

— Que diferença faz? Por que está fazendo isso? E por que não me contou? — Ela se voltou para Sassy. — Você sabia disso?

— Não — disse Sassy. — Deixa eu ver.

Sassy começou a ler os posts. Norrie agarrou o cigarro na minha mão e o jogou pela janela. Foi tudo muito dramático e empolgante.

— Achei que ninguém ia ler — me defendi. — Só a família. Eu ia contar pra você, mas estava com medo de que tentassem me impedir de escrever, e eu não posso parar. O mundo precisa saber a verdade.

— A verdade? — repetiu Norrie. — Isso aqui é só um bando de histórias antigas da família. Quem pode saber se tem alguma verdade nelas? — Ela se sentou na cama. — Por que está escrevendo tanta maldade sobre Poderosa? Ela vai matar você.

— Se descobrir.

— Quando descobrir.

Naquele instante, percebi que se eu conversasse com a repórter do *Sun* a senhora com certeza descobriria.

— Eu sou como a Joana d'Arc — falei. — Todo mundo achava que ela era louca, mas era uma visionária. Estava apenas tentando fazer o certo.

— Jane, ela foi queimada viva. Pense nisso.

— Eu sei — respondi. — Mas isso não vai acontecer comigo. Poderosa não vai me queimar viva. Nem ela é tão malvada assim. — (Ou é? Brincadeira.)

Norrie suspirou.

— Jane, por que está fazendo isso com a gente?

Tentei explicar para ela os meus motivos. Eis o que eu disse. Talvez isso ajude a senhora a compreender.

— Toda vez que você lê alguma coisa sobre Poderosa no jornal, eles sempre falam de como é maravilhoso ela fazer doações para colégios e apoiar instituições beneficentes e ter uma casa tão bonita e uma vida tão animada e uma história familiar tão respeitável. Fazem com que ela e todos nós pareçamos tão glamourosos. Achei que alguém devia contar o outro lado da história. Para equilibrar as coisas. É só isso que estou tentando fazer.

— Então você não vai parar?

Balancei a cabeça.

— É a Primeira Emenda da nossa constituição. Você não pode me impedir.

— Então só não escreva sobre mim. Se fizer isso, juro que nunca mais falo com você.

Não prometi nada para ela. Uma contadora de verdades não pode fazer esse tipo de promessa.

SETE

✉ ✉ ✉

minhafamiliamalvada.com

Como levar a sua terapeuta ao suicídio

Só por diversão, vamos dar uma variada e falar de outro membro da minha família. Que tal... ah... hum... minha mãe?

Minha mãe, Virginia Wells Sullivan. Nós a chamamos de Ginger porque ela odeia ser chamada de "mãe". De acordo com ela, só de escutar a palavra "mãe" a mulher envelhece vinte anos. E, além disso, não é muito elegante. Então a chamamos de Ginger.

Ginger tem muitos segredos que eu poderia contar — para dar um exemplo, vocês sabiam que ela usa um hidratante que contém xixi de coelho para manter a pele macia?

Eis um dia típico de Ginger:

07h30: Remover a máscara de dormir e abrir um olho para garantir que Dona Maura fez Paizão e as crianças se arrumarem para o colégio e o trabalho. Confirmar que tudo está sob controle. Voltar a dormir.

10h: Acordar e ver Dona Maura deixando o café na cama: (uma torrada, uma toranja e o jornal). Mas não há tempo a perder! Ela precisa tomar banho e se arrumar para encontrar Casey Stewart no Petit Louis para almoçar.

12h30: Almoço e fofocas com Casey, seguido de compras em Cross Keys ou na Nordstrom ou de idas ao dermatologista/ cabeleireiro/manicure/spa.

15h (às quartas): Interrupção irritante em um dia perfeitamente agradável para fazer terapia com a Dra. Melanie Viorst. Conversar sobre o quanto seus filhos são uma decepção. Não importa quanto tempo se passe tentando ensiná-los a falar direito, eles continuam falando como se tivessem crescido numa favela. Usam as palavras mais horrendas: "bumbum", "peru", "meleca" e assim por diante, só para chatear a mãe. Pedir à doutora Viorst para, por favor, parar de tentar descobrir por que essas palavras são tão incômodas. Será que ela não entende que é apenas uma questão de bom gosto? Por falar em gosto, analisar novamente o medo de maionese — é uma mistura nojenta, e além disso o que diabos É maionese? — e o fato de que é impossível evitar maionese no cotidiano quando se está cercado pela classe média protestante e por católicos com o maior jeito de classe média protestante. Tem maionese em TUDO, não dá para escapar, é tão nauseante... Como a Dra. Viorst acha que uma pessoa se mantém um palito? Se a pessoa não come maionese, praticamente não pode comer nada.

Chorar para que a Dra. Viorst veja que, apesar das aparências, lá no fundo você sofre.

16h30: Voltar para casa. Tomar um rápido drinque enquanto cumprimenta as crianças e perguntar como foram as aulas. Independentemente do que as crianças disserem (mesmo se for "Acabei de ser suspensa por blasfemar"), responder:

— Que maravilha!

18h: Paizão chega em casa. Mais drinques e se arrumar para jantar.

19h30: Sair.

Como você pode imaginar, discutir essa vida frívola na terapia e CHORAR por causa dela pode fazer uma psiquiatra querer encher a cara. Ou pior.

Numa quarta-feira, Ginger chegou no North Baltimore Professional Center pontualmente às 15 horas para sua consulta de sempre com a Dra. Viorst. Ela se sentou na sala de espera, abriu a revista *New Yorker* e ficou encarando a porta fechada do consultório. A Dra. Viorst não apareceu. Que coisa estranha.

Depois de meia hora, Ginger bateu à porta. Ninguém respondeu. Tentou abri-la. Estava trancada. Ginger deu de ombros e foi para casa.

Naquela noite, Ginger recebeu uma ligação de alguém que não conhecia dizendo que a Dra. Viorst não a atenderia mais. Quando Ginger perguntou a razão, a pessoa disse que a Dra. Viorst tinha se matado.

"Que terrível", disse Ginger para a pessoa.

Ginger desligou o telefone e disse para a família, sentada à mesa de jantar, que sempre soubera que a Dra. Viorst era louca — mais louca do que a própria Ginger — e que era um alívio não precisar mais pensar em problemas para contar à terapeuta nem chorar por causa deles toda semana. Agora que estava com o horário das 15 horas de quarta livre, poderia voltar a ter aulas de tênis.

Ah, Ginger, nunca mude.

CÂMBIO E DESLIGO

P.S. Alguém sabe como tirar tinta da pele? Já tentei de tudo.

COMENTÁRIOS

St. John: Você já parou para pensar que talvez Ginger esteja tentando mascarar muitas mágoas com esse jeito leviano?
minhafamiliamalvada: E...?
Sully: Eu me lembro da noite quando ela soube da Dra. Viorst e ficou MUITO chateada. Lembra? Ela ficou meio que em estado de choque e bebeu MUITO.
St. John: Odeio dizer isso para minha própria irmãzinha, mas, se a nossa família é malvada, o membro mais malvado é você. E, além disso, maldade é algo relativo. Se você diz que Deus não existe, não pode chamar as pessoas de malvadas. Sem o céu, não existe o inferno.
minhafamiliamalvada: Ah, St. John. Por que não deixa sua cabeça explodir e dá logo um fim a tudo?

St. John: Você só está tentando obter alguma reação de alguém — QUALQUER reação.
minhafamiliamalvada: Bumbum bumbum bumbum!
Sully: Aqui mais uma verdade: há quatro anos, Jane Sullivan era a maior fã de Hannah Montana! Rá!
minhafamiliamalvada: Eu tinha 9 anos. Todas as meninas do planeta Terra com essa idade eram fãs dela.
Sully: Você tinha 12 anos. E você era a fã número um dela. Feche esse bico.

— Jane, olha só isso. — Bridget me levou até a última cabine no banheiro das rebeldes. Alguém tinha entendido a minha deixa e pichado as paredes também. Mas não era a pichação que eu queria:

GAROTAS QUE FAZEM BQT EM VELHOS TARADOS:

Shea D.

Norrie S.

Jane S.??? (Talvez ano que vem.)

— Acha que foi Bibi que escreveu isto? — perguntou Bridget.

— Não sei. — Para ser sincera, duvido que Bibi chegaria a um nível tão baixo.

E ela odeia a mim, não a Norrie. Por causa de todo o fiasco de *Garotos e garotas* etc. A não ser que ela estivesse com inveja de Norrie por causa de Brooks.

Por acaso, Bibi e Tasha entraram no banheiro naquele momento e viram que estávamos prestando atenção na parede da cabine. Bibi e eu sempre fizemos xixi nos mesmos horários.

— Desiste logo disso, Jane — disse Bibi. — Este banheiro nunca foi e nunca será o banheiro das rebeldes, não adianta vandalizá-lo todo.

— Não estou vandalizando. — Gesticulei para a pichação.

Ela e Tasha colocaram as cabeças dentro da cabine para ler. Tasha assentiu.

— Ah é, eu ouvi falar disso.

— Disso o quê?

— Que Norrie estava numa festa com Shea e um monte de caras mais velhos, e que Shea estava no banheiro pagando boquetes para todo mundo.

— E daí? Não quer dizer que Norrie fez a mesma coisa.

— Mas Norrie estava lá. Então talvez ela tenha feito isso, sim.

— Que estupidez — falei. — Não faz sentido...

— O pessoal tem comentado por mensagem de texto desde ontem. — Bibi mexeu no celular e me mostrou várias mensagens com as letras NS, SD e BQT. — Eu não repassei estas mensagens para ninguém... bem, só para Brooks. Achei que ele devia saber que tipo de garota vai levar para o Baile de Debutantes.

— Está passando adiante estes boatos ridículos para Brooks? — Eu estava furiosa. — Você sabe que não é verdade.

Bibi deu de ombros.

— Tudo que sei é o que meu celular diz. Além do mais, alguém ia terminar contando isso para Brooks mesmo.

— Ele sabe que é mentira — falei. — Ele sabe quem Norrie realmente é.

— Então Norrie não tem nada com que se preocupar — disse Bibi.

— E o seu blog? — perguntou Tasha. — Você está falando mal da própria família. Qual é a diferença entre ele e essas mensagens?

— Vocês estão espalhando mentiras — argumentei. — Eu estou contando a verdade. Essa é a diferença.

— Pra mim essa linha é bem tênue — disse Bibi.

■ ■ ■

Sei que a senhora viu o artigo, Poderosa, mas aqui está outra cópia para o seu scrapbook.

Preciso confessar que, da primeira vez que li, fiquei imensamente satisfeita. Meu blog tinha saído na primeira página da seção local do jornal. Na primeira página!

Agora sim vou conseguir chamar atenção, pensei.

Eu não tinha pensado no restante da família e no que poderia acontecer por causa da minha preocupação em contar a verdade. Ainda não.

THE BALTIMORE SUN

Neta de Leoa da Sociedade Revela Segredos da Família em Blog

DELPHINE BURRELL

A SRA. LOUISA BECKENDORF — nome completo Arden Louisa Norris Sullivan Weems Maguire Hightower Beckendorf — é filantropa, representante da cidade, árbitro social e uma elegante dama, dona de tanto poder que é conhecida localmente como "Poderosa Lou". Desde sua entrada na sociedade no Baile de Debutantes de 1947, tem sido uma das anfitriãs mais influentes no topo da sociedade de Baltimore. Ela é membro de comitês de diversas instituições beneficentes e artísticas, e iniciou a moda das penas laranjas nos anos 1970. Uma ala do Baltimore Museum of Art recebeu o nome dela. Diz-se que qualquer pessoa que quiser ser convidada para os eventos sociais mais exclusivos da cidade precisa conquistar — e manter — a boa vontade da Sra. Beckendorf.

No entanto, agora a temerosa e influente "Poderosa Lou" pode ter sua importância reduzida pela própria neta.

Jane Sullivan, de 16 anos, aluna do penúltimo ano no St. Margaret's Preparatory School e um dos seis netos da Sra. Beckendorf, começou um website chamado minhafamiliamalvada.com. Trata-se essencialmente de um blog que detalha a história sórdida das famílias Sullivan e Norris — as origens de suas enormes fortunas, a rixa social mesquinha entre a Sra. Beckendorf e sua principal rival, a Sra. Margaret "Mame" Overbeck, e o misterioso suicídio da terapeuta de sua mãe. De acordo com Jane Sullivan, a Sra. Beckendorf nunca perdoou a Sra. Overbeck por lhe ter roubado Junius Overbeck bem debaixo do nariz. Mesmo agora, quando as duas mulheres alegam ter feito as pazes, Jane sugere que a avó dela na verdade está tramando uma perversa vingança contra a Sra. Overbeck.

Essas informações estão sendo devoradas como doces em certos segmentos da sociedade de Baltimore — aqueles que moram e estudam nos elegantes colégios particulares do norte da cidade.

"A Poderosa Lou teve poder sobre nós por tanto tempo que estamos adorando finalmente ver que existe algum defeito por trás da aparência impecável dela", disse uma das mulheres mais proeminentes de Guilford, que se recusou a fazer uma declaração oficial. "Isso é delicioso demais."

"Estou apenas contando a verdade", disse Jane Sullivan ao ser questionada sobre a razão de expor os problemas familiares em seu blog. "As pessoas admiram minha avó porque ela é rica. Bem, se elas soubessem como as pessoas ricas ficaram ricas, talvez elas não as admirassem tanto assim. Destruam toda a maldade! Destruam tudo!"

A Srta. Sullivan disse que vai continuar escrevendo sobre a família até todos os segredos serem revelados.

"Acho bom o *Sun* divulgar meu blog", acrescentou ela. "Assim todo mundo vai saber a verdade. Poder ao povo!"

"A Poderosa Lou vai quebrar o pescoço daquela malcriada", disse um residente de Roland Park que preferiu não revelar o nome por medo de vingança. "Lá se vai a herança dela."

Não foi possível contatar a Sra. Beckendorf para comentar o caso.

OITO

minhafamiliamalvada.com

O Plano malvado de Poderosa

Algumas pessoas — hoje em dia nem tantas, mas algumas — acham fascinante o Baile de Debutantes, o significado que ele tem e o processo de seleção das garotas que são convidadas. A Poderosa Lou tem muito a dizer sobre quem ela acha que é "boa o suficiente" para ser uma debutante. Apesar de ser rica, ela não dá tanta importância ao dinheiro. Não, nós estamos em Baltimore, onde família e origem são tudo. Qualquer pessoa pode enriquecer. Ter contatos é algo que ajuda e, se necessário, chantagem também funciona.

Mesmo se a garota não for (tão) rica, ela pode ser uma debutante se vier de uma família tradicional de Baltimore e estudar num dos colégios particulares. Wallis Warfield Simpson, a famosa debutante de Baltimore que se casou com o rei da Inglaterra e se tornou Duquesa de Windsor, tinha tão pouco dinheiro que precisava usar vestidos costurados à mão pela tia, mas tinha o sobrenome Warfield, e isso bastava.

Agora, no século XXI, esse sistema está se desfazendo. Fora de Baltimore (especialmente na "vulgar" Nova York), dinheiro é tudo, e esse sistema de valores se infiltrou na nossa cidadezinha provinciana. Além disso, o que constitui uma família? As supostas "famílias tradicionais" estão bastante diluídas a essa altura. A sociedade está bem mais fluida e, de certas maneiras, mais democrática.

Mas o Baile de Debutantes não. O Baile vai continuar se atendo às tradições enquanto puder.

E por que alguém se importaria com isso? Muitas pessoas não estão nem aí. Mas eu sei por que Poderosa se importa. Sei de pelo menos uma das razões. Ela usa coisas como o Baile para controlar as pessoas. E quem é a pessoa que ela mais quer ver sofrer? Mamie Overbeck.

Eis a minha teoria: Poderosa ainda não perdoou Mame por ter roubado Junius dela em 1947. Ela tem cultivado o rancor ao longo de todos esses anos e ele tem crescido... E ao ver sua neta, Norrie, e o neto de Mame, Brooks, brincando juntos quando crianças, ela teve uma ideia.

Se você leu Grandes Esperanças ou viu um dos filmes, talvez se lembre da Srta. Havisham. Quando era jovem, ela foi abandonada no altar e passou a odiar os homens. Ela adota uma linda garota chamada Estella e a ensina a ser uma pessoa insensível. Então, para fazer uma experiência, ela convida um menino pobre chamado Pip para brincar com Estella. A Srta. Havisham sabe que Pip vai se apaixonar por Estella e que ela vai partir o coração dele. E é praticamente isso que acontece. A Srta. Havisham criou Estella para que a garota se vingasse dos homens por ela.

Acho que Poderosa está dando uma de Srta. Havisham — usando Norrie. Ela sabe que Brooks gosta de Norrie e está obrigando os dois a irem juntos ao Baile — exatamente onde a própria Poderosa foi humilhada. No entanto, ela também sabe — todo mundo sabe — que Norrie se apaixonou por outra pessoa. Então é bem provável que ela parta o coração de Brooks. Mas, mesmo assim, Poderosa continua insistindo para os dois irem juntos.

Mame ama seu neto Brooks e não gostaria de vê-lo magoado. Poderosa pode magoá-la por meio de Brooks, usando Norrie. É um plano diabólico.

E essa é a minha teoria.

Vamos lá, admita, Poderosa. Eu tinha razão, não tinha?

■ ■ ■

Talvez a senhora não tenha percebido, mas Norrie, Sassy e eu estávamos escondidas no topo da escada quando você foi lá em casa e caiu em cima de Ginger e Paizão por causa do artigo no *Sun*. A gente escutou a conversa inteira. A senhora estava rugindo de raiva. Sabe como às vezes a senhora faz uma careta quando está com raiva? Bem, a gente deu um nome para a careta: Sr. Nojinho. E a senhora estava com o Sr. Nojinho no rosto aquele dia.

Vou contar a cena para a senhora, caso esteja curiosa para saber como pareceu do meu ponto de vista. Às vezes me pergunto se você tem noção de como pode ser assustadora, Poderosa.

— É culpa de vocês — gritou a senhora. — Vocês são péssimos pais! Não, nem pais vocês são. Vocês são apenas babás fingindo que são pais!

— É um prazer vê-la, Poderosa — disse Ginger.

A senhora tinha levado Buffalo Bill, como sempre, e ele estava farejando a base da escada.

— Vocês criaram uma ateia que só quer infernizar tudo! Pelo menos eu *acho* que é só uma. Nunca na minha vida me senti tão traída por um membro da minha própria família. Alphonse, o que você tem a dizer?

Paizão falou como se estivesse dando de ombros.

— Desculpe, mãe, mas Jane já tem idade suficiente para ter suas próprias opiniões. O que podemos fazer para impedi-la?

— Muita coisa! Para começo de conversa, mandem-na para um colégio interno. Um tão rigoroso quanto um convento, bem longe, talvez na Suíça. Se vocês não conseguem discipliná-la, lá eles conseguem, e assim ela não vai ficar aqui na cidade publicando mentiras terríveis sobre a avó no jornal.

— Ninguém lê mais o jornal — disse Ginger. — Se nós ignorarmos, esse assunto vai passar.

— É exatamente esse tipo de atitude tolerante que está causando isso. Uma filha andando por aí com um marmanjo de Nova York, outra determinada a acabar com a família inteira, e quem sabe o que Sassy anda aprontando...

Eu quase ri, mas Norrie pôs o dedo na frente dos lábios e fez uma cara feia indicando que me mataria se eu desse um pio. Ao ouvir o próprio nome, Sassy apertou meu joelho e ficou nervosa.

— O que foi? Você não tem nada com que se preocupar — sussurrei. Mas ela continuou com um jeito preocupado.

Lá embaixo, Takey foi atrás de Buffalo Bill. Ele estava com uma pistola d'água no coldre e começou a puxar o rabo do cachorro.

— Elas têm o seu gênio incorrigível, mãe — disse Paizão. — Estão apenas se comportando como membros da família Sullivan. — Ele tentou rir sem muita vontade. Lá lá lá, não é divertido ser uma Sullivan?

Mas a senhora não estava caindo naquele papo. A senhora não gritou, mas dava para ouvir a fúria em sua voz.

— Um Sullivan não causa vergonha para a própria família. A sua filha se comportou extremamente mal. Deixe de ser covarde e a castigue. Eu queria castigar a repórter também e seja lá quem for o imbecil que está editando o *Sun* atualmente. O que aconteceu com os padrões jornalísticos? Antigamente ninguém se atreveria a publicar um lixo desses; eles sabiam que se fizessem isso teriam que me dar explicações.

— Bem, mãe, a senhora pode processá-los por difamação caso eles tenham escrito alguma mentira — disse Paizão. — Mas não acho que seja o caso.

Sassy me beliscou.

— Ginger e Paizão estão do seu lado — sussurrou ela.

— Até parece que isso vai me ajudar.

— Tirem o computador dela — sugeriu a senhora.

— Ela precisa dele para o colégio — disse Ginger.

— Façam alguma coisa! — gritou a senhora. — Ela está espalhando mentiras sobre a nossa família pelo mundo inteiro. Não vou aturar isso! Onde está ela? Quero ter uma conversa com ela.

Norrie e Sassy agarraram meus braços.

— Xiii.

— Nós vamos conversar com ela — disse Ginger. — A senhora vai vê-la no chá da terça.

Valeu, Ginger. Mas aquilo não foi o suficiente para me salvar.

Enquanto isso, Takey tirou a pistola do coldre e atirou água em Buffalo Bill, bem no meio dos olhos. Bill choramingou e saiu correndo.

Nós ouvimos a senhora pisando raivosamente como um touro.

— Takey! Deixe o coitado do cachorro em paz! Vou subir. Eu mesma arrastarei Jane para fora do quarto se for necessário. Essas suas filhas só causam problemas!

Imediatamente nós três nos levantamos e subimos correndo para o quarto de Norrie, que trancou a porta. Sentamos na cama dela e ficamos roendo as unhas, como se estivéssemos esperando um assassino de máscara de hóquei invadir o quarto.

— Jane Dorsey! — rugiu a senhora. A senhora consegue gritar bem alto quando quer. — Saia daí agora! Jane Dorsey Sullivan!

— O que Joana d'Arc faria? — perguntou Sassy.

— Enfrentaria os perseguidores dela — respondi. — Não cederia de jeito nenhum. — Eu me levantei, ajeitei o uniforme do colégio, que ainda não tinha tirado por falta de tempo, e marchei até a porta. — Que venha a inquisição. — Abri a porta. A senhora estava lá. Seu pequeno corpo me impediu de sair do quarto. — Oi, Poderosa. Estava me procurando?

— Você sabe muito bem que eu a estava procurando. Venha comigo, jovem. — A senhora deu uma olhada no quarto e acrescentou: — Vocês duas, nem pensem que estão a salvo. Se eu ouvir uma palavra sobre algum escândalo envolvendo qualquer uma de vocês...

A senhora me levou até meu quarto lá embaixo e fechou a porta.

— Sente-se.

Sentei à escrivaninha.

— Quer uma cadeira, Poderosa?

— Não. Agora escute o seguinte. Você vai fechar o seu clog ou seja lá qual for o nome, e vai fechá-lo agora. Vai apagar todos os vestígios dele e vai deixar somente uma coisa: uma retratação, dizendo que inventou tudo que escreveu sobre sua família. O passado dela, tudo. Não me importo se é verdade ou não, é o que você vai fazer. E vai ligar para a repórter, dizer que estava apenas pregando uma peça nela e desmentir tudo que ela publicou. Meu advogado vai entrar em contato com ela para solicitar uma retratação oficial. Está claro?

Eu tremia tanto de raiva e medo que cerrei os dentes para que eles não batessem. Ponha-se no meu lugar. Como a senhora se atreve a pedir que eu minta e diga que tudo que escrevi — toda a VERDADE — era mentira?

Hum, era o que eu estava pensando naquela hora. Agora, claro, peço mil desculpas e concordo que foi tudo culpa minha

— Jane, está me escutando?

— Sim — respondi. — Escutei. Mas não vou fazer isso.

— Ah, vai sim.

— Ah, vou não.

— Não dê uma de teimosa para cima de mim. Eu que inventei esse jogo.

— Eu sei. Está no meu sangue. Posso resistir tanto quanto a senhora.

— Não, não pode. Porque eu tenho poder. E você não.

— Então pode me testar.

— É o que vou fazer. Me desobedeça por sua própria conta e risco, jovem.

— Ah, qual é? O que é que você pode fazer comigo?

— Sua pentelha insolente! Posso arruinar a sua vida. Espere só que você vai ver.

— Mal posso esperar. Eu quero que você arruíne minha vida. Eu odeio minha vida! Quero destruir tudo!

— E está fazendo isso muito bem. — A senhora escancarou a porta e saiu com raiva. Eu a escutei marchar até lá embaixo e atravessar a sala de estar. — A culpa é de vocês dois! — gritou a senhora com Ginger e Paizão. — Bill, venha! — A porta da frente bateu.

— Beleza — disse Paizão lentamente depois que a senhora se foi. — Aliás, mãe, que horas devemos chegar na sua casa para o jantar no domingo?

— Queria que ela não fizesse tanta confusão por isso. E daí que as crianças são diabinhos? Não entendo o que ela espera que a gente faça.

Escutei o barulho de gelo dentro de um copo.

— Acho que é melhor um de nós ir conversar com Jane.

Desci para poupá-los do trabalho de me procurarem.

— Aí está você, querida. O que Poderosa disse?

— Ela disse que tenho que parar o blog para sempre e desmentir tudo que já escrevi, senão...

— Senão o quê?

Dei de ombros.

— Ela não falou nada específico. Só disse que alguma coisa ruim vai acontecer.

— Querida, acha mesmo que vale a pena passar por toda essa confusão por causa do blog? — perguntou Ginger. — Quer dizer, é só um monte de fofocas bobas da família. Por que se importa tanto?

— É a verdade — falei.

— E daí? — rebateu Ginger. Então ela deu uma parada, como se tivesse acabado de perceber alguma coisa. — Você não escreveu nada sobre mim, escreveu?

— Ah, então tudo bem eu escrever, contanto que não seja sobre você?

— Docinho, claro que ela escreveu — disse Paizão. — Não leu aquela parte que fala sobre o suicídio da sua terapeuta? — Ele balançou o jornal. — Está em algum canto por aqui.

Ginger empalideceu.

— Não tive tempo de ler o artigo direito. — Ela agarrou o papel de Paizão e deu uma rápida lida até chegar na parte sobre ela.

Tenho que admitir: naquele momento eu meio que quis derreter para dentro do carpete e escorrer pelo esgoto e nunca mais ser vista de novo. Ginger abaixou o jornal e tomou um gole de vodca.

— A psicoterapia costumava ser um assunto particular.

— Até parece que você não comenta isso com as pessoas — falei. — Você conta todos os detalhes para o Sr. Sonnenshein da farmácia. Para o caixa do Eddie's também.

É raro Ginger perder a calma, mas eu estava abusando da sorte. A senhora precisava ter visto, Poderosa; ficaria orgulhosa.

Ela bateu o copo na mesa lateral.

— Escute aqui, Jane Dorsey, já cansei das suas bobagens. Sei que está tentando criar confusão e que provavelmente está amando receber tanta atenção dessa maneira deturpada, mas é hora de parar com isso. Agora.

— E essa teoria surgiu de onde? — perguntei. — Da sua terapeuta?

Paizão tentou esconder a cabeça inteira atrás do jornal. Ginger apertou os lábios e me fulminou com o olhar até ficar bem parecida com a Irmã Mary Joseph.

— Não quero perder a compostura — disse Ginger. — Então acho bom você ir para o seu quarto agora.

— Deixa eu só pegar um lanche primeiro...

— Vá para seu quarto AGORA!

Involuntariamente, subi a escada correndo. Não a obedeci de propósito, foi só porque ela me assustou. Ginger quase nunca fica com raiva.

Ainda assim, não resisti e dei um último golpe nela.

— Bumbum! — gritei enquanto começava a subir a escada. Foi a pior palavra em que consegui pensar, a que Ginger mais odeia no mundo.

O rosto de Ginger corou por cima das sardas.

— Pare com isso!

— Bumbum bumbum bumbum! Peru! Meleca! Cala a boca!

Ela se balançou, nauseada pela minha linguagem vulgar.

— Terminou?

— Maionese! — Nós trocamos um olhar furioso. Eu me senti cansada. O cansaço tomou conta de mim de repente, drenando toda a minha energia. Já bastava de confronto para mim. — Agora terminei.

■ ■ ■

Aquela briga marcou o início de um mau humor que durou dias. Ele se espalhou por tudo que eu fazia. E a Irmã Mary Joseph só o fez piorar.

— Qual é o elemento mais importante do amor? Mary Pat?

— Obediência — respondeu a obediente Mary Pat.

— Correto. O amor é obediente e sofrido, assim como Jesus na cruz. E a desobediência é um convite para o diabo entrar na sua vida.

Eu odeio MUITO esse tipo de papo. Meu sangue chega a ferver. Será que essas freiras realmente esperam que a gente sofra como Jesus, sem fazer nada? Que a gente nunca se defenda? Que coisa mais doentia.

Ergui a mão.

— Sim, Jane?

— Eu não entendo. Deus falou com Santa Joana, e ela obedeceu. Mas esse foi o grande erro dela. Santa Joana o obedeceu até o último momento, e ele não a salvou. Por quê? Qual é a diferença entre ser queimada viva em praça pública e queimar no inferno?

— Queimar no inferno é algo que dura toda a eternidade — respondeu a Irmã Mary Joseph. — Joana sofreu por um breve período, mas foi recompensada com a eternidade no céu.

— A senhora não sabe disso. Como pode ter certeza?

— Jane, é isso que é chamado de fé.

— Eu chamo de estupidez...

— A misericórdia de Deus é um mistério para nossas mentes humanas e fracas. Santo Agostinho disse que nós não podemos compreender Deus, assim como um buraco na praia não pode compreender o oceano.

— Que desculpa mais conveniente. Sabe o que eu acho? Acho que isso é a maior bobagem. Acho que talvez Deus não exista. NÃO; eu retiro o que disse. Eu não acho, eu tenho certeza: Deus não existe. E, se ele existe, eu o odeio.

A turma inteira ficou em silêncio. Lá fora, no estacionamento do colégio, escutei um ônibus ser ligado. Eu estava ferrada e sabia muito bem disso.

— Jane Sullivan, isso é uma blasfêmia — disse a Irmã Mary Joseph. — Vá para a sala da Irmã Cecilia imediatamente.

A Irmã Cecilia é a diretora. Ela não é tão assustadora quanto a Irmã Mary Joseph. Saí da aula de religião o mais rápido possível. Não via a hora de sair de lá. Até mesmo Bridget pareceu chocada.

Fiquei aguardando do lado de fora da sala da Irmã Cecilia por um tempo. Na sala de espera, tem uma daquelas imagens de Jesus em que os olhos dele ficam seguindo a pessoa pelo cômodo inteiro. É bizarro.

Ela me chamou para entrar e fechou a porta. Apesar de ser freira, a Irmã Cecilia tem um certo jeito sofisticado. Se não tivesse decidido ser uma Noiva de Cristo, poderia ter sido uma angariadora de fundos para algum museu de arte moderna ou coisa do tipo.

— A Irmã Mary Joseph me contou o que você falou na sala de aula. Jane, você realmente acredita que Deus não existe?

— Não. Não sei. — Enquanto estava sentada na frente da escrivaninha dela, senti uma vontade repentina de chorar, não sei por quê. Parecia que o tempo inteiro eu ficava querendo me meter em confusão, mas quando finalmente a confusão chegava, eu não gostava. — Que diferença faz se acredito ou não? Se ele existe, vai continuar lá. Se não existir, nunca vai saber que eu não acredito nele.

— Vou mandar você para casa mais cedo, com uma carta para seus pais. Diga para eles passarem aqui no colégio para conversar comigo em breve. Vou sugerir que você tenha um pouco de aconselhamento espiritual.

— Ótimo. Exatamente o que preciso.

— E vou suspendê-la do colégio até depois do Natal. Talvez você esteja precisando de um tempo para pensar melhor nas coisas.

Suspensão. Por ter dito algo na sala de aula. Eu não fui suspensa por tirar a roupa na frente do colégio inteiro, mas por dizer que Deus não existia... Bem, pelo menos eles não me expulsaram.

— Não vou dar uma punição mais grave porque não acredito que você blasfemou de verdade.

— Sim, blasfemei. Eu disse...

— A Irmã Mary Joseph me contou o que você disse. Mas não acho que é de Deus que você está com raiva.

— E como você saberia disso?

— Não sei. É uma suspeita. É nisso que quero que pense enquanto estiver suspensa. — Ela tocou em alguns papéis que estavam em cima da escrivaninha. Percebi que havia uma cópia do *Sun* numa das pilhas e notei que ela provavelmente tinha lido o artigo sobre a senhora e sobre o blog.

— Pare de brigar, Jane — aconselhou ela. — Aceite a misericórdia onde ela aparecer.

E com isso eu fui dispensada. Mandada para casa. Suspensa.

Eu sabia que todo mundo na família ia amar essa notícia. Especialmente a senhora.

NOVE

✉ ✉ ✉

minhafamiliamalvada.com

Adeus a Wallace

Desta vez eu vou deixar minha família malvada em paz, em respeito a Wallace. Ele era o marido de Poderosa e morreu nesta semana. O funeral foi ontem. Todo mundo estava triste e chorando, e a família está passando por alguma espécie de crise, apesar de eu não saber exatamente o que está acontecendo. Não sei se Poderosa está triste com isso ou não. Ela não demonstra muito as coisas. Mas não parece nada feliz. Será que vai se casar pela sexta vez?

E tem o fato de eu ter sido suspensa do colégio por blasfêmia — ou seja, por CONTAR A VERDADE —, o que também não alegrou muito ninguém. E eu meio que estou com a sensação de que Norrie e Sassy estão escondendo segredos de mim, mas não tenho certeza. Se elas estiverem, queria que conversassem comigo, pois nós somos irmãs e nos apoiamos. Sério, vocês podem conversar comigo! Contanto que não se incomodem em ouvir a VERDADE como resposta.

Enfim, a Wallace. Ele era um homem bom. Queria ter prestado mais atenção nele antes que morresse. Foi tudo muito inesperado.

E hoje o peixinho-dourado de Takey, Bolhinhas, morreu. É novembro. A morte está por todo canto.

CÂMBIO E DESLIGO

Na minha primeira semana de suspensão, passei muito tempo sozinha em casa. Fiquei sentada no quarto de Takey, encarando o talentoso peixinho-dourado dele, Bolhinhas. Estava querendo flagrar Bolhinhas fazendo um de seus truques, mas ele só faz se alguém balança comida na sua frente. Nunca tinha ficado sozinha em casa antes, não por tanto tempo. Ela fica com muito eco quando não tem mais ninguém.

Então Wallace morreu e isso ofuscou qualquer encrenca em que eu tivesse me metido. Preciso presumir que a senhora ficou mais chateada com a morte de seu marido do que com minha suspensão do colégio.

Todos nós ficamos meio entorpecidos, exceto Takey, que pareceu confuso, e Sassy, que não conseguia parar de chorar. Não sei como a senhora estava, parecia triste. O batom vermelho era como um risco no seu rosto — não era o Sr. Nojinho, mas apenas uma linha reta. A senhora faz isso de propósito para indicar o que está sentindo? Tipo um anel do humor? Norrie e eu tentamos adivinhar o que era aquela expressão. Será que era luto? Depressão? Raiva? Resignação ao seu destino de viúva pela quinta vez? Determinação de que ia fazer alguém pagar por aquilo? Não sabíamos.

Fiquei sem saber se era melhor ficar longe da senhora ou se devia tentar consolá-la por ser sua neta, por mais que isso fosse acabar sendo inútil. Mas a senhora sempre demonstrou nitidamente o quanto era independente, então decidi manter a distância. Se quisesse que seus netos corressem para perto e a abraçassem, devia ter beliscado nossas bochechas de vez em quando. Não que a gente fosse ter gostado disso.

Fiquei triste pelo velho Wallace. Como não gostar de um homem que planta flores? Ele foi o único avô que eu realmente tive. Mas era tão quieto que às vezes parecia mais um braço extra da senhora do que um avô.

No fim do funeral, Norrie — que estava tensa — caiu aos prantos de repente enquanto estávamos saindo da catedral. Entre a desesperada da Sassy e a chorona da Norrie, eu me senti uma insensível. Fiquei mal por não estar arrasada com a morte de Wallace. Mas o que eu poderia fazer, fingir?

■ ■ ■

No dia em que Wallace morreu, Sassy começou a chorar e não parou mais. O quarto dela fica do lado do meu, e dava para escutar o choro pela parede. Na noite após o funeral, eu entrei no quarto dela e a encontrei deitada de bruços, soluçando.

Fiz um carinho nas costas dela.

— Por que está tão chateada com a morte do Wallace? — Eu queria mesmo entender. Ele era um homem bom, e Sassy era mais próxima dele do que o resto de nós, mas ainda assim a reação dela me parecia exagerada. — Ele era bem velho, sabe.

Aquilo só fez com que ela chorasse mais ainda. Fiquei sem saber o que dizer. Quando eu tinha 5 anos e minha professora do jardim de infância morreu, Dona Maura me acalmou dizendo que a Sra. Seipp estava me vendo lá do céu e que eu não devia ficar triste, pois ela estava muito alegre. Mas eu não podia consolar Sassy assim agora que eu tinha dito para todo mundo que não acreditava nessas coisas. Estou começando a ver como a ideia de céu é útil — mesmo se ele não existir. Sem o céu, eu não tinha o que dizer. E ela ficou chorando e chorando e chorando, e tudo que pude fazer foi massagear suas costas enquanto ela inundava o travesseiro de lágrimas.

Como eu sou eu, não pude deixar de fazer um comentário. Não aguento quando ela fica chorando.

— Como Deus não existe, o diabo também não existe — falei. — Então pelo menos a gente sabe que Wallace não está no inferno.

Ela meio que gritou no travesseiro e bateu o punho na cama.

— Você está errada sobre Deus — disse Sassy, chorando. O rosto dela estava todo vermelho. — Deus existe, sim. Ele tem que existir. Porque foi ele que me tornou imatável por alguma razão.

— O quê? — Precisei de um segundo para assimilar o que ela havia dito. — Ei, você foi atropelada de novo? — Afastei o cabelo dela para ver se tinha algum machucado na cabeça. Ela não me respondeu. — Por que Deus faria com que você fosse imatável e Wallace não?

— Não sei! — exclamou ela. — É isso que está me deixando louca.

— Pois é, você está mesmo louca — falei, brincando, mas ela não riu. Só continuou chorando. Fiquei com Sassy até ela pegar no sono de tanto chorar, assim como Takey fazia quando era bebê.

■ ■ ■

Depois que Sassy dormiu, eu desci para tomar um copo de leite. A casa estava silenciosa, mas vi a luz acesa no escritório de Paizão e entrei lá para dar um boa-noite.

Ele estava sentado à escrivaninha, de costas para a porta, observando uma imagem com uma lupa. Estava tão concentrado que nem me escutou entrar.

— O que está fazendo, Paizão? — perguntei.

Ele se virou e sorriu ao me ver.

— Oi, Janie. Olhe aqui, é sua santa preferida. — Ele moveu a cadeira para o lado para que eu pudesse ver a imagem que ele estava observando: uma jovem de armadura, Joana d'Arc, montada num cavalo branco e carregando uma flâmula, com uma cidade medieval ao fundo. Joana parecia calma e feliz para alguém que estava indo para uma batalha. Até o cavalo sorria de tanta expectativa.

— É uma miniatura de um manuscrito datado de mais ou menos 1505 — disse Paizão.

Sentei na cadeira dele de St. John's College. A combinação de ícones medievais e fotos da família que existe no escritório tem algo de divertido. Ao lado de uma gravura primitiva de Maria com o bebê Jesus, havia uma foto colorida de Ginger jovem, segurando o bebê Sully num canguru da Louis Vuitton. Fotos de bebê, fantasias de Halloween, nós oito enfileirados na escada como a família de The Brady Bunch e a minha preferida, uma foto engraçada tirada em Nantucket: seis de nós numa bicicleta tandem. Norrie encolhida num cesto na frente, Paizão e Ginger pedalando, St. John e Sully nas cadeirinhas de criança mais atrás, e eu um feto de oito meses dentro da barrigona de Ginger.

Paizão abaixou a lupa. Era estranho ficar a sós com ele numa casa silenciosa. Aquilo não acontecia havia muito tempo.

— O dia foi difícil, não foi, querida?

Concordei com a cabeça e tomei um gole de leite.

— Sei que Poderosa às vezes é rigorosa com vocês — disse ele. — Mas a vida dela nem sempre foi fácil. Imagine só ter que enterrar cinco maridos. — Ele assentiu. — Eu perderia a cabeça se sua mãe morresse. Perderia mesmo.

Eu não sabia o que dizer. Não estou acostumada a ver Paizão sendo tão sentimental. Os sentimentos dele por Ginger me deixam perplexa. O que ela faz por ele? É um mistério.

Eu amo Ginger. Se ela morresse, eu ficaria arrasada e claro que sentiria falta. Às vezes ela é bem engraçada. Mas eu não perderia a cabeça. Ginger não deixa a gente ficar dependendo muito dela — isso é com a Dona Maura. Mas naquela noite eu percebi que para Paizão ela abre uma exceção. Ele realmente depende dela para... alguma coisa.

E agora, Poderosa, vou dar uma ideia do que seu filho realmente sente em relação à senhora.

— E quando Poderosa morrer — perguntei —, você vai ficar triste?

— Ela é minha mãe — disse Paizão. — Vou ficar de luto por ela. Vou sentir falta dela. Mas vou contar um segredo. —

Ele olhou para o meu copo de leite. Eu o ofereci a ele, que deu um gole. — Fico com medo do que vai acontecer com a família quando ela morrer. Ela é a nossa âncora. Tenho medo que fique tudo... um caos.

— Um caos? — Não entendi.

Ele balançou a cabeça, como se não quisesse explicar.

Pensei na coitada e imatável da Sassy lá em cima, em seu sono atormentado.

— Talvez Poderosa não vá morrer. Talvez ela seja imortal.

— Não — disse Paizão. — Se existe alguém que conseguiria a imortalidade, esse alguém é Poderosa. Mas eu não desejaria isso para ela. Seria uma maldição terrível.

— Por quê? Não seria maravilhoso saber que a pessoa pode fazer o que quiser, sem consequências? A pessoa pode pular de aviões sem paraquedas, sair nadando no fundo do oceano, só comer sorvete nas refeições...

— Sim, mas por quanto tempo você curtiria essas coisas? A sua vida perderia o significado. Seria uma tragédia. — Ele tomou o resto do meu leite e bateu o copo na mesa, soltando um: — Ahhh. Como está indo a sua suspensão, Senhorita Blasfêmia? É bom ter férias do colégio, não é?

— Está tudo bem — respondi, mas na verdade a suspensão estava me deixando entediada e isolada.

— Não me incomodo com o fato de você estar fazendo jogo duro com as freiras. É bem difícil resistir — disse Paizão. — E também gosto do fato de você questionar as autoridades. Mas você tem que começar a se perguntar uma coisa: vale a pena?

— Claro que vale.

— Até agora, talvez. Mas pense em Santa Joana. As crenças dela lhe custaram a vida. Está disposta a chegar a tanto?

— Não sei.

— Até onde você chegaria?

— Não me incomodo com a suspensão. Mas se for pior do que isso... depende.

— Boa resposta. Um pequeno conselho: escolha suas batalhas com cuidado. Vale a pena pensar nisso. E mais uma coisa: eu não concordo com você a respeito de Deus não existir. Quer saber como resolvi essa questão?

— Quero. — A senhora já percebeu que Paizão trata tudo como se fosse um problema de matemática?

— Bem, se Deus não existe, então tudo é permitido. Não é? Não existe certo e errado. Não existe nenhuma consequência para suas ações. É como a imortalidade: se a morte não existe, então você pode fazer o que quiser. É a mesma coisa. Se Deus não existe, a morte não existe. Mas obviamente a morte existe. Hoje mesmo foi o funeral de Wallace. E já que a morte existe, isso significa que Deus existe. Humm? Hummm?

Ele sorriu triunfantemente, mas eu continuei cética.

— Vou ter que refletir mais sobre isso. Você falou rápido demais.

— Reflita lá em cima, na cama. Nada como um quebra-cabeça epistemológico para fazer a pessoa pegar no sono.

— Tá bom. — Eu me levantei para beijá-lo. — Boa noite, Paizão. — Dei uma última olhada na imagem que ele estava estudando e acrescentei: — Durma bem, Santa Joana.

■ ■ ■

Alguns dias depois, entrei no quarto de Takey para visitar Bolhinhas e o encontrei boiando no aquário, morto. Takey estava atirando nele com a pistola d'água, fingindo que o tinha matado. Pelo menos eu acho que ele estava fingindo. Acho difícil entender como um peixinho-dourado poderia ser morto por uma pistola d'água.

— Será que a gente devia fazer um funeral para ele? — perguntei.

— Não — disse Takey. — Cansei de funerais.

— Eu também.

Da próxima vez que fui lá olhar, Bolhinhas tinha desaparecido. Dona Maura devia ter jogado o peixe descarga abaixo, sem nenhuma cerimônia. Passei o resto da semana olhando o vaso antes de usar o banheiro para ver se Bolhinhas não estava nadando na água.

Eu não concordo com Paizão. Só porque nós morremos não quer dizer que Deus exista. Como Deus pode deixar suas criaturas serem jogadas descarga abaixo? E olha que essa nem é a pior coisa que acontece na Terra.

DEZ

✉ ✉ ✉

minhafamiliamalvada.com

A História de Norrie

Norrie conseguiu. Ela se libertou. E de uma maneira bem dramática. Como vocês lerão em breve no *Baltimore Sun*, a Srta. Louisa Norris Sullivan foi apresentada para a sociedade ontem à noite no Baile de Debutantes no Belvedere Hotel. Entretanto, assim que fez sua reverência, saiu correndo, abandonando totalmente o acompanhante, e foi se encontrar com seu verdadeiro amor na Penn Station. Eles pegaram o primeiro trem para Nova York e sumiram. Por consideração, Norrie deixou um bilhete no bolso do casaco de Paizão, explicando que voltaria antes do Natal e que não era para ele se preocupar. Ela também telefonou assim que chegou em Nova York, querendo nos assegurar de que tudo estava bem. É como uma lua de mel.

Será que ela vai me perdoar por ter escrito sobre isso... agora que sabe como é se rebelar contra a própria família?

É isso aí, Norrie! Estou orgulhosa dela. Norrie me substituiu temporariamente como a Fodona da Família.

CÂMBIO E DESLIGO

COMENTÁRIOS:

Norrie: Eu disse para você não escrever sobre isso no blog. Por meio deste, declaro oficialmente — e publicamente, já que você ama toda essa atenção — que nunca mais vou falar com você.
minhafamliamalvada: Mas eu estou do SEU lado! Estou apenas querendo defendê-la!
Norrie: Nunca. Mais.

Será que valeu a pena?

■ ■ ■

Não faço ideia do que Norrie estava pensando na noite do Baile, mas tinha alguma coisa no ar. Eu estava inquieta. Não via ninguém do colégio desde a suspensão, nem Bridget. Tinha perdido todas as celebrações de fim de ano do colégio, o Concerto de Natal e o Festival de Fim de Ano. Então, quando Bridget me contou que ia ter uma festa de "Dane-se o Baile" na casa da família Bowie, Sassy e eu ligamos a Mercedes e fomos para a fazenda. Dava para ver a fogueira a mais de um quilômetro da casa.

Encontrei Bridget perto da fogueira. Deixamos Sassy assando marshmallows e entramos na mansão para ver quem estava por lá. Na sala de estar, vi uma garota da turma de Norrie, Shea Donovan, sentada no colo de um garoto e beijando-o. Bridget ficou encarando a cena e depois fingiu que não estava olhando.

— Ainda bem que você chegou — comentou ela. — Isto aqui está pior do que o colégio. Não tenho mais ninguém com quem conversar sem você por lá. E aqui eu também estava sozinha. Que saudade de você.

Esfreguei minha nuca.

— A tatuagem continua aí? — Abaixei a cabeça e segurei o cabelo para ela ver.

Estava tentando tirar aquilo com sabão havia semanas. Sassy disse que o desenho continuava lá. Tentei olhar no espelho, mas era difícil enxergar.

— Está um pouco desbotada mas continua aí, sim — contou Bridget. — Que coisa mais estranha. Você devia processar a fábrica de pilot.

— Eu não me incomodo com isso. Eu queria uma tatuagem, lembra?

— Mas mesmo assim. O pilot dizia que a tinta era lavável.

Ouvimos um barulho nojento de beijo vindo do sofá onde Shea e o garoto estavam se agarrando. Bridget e eu nos entreolhamos e, sem dizer nenhuma palavra, concordamos que era hora de sair dali. Atravessamos a sala de jantar e fomos para a cozinha, onde alguns garotos atacavam a geladeira. Tasha e Bibi estavam sentadas na ilha da cozinha. Tasha estava chorando e Bibi tentava consolá-la.

Eu não via Tasha e Bibi havia semanas. Imaginei que, sem a minha presença no colégio, o banheiro das rebeldes tinha se tornado careta.

Bibi olhou para cima e nos viu.

— Oi, desconhecida — disse ela de uma maneira quase amistosa. Acho que estava em pânico por não saber como fazer Tasha parar de chorar.

— O que aconteceu? — perguntei.

— Tim Drucker nos deu carona pra cá — explicou Bibi. — Ele mandou uma mensagem para Tasha e perguntou se a gente queria vir com ele. E ela gosta dele, então topou e ficou toda animada...

— Cala a boca, não fiquei, não — disse Tasha no meio do choro.

— Tá bom. Então você está chorando sem nenhum motivo. Mas está tudo bem, não precisa ficar com vergonha. — Bibi pôs a mão na bolsa e pegou outro Kleenex.

Tasha pegou o lenço e enxugou o rosto.

— Tim desapareceu quando a gente chegou aqui. Daí a gente começou a brincar de Quanto Tempo até Shea...

— É uma brincadeira que a gente inventou para fazer nas festas — explicou Bibi. — Nós apostamos quanto tempo vai demorar antes que Shea faça alguma coisa típica de periguete. Quem ganhar leva dez dólares.

— Eu apostei 15 minutos e Bibi apostou vinte. E dez minutos depois nós entramos na sala de estar e lá estava Shea chupando o rosto de Tim. — Tasha começou a chorar de novo.

— Mas veja só. — Bibi pôs a mão na bolsa novamente e dessa vez tirou uma nota de dez dólares. — Você ganhou a brincadeira.

Tasha afastou a nota com a mão. A cena inteira foi ridícula. Mas senti alguma coisa estranha e desconhecida. Não me importava se Tim Drucker estava se agarrando com Shea ou Tasha ou com metade do time masculino de futebol, mas quando vi Tasha chorando daquele jeito não pude deixar de ficar com pena. Um pouquinho. Especialmente porque ela e Bibi estavam sendo legais comigo.

— Sabe o que a gente precisa fazer? — disse Bibi para Tasha, enfiando a nota de dez dólares na mão dela. — A gente precisa dar o fora daqui. Você vai para o clube, Jane?

— Acho que a gente podia entrar de penetra na festa — sugeri. Eu queria ver como Norrie estava se saindo. Podia ser que naquele exato momento ela estivesse fugindo do baile. Mas eu ainda não sabia de nada. A senhora não pode me culpar pelas ações de Norrie, Poderosa. Não seria justo.

— Ótimo! Vamos nós todas — disse Bibi.

Bridget puxou a minha manga.

— Ela só está se aproveitando de você para entrar no clube — sussurrou.

— Eu sei — respondi. — Não me importo.

E não me importava mesmo. Tinha pensado sobre Bibi e Tasha e sobre escolher melhor as minhas batalhas, e estava começando a achar que aquela não valia a pena ser lutada. Talvez eu estivesse deixando para trás esse tipo de mesquinhice.

Seria bom se tudo pudesse ser resolvido com essa facilidade.

■ ■ ■

Quando já era perto de meia-noite, nos esprememos no carro e voltamos para a cidade. Bridget ficou mexendo no rádio e nós cantamos todas as músicas de Natal que tocaram. A festa pós-baile estava no auge quando chegamos ao clube. Brooks estava dançando com Claire Mothersbaugh. Olhei ao redor procurando Norrie, mas não a vi. A essa altura a senhora já sabe o motivo disso.

Claire nos viu e se aproximou correndo, agitada com a notícia.

— Norrie fugiu! Bem no meio do Baile!

— O quê? — exclamou Sassy. Imediatamente, surgiu uma comoção ao nosso redor. As pessoas começaram a falar e fazer perguntas. Fiquei no meio da multidão, sorrindo. Não conseguia parar de sorrir. Era uma sensação tão estranha.

Norrie. A perfeitinha. Ela se revoltou!

— Tudo parecia bem, mas ela estava estranha. Ela tem estado estranha ultimamente — disse Claire. — Eles apresentaram cada uma das garotas, disseram nossos nomes e tudo, e Norrie fez a reverência dela. Mas antes de Brooks segurar sua mão de Norrie, ela saiu correndo! Todo mundo surtou. Depois o seu pai achou um bilhete no bolso. Ela fugiu para Nova York com Robbie!

— Norrie vai voltar? — perguntou Sassy para mim. — Ela foi embora para sempre?

— Logo ela volta — respondi, mas depois pensei: Talvez não volte. E se não voltar?

Não, pensei em seguida. *Ela é nossa irmã. Tem que voltar.*

E, para que ela soubesse que nós a receberíamos de braços abertos quando voltasse, decidi escrever sobre a aventura heroica dela no meu blog. Para demonstrar meu apoio. Porque talvez Sassy e eu fôssemos as únicas pessoas que estavam do lado dela.

Mas acho que não foi assim que Norrie interpretou as coisas. Ninguém interpreta meu blog corretamente. Sou mal compreendida.

ONZE

✉ ✉ ✉

minhafamiliamalvada.com

Por que o Natal é um saco

Ele é um saco e fim de história. Não estou a fim de explicar no momento.

CÂMBIO E DESLIGO

Sinto como se eu estivesse pedindo desculpas o tempo inteiro. Vou ser honesta com a senhora — eu não gosto disso.

Na véspera de Natal, Norrie chegou em casa de sua aventura em Nova York ao meio-dia, cheia de presentes. Ela se fechou no quarto para embrulhá-los. Robbie ficara em Nova York para passar o Natal com os pais. Ela parecia feliz, exceto quando me via.

Norrie desceu antes do jantar para colocar os presentes debaixo da árvore. Eu fiquei por perto, ansiosa. Ela ainda não tinha falado de verdade comigo.

— Pode parar de ficar me seguindo, Jane — disse ela. — Eu perdoo você.

— Me perdoa? Pelo quê?

Ela jogou uma caixa de embrulho prateado na minha cabeça. Eu me abaixei.

— Se for agir assim, não vou perdoá-la.

— Tá bom, tá bom. Desculpa por ter espalhado seus assuntos particulares por toda a internet.

— Obrigada. Nossa.

— Tem certeza de que me perdoa? Você não está parecendo muito contente comigo.

— E não estou, mas vou deixar isso pra lá porque é Natal e somos irmãs e eu amo você. Eu a perdoo, Santa Joana, por ter feito a família inteira ser queimada viva junto com você.

— Isso não parece muito sincero.

— Tá bom. Desisto.

Eu me afundei na poltrona amarela confortável, aquela ao lado da mesa de canto com a tigela de doces. Estendi o braço e peguei uma bala de canela. Parecia apropriado eu sentir alguma coisa ardendo, mesmo que fosse apenas a canela na minha boca. A lareira estava acesa, e o cheiro de cookies de açúcar se espalhava da cozinha. Ginger e Dona Maura tinham decorado a casa com guirlandas de azevinho e pinhas e deixaram a maior de todas na porta da casa. No entanto, o clima não estava muito festivo. Havia muita tensão no ar. Mas pelo menos também havia a sensação de movimento, de coisas acontecendo.

— Você comprou algum presente legal para mim? — perguntou Norrie.

Eu tinha comprado um cardigã azul.

— Sim, tenho certeza de que vai adorar.

— Você sempre tem certeza de tudo. — Ela me olhou nos olhos pela primeira vez desde que tinha voltado; a raiva estava diminuindo. Às vezes ela fica com um jeito maternal. Normalmente eu não gosto, mas muitas vezes foi isso que nos impediu de sair no tapa.

Eram 16 h — faltavam apenas algumas horas para a grande festa de véspera de Natal. Paizão tinha ido buscar St. John na estação de trem. Sully estava fazendo compras de última hora, e Ginger estava descansando no divã do quarto dela. Sassy e Takey saíram da cozinha e se juntaram a nós. Eles estavam ajudando Dona Maura a enfeitar os cookies de Natal. Takey estava com migalhas no queixo. Ele começou a engatinhar perto da árvore, olhando os nomes nos presentes.

Pegou uma caixa quadrada comprada por Norrie e a balançou.

— Você comprou alguma coisa pra mim em Nova York?

— A-ham. — Ela espalhou os presentes para que não ficassem num único canto debaixo da árvore.

— Ginger e Paizão castigaram você por ter fugido? — perguntou Takey.

— Ainda não. Acho que vão deixar isso para Poderosa.

Takey estremeceu. A senhora tem uma reputação e tanto na nossa casa, isso ninguém pode negar.

— Coitadinha de você, Norrie — disse Takey. — Espero que Poderosa não estrague seu Natal.

— Ela não vai fazer isso — disse Norrie. — Ninguém é capaz de estragar o Natal. Não se lembra de "Um conto de Natal"? Com o Tiny Tim e o "Deus abençoe todos nós"? O Sr. Scrooge podia fazer o que quisesse com a família Cratchit e mesmo assim não conseguia estragar o Natal deles.

Aproveito para lhe informar que a versão do Mr. Magoo de *Um conto de natal* de Dickens é oficialmente a Versão

Favorita da Família Sullivan, apesar de eu ter um fraco pela versão de 1951 com o Alastair Sim, e Sassy e Norrie amarem todas as versões, até a dos anos 1970 com o Albert Finney, que é um musical. Acho que já escutei a senhora dizer que acha a história insípida.

— Então Poderosa é como o Scrooge? — Foi Takey que disse isso, não eu.

Olhei para cima enquanto desembrulhava mais uma bala de canela. Sassy olhou para mim, mas Norrie se ocupou com a árvore.

— Não — respondeu ela. — Poderosa não é como Scrooge. Ela ama o Natal. Lembra ano passado no festival, quando ela cantou todas aquelas músicas natalinas?

Sassy tinha passado a manhã inteira se preparando para a nossa apresentação do festival. Normalmente nós treinamos com semanas de antecedência, mas este ano foi tão maluco... Acho que a senhora poderia argumentar que eu tive muito tempo livre no último mês por ter sido suspensa, mas eu estava ocupada pensando em coisas mais importantes como o bem e o mal. De última hora, Sassy disse que queria fazer a cena final de *Conto de inverno*. Eu me opus por não achá-la muito natalina e sugeri que a gente encenasse algo de Rudolph, a rena do nariz vermelho. O objetivo da minha vida (que até agora não consegui alcançar) é fazer o papel de Herbie, o elfo que quer ser dentista. Mas, como a senhora sabe muito bem, Sassy foi em frente com o Shakespeare e nos amarrou ao planozinho dela. Todos nós conhecemos a peça porque todo mundo lá no colégio a lê no segundo ano. Sassy fez as fantasias necessárias e nos recrutou para os papéis, prometendo fazer cartões para que não precisassemos decorar as falas. Se ia ser tão fácil como ela dizia, eu topava. Pensamos em fazer a última apresentação, antes de a senhora e Paizão fazerem o número de cabaré de vocês.

Ela queria fazer *Conto de inverno* de todo jeito e não quis explicar a razão. Tive a sensação de que estava escondendo alguma coisa. E estava mesmo.

Quando foi que essa família virou essa colmeia de segredos? Quanto mais tento arrancar a verdade das pessoas, mais cheias de segredos elas ficam.

■ ■ ■

A sua festança de Natal não teve a alegria de sempre esse ano, Poderosa. Como sempre, houve os cumprimentos na porta da casa, "O messias", de Händel, e a árvore gigantesca na biblioteca. Houve o contingente de visitantes viajadores, que vinham da África, da Rússia, da Inglaterra etc., com suas roupas maravilhosas e sem nada melhor para fazer durante as festas de fim de ano. Mas a família Overbeck não compareceu — nem Mamie, nem Brooks. Será que tinha algo a ver com o Baile? E a senhora usou veludo preto em vez de vermelho, por causa de Wallace. E, ao me cumprimentar com um beijo natalino, a senhora sussurrou no meu ouvido:

— Você é a próxima.

Estou avisando desde agora: eu não vou fazer isso. Se precisa tanto de uma debutante na família, é melhor ir atrás de Sassie.

■ ■ ■

Descer ao teatro para fazer o festival de Natal é algo que me alegra — adoro as estampas de azul, vermelho e dourado pintadas nas paredes e a cortina prateada no nosso pequeno palco. Adoro quando Paizão recita "Twas the night before Christmas..." todo ano. Não seria Natal sem aquilo. Ou sem Ginger cantando sua versão levemente bêbada de "Blue Christmas", acompanhada por St. John no piano de cauda.

Então chegou a hora da apresentação anual dos filhos dos Sullivan. Lembra aquele ano em que Sassy, Norrie e eu cantamos "Sisters", de Natal Branco? Com penas e tudo? Todo mundo amou. Este ano, nossas fantasias foram fáceis — a gente só fez jogar três lençóis por cima das roupas para fazer togas e dar uma sensação de antiguidade clássica — exceto Takey, que teve que usar uma peruca e maquiagem branca, e Sassy, cuja peruca parecia muito com o seu cabelo, caso a senhora não tenha notado. Considerando que preparamos tudo num único dia, achei que nos saímos bem. Mas, apesar de termos ensaiado, eu não estava esperando que Takey fosse fazer aquela pequena coisa no final — a coisa que fez todo mundo chorar. Foi ideia de Sassy — foram as instruções de palco especiais dela. Não tive nada a ver com aquilo. E não fazia parte da peça original — eu chequei.

Foi legal da sua parte ter tentado animar todo mundo com o seu medley de músicas natalinas — foi uma bela tentativa. Mas não sei se deu certo. Enfim, pelo menos a missa do galo é diversão garantida, não é?

■ ■ ■

É bem provável que a senhora tenha se arrastado por esta longa explicação pensando: isso não é uma confissão. Jane não está nada arrependida. Isso é compreensível. Mas agora nós chegamos na parte em que tudo muda, na parte em que eu percebo que errei e que juro que vou consertar o que fiz.

De todos os lugares possíveis, tinha que acontecer logo na catedral, na véspera de Natal, na missa do galo.

Alguma coisa no *Conto de inverno* devia ter me abalado, pois entrei na catedral me sentindo solene e quase... reverenciosa. Normalmente eu acho a missa de Natal bastante superficial por causa das garotas de gloss com as joias que ganharam de Natal e suéteres novinhos em folha, os padres em seus robes medievais bizarros e o papo forçado do cardeal sobre sua última visita a Roma e a saúde de Sua Santidade. Ah, Cardeal, estamos tão impressionados por você ser amigo do papa. O senhor também conhece a Beyoncé?

Então, no fim da minha fileira, eu vi duas pessoas, um homem e uma mulher na faixa dos trinta, balançando a cabeça. Primeiro me perguntei se eles estariam dormindo — afinal, era meia-noite. Mas eles caíam para a frente em câmera lenta, retraindo-se um pouco quando suas cabeças encostavam no banco da frente. Percebi que estavam drogados. Não pareciam mendigos nem nada do tipo — o homem precisava de um corte de cabelo mas não estava sujo, e o casaco de tweed da mulher parecia novo.

Que tipo de pessoa fica doidona e depois vai para a missa? Talvez eles estivessem querendo uma experiência mais do que transcendental. Fiquei olhando para os dois, só para garantir que eles não eram os Fantasmas dos Natais Futuros disfarçados. Eles acordaram por um instante e sorriram um para o outro com os olhos quase fechados.

Será que não estavam com medo de que alguém os visse? Tipo, algum parente? A mulher poderia ter estudado no St. Maggie's. Talvez a gente conheça algum parente dela. É possível.

Ver aqueles drogados me deixou triste. *Eu devia prestar atenção na missa*, pensei, *e ignorá-los*. Olhei para os vitrais e tentei lembrar quais histórias eles contavam. Tinha a Santa Brígida de Kildare, a padroeira da querida Bridget Sem Saída. Bridget provavelmente também estava na catedral com sua família. Assim como Bibi e Tasha e Shea e Brooks...

Numa janela em cima do confessionário, junto a Lázaro e o Filho Pródigo, estava a imagem de Joana d'Arc. Ela estava ajoelhada diante de um anjo brilhante, recebendo uma mensagem de Deus. Ela não o estava enfrentando, mas sim escutando e obedecendo. Mensagem típica da Igreja. Mas os joelhos dela, a maneira como ela se encurvava para a frente... parecia o movimento dos drogados. Parece idiotice, e tenho vergonha de admitir — como eu disse, já estava meio melancólica antes —, mas comecei a chorar. Não sei por que exatamente eu estava chorando. Era muita coisa que tinha se acumulado dentro de mim e que decidiu sair pelos meus olhos.

O soprano cantando "Ave-Maria" na sacada não ajudou em nada. Todas estas imagens passaram rapidamente pela minha cabeça, como se eu estivesse revendo os momentos mais importantes da minha vida antes de morrer: o pequeno gesto de Takey no final de *Conto de inverno*, Paizão recitando "A Visit from St. Nicholas", Norrie correndo pela

Charles Street no vestido de debutante, Sassy aos prantos na cama, Wallace no caixão...

...eu, seminua, sendo arrastada para fora do palco do colégio durante *Garotos e garotas*, e o olhar de mágoa no rosto de Bibi...

...e a senhora, Poderosa, cantando músicas natalinas com seu vestido de veludo preto. A senhora e Mame e Bibi e eu.

O sino soou à meia-noite. Era oficialmente Natal. Todos se levantaram para cantar "Joy to the World". Era para ser um momento feliz. Mas, enquanto eu estava lá cantando na catedral em que incontáveis casamentos e batismos e funerais tinham sido realizados — cerimônias para Ginger e Paizão e Wallace e todos nós —, e os drogados sorriam ebriamente e Santa Joana olhava para mim do vitral... senti o peso do passado em cima de mim. Do verdadeiro passado. Do passado que ninguém nunca vai compreender plenamente.

Eu contei as histórias da família de uma maneira completamente errada. Claro que sim. Talvez um dia alguém escreva a história da minha vida e conte tudo errado; eu vou merecer. Nem mesmo eu entendo direito o que estava pensando ou por que faço as maluquices que faço. Como outra pessoa poderia entender essas coisas?

Eu fui arrogante, Poderosa.

Enquanto as lágrimas escorriam pelo meu rosto, Sassy segurou minha mão e meu coração se agigantou, como o do Grinch. Naquele momento, eu amei todas as pessoas que estavam na igreja, todas que estavam na cidade, todas que estavam no mundo, até a Irmã Mary Joseph. Até a senhora com sua tirania. Santo Agostinho disse que não podemos compreender Deus, assim como um buraco na areia não pode compreender o oceano. Eu era aquele buraco, pequenino, e quanto mais pequenina eu me sentia mais me enchia de amor. Estava com medo que fosse explodir. Doeu. Ficar cheia de amor parece uma coisa boa, e é, mas não significa que não dói.

DOZE

minhafamiliamalvada.com

A verdade sobre mim

É véspera de Natal. Na verdade, é o iniciozinho do Natal. Acabei de voltar da missa do galo. Qualquer pessoa que me conhece sabe que não sou exatamente uma pessoa religiosa. Eu disse que Deus não existia no meio da aula de religião. Fui suspensa do colégio por blasfemar.

Mas aconteceu alguma coisa enquanto eu estava na catedral esta noite. Não foi um despertar religioso nem nada do tipo. Mas percebi que eu estava pegando pesado com todo mundo ao meu redor e pegando leve comigo mesma. E isso não é justo. Então, em nome do espírito da Verdade, eu apresento a Verdade sobre mim.

Sou mais parecida com Poderosa do que gostaria de admitir. Sou MUITO parecida com ela. É assustador.

Passei o ano inteiro brigando com Bibi D'Alessandro. Eu a critiquei por ser conformista e superficial. Critiquei a nova melhor amiga dela, Tasha, por ser a parceira imitona e grudenta.

Eu estava com raiva dela. Porque eu que era a melhor amiga de Bibi. Até o Grande Strip-tease.

No ano passado, para o grandioso musical de primavera, o nosso colégio escolheu *Garotos e garotas*. Bibi ganhou um papel ótimo — o de Miss Adelaide, a corista principal. Eu não ganhei nenhum. Eu canto como um asno. Então fiz parte da equipe de palco.

Na noite da estreia, estava tudo correndo bem na peça. Bibi e as outras coristas foram ao palco para fazer o número principal, "Take Back Your Mink". É nessa parte que elas fazem uma espécie de falso strip-tease. Não sei o que deu em mim, mas me senti impelida por essa necessidade de estar em cena. Então pulei no palco e também tirei minha roupa. Mas eu não estava de roupa imitando pele e espartilho como as outras meninas. Eu tirei a roupa de verdade. Fui bem aplaudida antes de ser arrastada para fora do palco.

Seria de se esperar que eu fosse suspensa por ter feito aquilo, mas não fui. Não que Bibi e seus pais não tivessem feito de tudo para que meu castigo por ter arruinado o grande número de Bibi não fosse apenas detenção. Eles disseram que eu só não fui expulsa por causa da enorme influência de Poderosa. E provavelmente tinham razão.

Não queria magoar Bibi. Simplesmente uma oportunidade e não consegui resistir. Para pedir desculpas e compensar o que tinha feito, assei alguns cookies e mandei que eles fossem entregues na casa deles antes do show do dia seguinte. Ela comeu. Eles tinham sementes de pinhão. E por acaso Bibi tem alergia a sementes de pinhão. Eu não sabia. Ninguém sabia, pois ela nunca tinha comido sementes de pinhão na vida.

Bem, agora nós sabemos.

O rosto dela ficou vermelho e ela ficou cheia de coceiras. Não pôde fazer o musical. A substituta dela teve que fazer o papel de Miss Adelaide.

O musical só teria duas apresentações, e eu arruinei as duas para ela. Não era mesmo a minha intenção. Mas consigo entender porque ela ficou com raiva.

Depois disso, Bibi deixou de ser minha amiga. Tasha assumiu o lugar de Nova Melhor Amiga. Os pais dela não deixam nem eu entrar na casa deles. Acham que eu quero causar encrenca para a filha deles. Acham que sou malvada.

E talvez eu seja. Afinal, sou parte de uma família malvada.

Antigamente eu não era uma pária. Era popular. Mas depois de toda a confusão com Bibi, fui exilada. A única pessoa que quis ser minha amiga foi Bridget. Não me importei muito porque sempre teria meus irmãos e irmãs. Mas Sully está na universidade e St. John mora em Nova York, e Norrie está toda preocupada com a própria vida amorosa e Sassy está passando por alguma crise existencial bizarra. Sobra Takey, mas ele não é muito meu fã e só fica tentando atirar em mim.

A rixa com Bibi não foi a única coisa malvada que fiz. Sou uma pessoa muito má. Sou egoísta, faço qualquer coisa para chamar atenção e trato mal as pessoas naturalmente. Falo palavrões com frequência. Não me esforço tanto quanto posso no colégio. Não respeito meus pais tanto quanto deveria. Eu provavelmente devia estar contando tudo isso para um padre, mas sou preguiçosa demais para rezar um monte de Ave-Marias. Além do mais, eu não acredito nisso.

Também tenho muitos outros defeitos, só estou com muito sono para pensar neles agora. Mas vou dizer, em minha própria defesa e no espírito da Verdade, que sou extremamente leal às pessoas que amo (mesmo que não pareça) e que vou defendê-las até a morte. Então tenho pelo menos uma qualidade boa.

Portanto, no espírito do Natal: se magoei você ou causei algum problema na sua vida, imploro pelo seu perdão. Isso vale para todo mundo, inclusive a senhora, Poderosa.

Feliz Natal, gente.

CÂMBIO E DESLIGO

COMENTÁRIOS

bridgetsemsaida: Feliz Natal pra você também, vaca.

Na manhã seguinte, tomei um banho e esfreguei a nuca com mais força. Depois dei uma olhada com um espelho de mão.

A tatuagem da caveira com ossos cruzados tinha desaparecido. Finalmente.

Que estranho.

■ ■ ■

Aí está, Poderosa. A confissão mais arrependida que consegui fazer. Se a senhora ler o meu último post no blog, vai ver que eu me confessei antes mesmo de você pedir para eu fazer isso. E todas as minhas palavras foram sinceras.

Agora é com você.

Com amor e admiração relutante,

Sua neta (e uma Sullivan até o osso),

Jane Dorsey Sullivan

PARTE TRÊS:

SASSY

Conto de inverno

Querida Poderosa,

Eu, Saskia Wells Sullivan, venho por meio desta confessar assassinato.

Eu matei Wallace. Não foi minha intenção, mas ainda assim a morte dele foi culpa minha. Eu admito.

Não quero ir para a cadeia, mas se precisar, eu vou. A senhora que decide.

Vou aceitar qualquer punição que achar justa, mas por favor poupe o resto da família. Eles não merecem perder a herança. Só eu mereço.

Não espero que a senhora perdoe o imperdoável. Apenas espero que, contando minha história, eu possa me redimir.

Então aqui está: esta é a minha confissão honesta, sincera, verdadeira, triste, feita de coração partido.

UM

✉ ✉ ✉

MINHA SORTE MUDOU NO INÍCIO DE SETEMBRO.

Minha amiga Lula estava mostrando a nova casa dela em Owing Mills para mim e Aisha. Os pais dela a construíram do zero, o que achei fascinante pois a única casa em que já morei é a nossa, que simplesmente está lá e sempre esteve e fim de história. Mas Lula pôde até dizer ao arquiteto que tipo de quarto ela ia querer, em que direção queria que as janelas ficassem, como queria o closet e onde seria seu cantinho de leitura. A casa ainda não tinha sido terminada, então os empreiteiros estavam andando pelos cantos com suas botas enlameadas e ferramentas retinindo nos cintos.

A gente estava perambulando pelo segundo andar. Lula tinha acabado de nos mostrar a suíte dos pais. Eu estava abrindo portas e bisbilhotando enquanto Lula e Aisha discutiam possíveis usos para o vestiário da mãe dela. Havia vários cantos espalhados pela casa para diversos propósitos estranhos, como dobrar roupas, armazenar vinhos e fazer scrapbooking.

Abri uma porta no final do corredor e fiquei olhando para a escuridão.

— O que tem aí dentro? — perguntei, e tateei a parede procurando o interruptor. Não o encontrei, então dei um passo para dentro do cômodo... mas meu pé não encostou no chão. Ele não encostou em nada, somente no ar, e eu caí na escuridão. Foi a coisa mais assustadora que senti na vida... até aquele momento. Muitas coisas mais assustadoras têm acontecido desde então.

Por um segundo interminável, me perguntei o quanto eu ia cair — não fazia ideia — e como seria quando atingisse o chão. Cairia em cima de quê? Será que doeria? Será que quebraria todos os ossos? Ou seria empalada por uma estaca?

Parecia que eu estava caindo para sempre, num buraco sem fundo.

Então caí de costas no chão, em alguma coisa irregular mas acolchoada. Parei um instante para recobrar o fôlego. Lula estava gritando. Eu a vi a uns três metros acima de mim, cercada pela luz da porta. Onde quer que eu estivesse, era um lugar escuro.

— Estou bem! — exclamei, sem pensar. Não sabia se estava bem, mas não sentia nenhuma dor. Eu estava deitada em alguma coisa meio espinhenta. Tateei até meus pés. O que havia ao meu redor? Será que tinha mais buracos no chão com os quais eu devia tomar cuidado? Não queria cair de novo. Já tivera a sorte de cair em cima daquela coisa espinhenta.

— Meu Deus, Sassy! — gritou Lula. — Você consegue sair daí?

Estendi o braço, mas não consegui alcançar a porta acima de mim. Eu estava no fundo de alguma espécie de cômodo estranho, que ficava três metros abaixo da porta. Não estava machucada, exceto pelas coisinhas espinhentas grudadas na minha pele.

— O que são estas coisas? — perguntei. Estava desorientada e confusa.

Aisha gritou pedindo ajuda. Um pedreiro apareceu ao lado dela.

— O que aconteceu? — perguntou ele. — Alguém caiu lá embaixo?

Lula apontou para mim histericamente.

— Você quebrou alguma coisa?

— Acho que não — respondi. — Tem luz aqui embaixo?

— Ainda não foi instalada — disse o trabalhador. — Vou pegar uma escada. Já volto.

— Que lugar é este aqui? — perguntei a Lula.

— Não sei. — Mas não gosto de ter isso no meio da casa. Parece um buraco do terror ou algo assim.

O homem voltou.

— Afastem-se. — Ele encostou a escada no chão e a segurou. — Suba por aqui.

Agarrei a escada e saí do buraco escuro. Lula me segurou.

— Meu Deus, Sassy, você está bem? O que são essas coisas rosas grudadas na sua roupa?

— Nós armazenamos um estoque extra de plástico com fibra de vidro lá embaixo — disse o trabalhador. — Sorte sua. — Foi o que amorteceu a minha queda. — Como foi parar lá embaixo?

— Eu abri a porta e estendi o braço para ligar a luz — expliquei. — E não tinha chão!

O trabalhador riu como se aquilo fosse a coisa mais maluca que já tinha escutado.

— Você sempre entra em cômodos que não conhece sem primeiro ver se tem chão?

— E vocês sempre constroem cômodos sem chão? — respondi rapidamente. Quem imagina que um cômodo não vai ter chão? Fiquei furiosa com a risada dele. Eu não tinha feito uma bobagem tão grande assim. Nos meus 15 anos de vida, nunca tinha visto nenhum cômodo sem chão.

— Vocês deviam colocar um aviso na porta — disse Lula. — É perigoso.

— Tem razão — disse o trabalhador. — Desculpe. Não estávamos esperando visitas hoje. — Mas não parecia que ele estava sendo sincero. Parecia que achava que eu era uma imbecil. — Você se machucou, senhorita? Confira todos os seus ossos. Algum machucado? Precisa ir para a emergência?

Balancei mãos, braços, pernas, mas tudo estava bem, exceto pela fibra de vidro beliscando minha pele e por um machucado do tamanho de uma moeda na minha coxa. Mas talvez o machucado estivesse lá desde antes; eu não conseguia lembrar.

— Não, estou bem.

— Garota de sorte.

Ele tem razão: eu era uma garota de sorte. Aquele foi o começo do meu estranho período de sorte. Que durou até ela se esgotar.

■ ■ ■

— Ainda estou sem entender — disse Jane. — Por que o cômodo não tinha chão?

— Não sei — respondi. — Eu pareço diferente?

Estávamos acampadas na cama de Norrie, lá no Quarto da Torre. Alonguei o pescoço para que elas vissem melhor o meu rosto e pudessem dizer se havia algo de diferente.

— Não — disse Jane. — Parece a mesma pateta de sempre.

— Ainda tem fibra de vidro no seu cabelo. — Norrie catou a fibra em mim como uma chimpanzé mãe catando parasitas no bebê. — Por que você estaria diferente?

— Eu me sinto diferente — falei. — Como se alguma coisa tivesse acontecido comigo. Talvez eu tenha caído num buraco do contínuo espaço-tempo ou algo assim.

As duas riram. Devia ter previsto que elas ririam. Mas eu realmente sentia que alguma coisa tinha mudado em mim. Eu estava com uma sensação de resistência e invencibilidade. De força, como se nada pudesse me machucar.

— Agora que você falou, estou vendo, sim, uma coisa diferente — disse Jane. — Seus olhos estão zarolhos... suas orelhas estão crescendo... suas narinas gigantes estão aumentando... Sassy, você está virando um monstro!

— Ha-ha, que coisa mais hilária. Tenho vergonha das minhas narinas gigantes. Uma vez Sully disse que, se eu batesse as narinas com força, daria até para sair voando.

Escutamos o barulho de alguém subindo a escada e paramos para ver quem estava se atrevendo a subir e espiar a gente. Ginger quase nunca faz isso, mas às vezes Dona Maura e Paizão tentam escutar a nossa conversa.

— Pés descalços — disse Norrie, inclinando a cabeça. — É apenas Takey. — Alguns segundos depois, a sombra gordinha de Takey apareceu na porta. Ele apontou a pistola d'água na nossa direção.

— É o seguinte, garotas — falou com uma voz baixa e ameaçadora. — É pra todo mundo descer comigo. Se me obedecerem, ninguém vai se machucar.

— E por que a gente desceria? — perguntou Jane.

— Porque se não descerem eu vou atirar até vocês morrerem. — Ele usou a voz malvada de gângster.

— Bolhinhas aprendeu um truque novo e ele quer que a gente veja — traduzi.

— Nós estávamos treinando — disse Takey. — Desçam aqui.

Marchamos sob a mira da pistola d'água até o quarto de Takey, onde seu peixinho-dourado, Bolhinhas, morava num enorme aquário. Takey amava Bolhinhas. No ano passado, eu dei para ele de aniversário um kit de treinar peixes. O kit vinha com pequenos aros e tubos e uma minibola de basquete com uma minicesta, e um pouco de ração em flocos e minhocas congeladas como recompensas. Takey ensinou Bolhinhas a nadar no meio dos aros e dos tubos, a passar por debaixo de uma vara, a ziguezaguear por uma pista de obstáculos e a empurrar a bola de basquete para dentro do cesto com o nariz. O nosso maior objetivo era fazer ele pular dentro de um aro no ar, como um golfinho. Takey estava pretendendo mostrar seu grande truque para todos na festa de Natal.

Eu nunca tinha percebido o quanto peixes são inteligentes. Bolhinhas parecia um cachorro. Sempre queria comida, e, se a pessoa a balançasse na sua frente, ele faria tudo que pudesse com seu corpinho de peixe. Era divertido, mas também me deixava triste. Lá estava ele, preso em seu aquário, sem nada melhor para fazer do que nos entreter em troca de um pouco de ração. Não era uma vida muito boa.

— Então vejamos esse milagre — disse Jane.

Takey soltou a pistola e fez uma reverência, como um mágico.

— Em seu primeiro truque, Bolhinhas vai jogar a bola de basquete.

— A gente já viu esse — disse Jane.

Norrie a acotovelou nas costelas.

— Mas adoraríamos ver de novo.

— Sim, *adoraríamos* — disse Jane.

A pequena tabela de basquete estava presa numa das extremidades do tanque. Takey estava estendendo um pouco de ração de peixe numa vara, encostando-a na superfície da água. Bolhinhas nadou para cima e mordiscou a comida. Em seguida, Takey soltou a bolinha de basquete dentro da água. Bolhinhas empurrou a bola pelo aquário em direção ao cesto. Quando ele chegou lá, Takey balançou mais um pouco de comida e Bolhinhas empurrou a bola para dentro do cesto.

— Ele jogou, ele acertou! — exclamou Takey. Nós aplaudimos. Ele deu mais comida para Bolhinhas como recompensa.

— E agora o truque mais perigoso já feito por um peixinho-dourado — disse Takey. — O incrível Aro de Fogo!

Nós aplaudimos mais uma vez. Takey ergueu um pequeno aro decorado com chamas de plástico, que era uma das peças antigas do Hot Wheels de Jane. Usando a linha de pesca de nylon transparente, Takey amarrou o aro para que ficasse quase encostando na água e o posicionou no meio do aquário. Ele colocou um monte de comida na vara.

— Que rufem os tambores.

Eu fiz o barulho de tambores na mesa. Takey estendeu a comida, e Bolhinhas saltou da água para pegá-la na vara. Em seguida, Takey colocou mais comida na vara e a estendeu no meio do aro. Bolhinhas pulou para fora da água e, seguindo a comida, atravessou o aro. Norrie ficou boquiaberta, e nós aplaudimos bastante.

— Tcha-rã! — Takey fez uma reverência. Eu o abracei e o beijei.

— Você conseguiu!

— Obrigado, obrigado. — Solenemente, ele alimentou Bolhinhas com a recompensa.

— Esse peixe vai ficar gordo — disse Jane.

■ ■ ■

Naquela noite, fiquei deitada na cama, piscando na escuridão. A luz de um poste atravessava a pequena abertura nas minhas cortinas. A casa zumbia baixinho; era o interior funcionado — a água correndo pelos canos enquanto alguém escovava os dentes ou dava descarga, o lava-louças ligado, os ponteiros dos relógios se movendo. Lá fora, no jardim, os últimos grilos do verão faziam barulho, despedindo-se. Um carro passou pela rua lentamente, com os faróis clareando a parede do meu quarto.

Um pouco mais à distância, dava para ouvir o tráfego, os carros atravessando as ruas mais movimentadas, zunindo pela via expressa em direção ao enorme burburinho da cidade — os zumbidos, os gritos, os guinchos e berros.

Em seguida, ouvi sirenes em algum lugar e um estrondo no céu; a cidade se aproximava de mim, ficando cada vez mais perto e mais barulhenta, vindo bem na direção do meu quarto. O estrondo passou bem em cima do nosso teto; eram hélices de helicóptero arranhando o céu. Olhei discretamente por trás da cortina e avistei um holofote fazendo busca pelos jardins e becos atrás das casas da nossa rua. O barulho esvaeceu e depois ficou alto de novo, circulando a vizinhança. Um helicóptero de polícia. As sirenes berraram por Charles Street e depois desapareceram. Mais sirenes apareceram. Mais hélices no céu.

A nossa vizinhança foi patrulhada por helicópteros da polícia o verão inteiro, então não era para eu ficar surpresa. Às vezes acho que eles estão espionando a gente. Mas parecia que havia mais sirenes do que o normal, e naquela noite eu fechei os olhos e me perguntei "O que está acontecendo lá fora?" momentos antes de pegar no sono.

DOIS

QUANDO DESCI PARA TOMAR CAFÉ DA MANHÃ NA COZINHA NO dia seguinte, Dona Maura estava grudada na televisão vendo uma notícia de última hora enquanto Takey comia calmamente o seu Cheerios e lia uma revista em quadrinhos do Gasparzinho. Tirei ovos da panela no fogão, preparei um prato para mim e me sentei ao lado de Dona Maura.

— O que aconteceu? Ontem à noite eu escutei sirenes.

— Um maluco está mantendo pessoas reféns no 7-Eleven da York Road — relatou Dona Maura. — Ele passou a noite inteira nesse impasse com a polícia. Eles não sabem quantas pessoas tem lá dentro. A rua inteira foi fechada. — Ela balançou a cabeça, soltou um resmungo e tomou um gole de café. — Imagine só passar a noite inteira presa dentro de um 7-Eleven com um assassino pirado.

— Bom dia, pessoal. — Paizão entrou na cozinha pronto para o trabalho. Ele estava de terno listrado, blusa azul-clara e gravata borboleta. Ele se serviu um pouco de café antes de perceber que a Dona Maura e eu estávamos grudadas na televisão. — O que aconteceu?

— Um homem mantendo reféns — disse Dona Maura. — 7-Eleven. York Road.

Durante o verão, nós vamos de bicicleta até o 7-Eleven da York Road para tomar raspadinhas. Takey gosta da placa do restaurante Swallow at the Hollow, uma que tem um pássaro tomando cerveja de chapéu de palha e gravata borboleta. Ele acha o pássaro parecido com Paizão.

— Caramba. — Paizão abaixou-se para ver o noticiário. — Tudo que é ruim acontece na coitada da York Road.

— Os reféns estão presos no depósito dos fundos do 7-Eleven há quase dez horas — disse o repórter na televisão. — A polícia está dizendo que... esperem...

Houve algum tumulto atrás do repórter, e três reféns saíram correndo para fora da loja com as mãos no ar. A polícia os pegou e os levou para um lugar seguro.

— Parece que o atirador soltou três reféns — disse o repórter. — Não sabemos quantas pessoas ainda tem lá dentro, mas esses vão poder nos dar maiores informações sobre as outras pessoas, a identidade do atirador e o que ele quer exatamente.

Norrie entrou balançando as chaves e foi direto pegar café.

— Vamos, Sass. Temos que ir.

— Espera um segundo. Eu quero ver isso.

— Jane já está pronta. Não posso me atrasar hoje, tenho prova de francês no primeiro tempo.

Ela me arrastou para o carro e eu sintonizei o noticiário no rádio. Os reféns que tinham escapado contaram para a polícia o que estava acontecendo dentro do 7-Eleven. Um maluco que trabalhava lá antigamente entrou no local com uma arma e obrigou o caixa e os clientes a irem para o depósito. Ele não estava deixando eles irem ao banheiro nem tomar água nem nada do tipo. Apontou a arma para a cabeça de todas as pessoas, ameaçando estourar os miolos delas. Atirou em duas sem motivo algum, e o resto dos reféns teve que ficar ao lado dos cadáveres ensanguentados por horas. Eles não sabiam o que o assassino queria, só disseram que ele não parava de gritar que a namorada tinha roubado o bebê dele. As três pessoas tinham conseguido fugir enganando o atirador de alguma maneira, mas agora estavam preocupadas com o que o homem faria ao resto dos reféns.

— Que assustador — disse Norrie.

— Como isso vai trazer o bebê desse cara de volta? — questionou Jane. — Ele não está pensando direito.

Tentei imaginar a situação. Tentei imaginar como devia ser ruim ter o próprio filho levado embora, ou como seria ter alguém com uma arma apontada para sua cabeça. Mas minha mente não conseguia manter essas imagens por muito tempo. Ela logo fugia para pensamentos mais alegres.

Quando chegamos na entrada do St. Maggie's, o locutor de rádio disse que o atirador tinha saído da loja balançando a arma e ameaçando atirar. Os policiais atiraram nele. Dentro da loja, foram encontradas quatro pessoas mortas.

Jane desligou o rádio.

— Valeu, Sassy. Agora vou ficar com medo de ir comprar raspadinha. E eu adoro raspadinha.

— É só em raspadinha que você consegue pensar? — perguntou Norrie. — Cinco pessoas acabaram de morrer.

— Pois é — falei.

— Raspadinhas de cereja, vermelhas — disse Jane. — Não vou conseguir tomar sem pensar em sangue.

— Você é tão nojenta — falou Norrie.

— Pois é — concordei.

Ela arruinou as raspadinhas para sempre. Não conseguia tirar aquela imagem da cabeça: o sangue pingando da máquina. E cereja era o meu sabor preferido.

■ ■ ■

Minha primeira aula naquele dia foi de história, o que foi uma coincidência infeliz, pois estávamos aprendendo sobre a escravidão e a Guerra Civil. Não que não fosse interessante, mas pensar em escravidão me lembrava dos reféns do 7-Eleven, e eu já estava achando difícil não pensar em coisas terríveis. Existe mais sofrimento no mundo do que eu consigo imaginar. Tipo, como seria ser um escravo? A vida inteira? Aguentar as surras e perder seus entes queridos várias vezes e não ter nenhum controle sobre como ou onde você vive... Às vezes eu penso nessas coisas quando estou deitada à noite. Como me comportaria num campo de concentração? Será que eu seria egoísta, ou será que ajudaria os outros? Como seria não ter o que comer? Como seria estar muito doente e nunca melhorar? Ter queimaduras em metade do corpo? Ver soldados invadindo minha cidade e matando todas as pessoas que encontrassem?

Como eu me comportaria? Não sei. Não dava para imaginar. Eu não conseguia imaginar isso.

Nada terrível jamais havia acontecido comigo.

Uma vez, quando eu tinha 4 anos, cortei a parte de cima do braço num galho pontiagudo enquanto subia numa árvore. Precisei levar pontos e a enfermeira disse para eu cerrar os dentes enquanto o médico dava os pontos. Doeu. Mas depois a enfermeira me deu um pirulito por eu ter me comportado bem, e tudo voltou ao normal. Quando cheguei em casa, Jane ficou com inveja do meu pirulito. Ainda tenho a cicatriz na parte interna do braço.

Mas isso não se compara com a pessoa sentir o metal frio encostar na têmpora e escutar o clique.

Sou uma garota de sorte. Eu sei disso. Tenho tanta sorte que posso cair em buracos negros e não me machucar. Talvez eu seja a garota mais sortuda do mundo.

Na aula de história daquele dia, a Irmã Martha falou sobre Harriet Tubman e as rotas clandestinas, sobre as pessoas correndo apavoradas e arriscando as próprias vidas para ajudar os escravos a escaparem. Se eu estivesse numa situação como essa, será que arriscaria minha própria vida para ajudar alguém? Como vou saber se não for testada?

Mais tarde, naquele mesmo dia, obtive minha resposta. Compareci a uma reunião do Comitê de Serviços Comunitários, e a garota do último ano que presidia o comitê, Nancy Blalock, falou sobre os projetos que tinha planejado para o ano. Eram as mesmas coisas de sempre — doação de roupas, doação de alimentos, eventos para angariar fundos para um acampamento de verão para crianças carentes. Mas ela disse uma coisa que chamou minha atenção. Havia um polo de ensino no centro para crianças pobres que estavam tendo dificuldades na escola, e, apesar de não ser uma atividade oficial do St. Maggie's, qualquer pessoa podia ajudar. Eu entrei no Comitê de Serviços Comunitários e a primeira coisa que fiz foi me voluntariar para dar aulas particulares.

— Por que vai fazer isso? — perguntou Lula. — O polo de ensino deve ser algum lugar imundo perto da estação de ônibus, com luzes fluorescentes e banheiros sujos.

— Como sabe disso? — perguntei.

Ela deu de ombros.

— Todo lugar lá no centro parece ser assim.

— Não é verdade. — Algumas alunas do St. Maggie's são tão ignorantes que dá vergonha. E digo isso mesmo Lula sendo minha amiga.

— Alguma criança precisa da minha ajuda com o dever de casa — expliquei para Lula. Era o meu motivo oficial.

Eu queria ajudar alguém. Mas também queria ter a oportunidade de ir ao centro e dar uma olhada na área com meus próprios olhos.

Ela riu.

— Da *sua* ajuda? Você é péssima com o dever de casa! *Sempre* pede a ajuda das suas irmãs.

Claro que Lula tinha razão. Estou longe de ser o cérebro da família. Eu provavelmente não ajudaria muito. Mas queria tentar.

Acho que a senhora entende, Poderosa. Uma vez, durante o chá, nos contou que fez trabalho voluntário num hospital do centro quando tinha 16 anos. A senhora disse que só distribuía revistas e tirava as bandejas dos quartos. Mas deve ter havido algum motivo para você se voluntariar. Talvez estivesse sentindo a mesma coisa que eu — a senhora queria ajudar alguém nem que fosse de uma maneira pequena. Queria ser útil e independente.

Não quero desperdiçar a minha vida sendo uma garota rica e mimada. Quem sabe quanto tempo tenho antes que algum maluco me faça de refém numa loja de conveniência e me mate? Dar aulas particulares foi a única coisa útil em que consegui pensar para me tirar da minha vidinha protegida por um tempo, fazendo com que eu entrasse no mundo real, onde poderia testar de verdade a minha sorte.

■ ■ ■

Quando cheguei em casa naquele dia, decidi ir até York Road para ver o que estava acontecendo no 7-Eleven. Não contei para ninguém aonde ia. Pensei apenas em chegar perto da York Road e dar uma olhada na rua para ver se via alguma comoção.

Não consegui enxergar o 7-Eleven da esquina da Northway com a York, mas dava para ver as sirenes acesas dos policiais. Comecei a andar pela rua até chegar ao 7-Eleven.

A loja estava fechada e isolada pela fita amarela da polícia. Algumas viaturas estavam paradas no estacionamento. Uma mulher de trench coat conversava com um policial fardado. Um caminhão do Eyewitness News estava parado na rua, mas não vi a repórter. Talvez ela estivesse dentro dele, descansando ou retocando a maquiagem.

Não havia nada para ser visto lá, nenhuma mancha de sangue ou coisa do tipo, pelo menos não do lado de fora. Pela janela de vidro laminado que estava quebrada, consegui avistar uma grande porta de aço atrás do balcão. Atrás daquela porta ficava o depósito onde os reféns passaram a noite.

Comprei chiclete na banca do outro lado da rua e fui para casa. Estava andando pela Northway quando um carro deu ré ao sair de casa e bateu em mim. Aquela foi a primeira vez.

TRÊS

✉ ✉ ✉

A TRASEIRA DO CARRO BATEU EM MIM E EU CAÍ NA CALÇADA. O automóvel parou e uma mulher saiu dele, gritando e balançando os braços.

— Ai! Ai! Ai, meu Deus! Você está bem? Está tudo bem?

Fiquei sentada na calçada, num estupor plácido, com estrelas girando ao redor da minha cabeça e centelhas saindo dos fios acima de mim. Mas tudo estava bem. Tudo parecia bem.

Eu me levantei e limpei a sujeira dos joelhos.

— Estou bem. Sério. Estou bem. — Estava com um pequeno arranhão no cotovelo, só isso.

Mas ela estava preocupada. Segurou minha cabeça e olhou bem nos meus olhos, ofegando de preocupação, e balançou minhas mãos, uma de cada vez, para ver se eu sentia alguma dor.

— Estou bem. Não foi nada de mais — insisti.

Ela começou a chorar.

— Eu nunca atropelei ninguém antes! Fiquei com tanto medo!

— Eu sei. — Fiquei estranha, igual a quando caí no cômodo sem chão. Abalada e desorientada. Mas a mulher estava mais preocupada do que eu. Tentei consolá-la. — Não se preocupe. Eu não me machuquei. Está tudo bem.

— Tem certeza? Mesmo? Ah, graças a Deus. Quer que eu a leve para um médico ou algo assim? Quer que eu a leve para casa?

— Não, eu moro a apenas alguns quarteirões daqui. Vou ficar bem.

— Por favor, deixe-me levá-la até em casa.

— Eu estou bem. Sério. Pode ir embora.

— Se tem tanta certeza...

O carro dela ainda estava ligado, e a fumaça do escapamento fazia meu nariz coçar. Acenei e comecei a me afastar para ela ver que eu estava bem. Ela estava livre. Livre para ir embora e continuar sua vida de sempre, sem ter machucado ninguém.

Olhei para trás. Ela ainda estava sentada no carro, me observando. Acenei novamente.

Quando cheguei no meu quarto, dei uma conferida para ver se não estava machucada, apesar de não sentir nenhuma dor. Estava com o arranhão no cotovelo e o machucado na coxa de antes. Só isso.

■ ■ ■

Na segunda-feira, depois das aulas, Norrie me levou de carro até o polo de ensino que ficava na Fayette Street, no centro da cidade, para minha primeira aula particular.

— Vou ficar no Starbucks e volto para buscá-la às cinco — disse ela. — Não sei se vou poder fazer isso toda segunda

— Talvez semana que vem eu possa pegar ônibus — sugeri

— Até parece. Divirta-se.

Eu falei sério quando sugeri pegar ônibus, e ela falou sério quando disse que isso provavelmente não ia acontecer, mas eu não entendo a razão. Tenho 15 anos, idade mais do que suficiente para pegar ônibus sozinha. Quando tinha 15 anos, a senhora galopava pela cidade inteira como se fosse um pônei selvagem — foi o que nos contou. Mas todo mundo parece achar que não é seguro eu andar de ônibus sozinha.

O polo de educação da Fayette Street ficava numa fachada perto do Lexington Market, bem no limite entre a parte comercial e movimentada do centro e West Baltimore, deserta e assustadora. Entrei e me apresentei para o trabalho.

— Você está no segundo ano, não é? — perguntou o homem na recepção. Ele tinha a cabeça raspada e usava uma camisa branca, uma gravata azul e fina e um brinco de diamante na orelha. O pesado crachá de plástico dizia LARRY GANT. — Colocaram você com uma aluna do ensino fundamental. Por ser do segundo ano, presumimos que já deve entender bem de matemática elementar.

— Matemática? — perguntei. — Eu solicitei inglês. Até escrevi na minha inscrição: "Qualquer coisa, menos matemática." Sou péssima em matemática.

Larry Gant assentiu.

— Claro, mas estamos precisando de monitores de matemática, então é o que vai ensinar. Você vai trabalhar com uma aluna do quinto ano chamada Cassandra Higgins. Você dá conta de matemática do quinto ano, não é? Já está no segundo ano do ensino médio! Já aprendeu faz tempo esses assuntos de bebês.

Não gostei do tom condescendente dele. Quando falei que era ruim em matemática, estava falando sério. Estava com medo pela coitada da Cassandra Higgins.

— Vai envolver frações? — perguntei.

— Acho que sim.

— Estou ferrada.

— Que nada. Vamos. É só acompanhar o livro. — Ele me entregou um livro, *Dividir e Conquistar: Aventuras de Matemática, Edição do Professor.* — As respostas estão aí dentro. Tudo que precisa fazer é explicar

Era isso que eu temia — ter que tentar explicar matemática para alguém. Era para ser uma coisa lógica, mas para mim ou a pessoa leva jeito ou não leva e fim de história. Por que eles não me colocaram para ensinar inglês? Prefiro matérias em que não existe resposta correta. Normalmente isso significa que também não existe nenhuma resposta errada.

— Cassandra está esperando por você na sala seis. Siga pelo corredor e vire à esquerda.

Segui pelo corredor — de lâmpadas fluorescentes, assim como Lula tinha previsto —, passando por salas de aula e salas de reuniões cheias de alunos e monitores estudando em cubículos. Entrei numa sala dividida em quatro, cada parte com uma escrivaninha e duas cadeiras. Não havia ninguém na sala além de uma garota de rosto gordinho, de mais ou menos uns 11 anos, que usava óculos de aro vermelho. O cabelo dela estava dividido em umas doze tranças que corriam pela cabeça e terminavam em contas vermelhas. Vestia camisa vermelha, calça jeans e tênis Adidas. Na frente dela, em cima da escrivaninha, havia a edição do estudante de *Dividir e Conquistar*, um caderno em espiral vermelho e uma caneta vermelha.

Eu me aproximei da escrivaninha.

— Oi. Meu nome é Sassy Sullivan.

— Sssaassy Sssullivan? — Ela não era a primeira pessoa a zoar meu nome supersibilante.

— Sssim — respondi. — Sssassy Sssullivan. Sssuponho que vocccê seja Cassssandra Higginsss?

— Sssim.

— Sassy e Cassie — falei. — Parece algum programa do Disney Channel.

— Não. Cassandra. Ninguém me chama de Cassie.

— OK.

— Você vai me ensinar matemática?

— Hum, vou sim. Quer dizer, não exatamente ensinar. Mas posso tentar ajudá-la com seu dever de casa.

— Tentar me ajudar? — Fez uma cara séria. O rosto sério dela é bem intimidante para alguém do quinto ano.

— É tudo que eu posso fazer, não é? — Tentei fazer ela abrir um sorriso, mas não deu certo. Nunca dá. Sentei à escrivaninha. — Então, qual é o problema? — *A Dra. Sassy está aqui para curar seus transtornos matemáticos.* — As aulas começaram há algumas semanas. Já teve algum teste de matemática?

— Já — disse ela.

— E que notas você tirou?

— Um F e depois um D.

— Ótimo! Já é uma melhora, não?

— Que nota você tirou na sua última prova de matemática?

A lembrança de um C menos vermelho apareceu na minha mente. Será que eu devia contar para ela? Talvez ela perdesse a confiança na minha capacidade de ensiná-la. Mas, ao mesmo tempo, nem eu tinha muita confiança nisso, então talvez fosse melhor ser sincera. Talvez ela fosse gostar mais de mim se soubesse que nós duas somos burras em matemática.

— Não estamos aqui para falar de mim.

— Hum. Já ouvi isso antes.

— Tá bom, vamos ser sinceras, então. Eu não gosto de matemática. Você não gosta de matemática. Mas ela faz parte das nossas vidas e não dá pra fugir. De que matérias você gosta?

— Estudos sociais. Línguas.

— Eu também. Estava querendo ensinar inglês, mas acho que não é disso que você está precisando.

— Não. Estou precisando de aulas de matemática. — Ela empurrou o último teste, em que tinha tirado D, na minha direção. Fiquei olhando para ele. Várias frações apareceram diante de mim, embaralhando-se e desembaralhando-se de uma maneira irritante. Tentei pensar em alguma coisa relevante para dizer. Qualquer coisa.

— E, hum, qual é o nome da sua professora?

— Sra. Frazier.

— Você gosta dela?

— Não.

Agora sim estávamos fazendo progresso.

— Por que não?

— Ela é louca. Tem um pé de mentira, e quando fica com raiva tira o pé e fica dizendo que vai arremessá-lo na gente.

— Um pé de mentira? Tipo uma prótese?

— A-ham. Ela fica balançando o pé para gente, com sapato e tudo.

Eu ri.

— Isso é invenção sua.

— É verdade. — Ela sorriu de uma maneira enigmática, então fiquei sem saber se era mesmo verdade.

— Como ela perdeu o pé?

Cassandra deu de ombros.

— Ela nunca falou. E nós não temos coragem de perguntar.

— Bom. Como é que alguém pode aprender matemática em condições péssimas como essas, passando a aula inteira com medo de ser atingida por uma prótese de pé?

— É o que eu acho. Mas minha mãe não acredita nessa história. Provavelmente porque minha amiga Keema só tira A nos testes. Nem me pergunte como.

— Minha amiga Lula consegue resolver equações de segundo grau só de olhar para elas — rebati. — Parece um superpoder. Mas é péssima em francês. Ela não conseguiria pronunciar *la jeune fille* nem se fosse para salvar a própria vida. "*La june fi.*" Se você a visse no meio da aula de francês, ia achar que ela é uma retardada. Mas se me visse na aula de matemática, ia achar a mesma coisa de mim.

Ops. Falei demais. Cassandra lançou um olhar cético para mim, algo que Paizão chama de "olhar duvidoso".

— Você é retardada em matemática e mesmo assim vai me dar aula?

Mostrei a edição do professor que Larry Gant tinha me dado.

— Olha aqui! Eu tenho as respostas. A gente pode ir descobrindo as coisas.

Não queria desistir tão rapidamente. Se eu não fosse capaz de ajudar esta garota — que parecia só precisar de ajuda com matemática mesmo —, eu não servia para nada. Além disso, eu tinha gostado dela.

Cassandra abriu o livro.

— Aí diz como multiplicar frações?

Encontrei o capítulo de frações e li em voz alta.

— Multiplicar frações é fácil! Primeiro tente reduzir. Divida o numerador e o denominador pelo mesmo número. — Olhei para a primeira questão no teste de Cassandra. — Você reduziu?

— Quem sabe é você.

Eu não fazia ideia. Continuei lendo.

— Agora multiplique os numeradores. Depois multiplique os denominadores. Escreva o produto dos numeradores em cima do produto dos denominadores... — Meus olhos desfocaram.

— O problema são essas palavras que eles usam: numerador e denominador — disse Cassandra. — Por que eles não dizem simplesmente "o número de cima" e "o número de baixo"?

— Tem razão. Por que não?

Larry Gant bateu na porta.

— Então, garotas, acabou o tempo de hoje. A mãe de Cassandra chegou.

— Nossa, nós não fizemos nada — disse Cassandra.

Queria que ela não tivesse dito aquilo na frente de Larry.

— Claro que fizemos — falei, com mais entusiasmo do que sentia. — Nós fizemos bastante para o primeiro dia. Vejo você na semana que vem.

— Tá bom. Certo.

Depois que ela foi embora, eu me sentei no cubículo e dei uma folheada no *Dividir e Conquistar.* O livro era cheio de ilustrações de conceitos matemáticos demonstrados por uma família de lápis. Não era engraçado.

Norrie estava me aguardando no lobby. Ela me levou para comer um bolinho de caranguejo no Lexington Market para comemorar minha primeira aula. Eu comi o bolinho, mesmo sabendo que não merecia.

QUATRO

O DIA SEGUINTE FOI DIA DE CHÁ. LEMBRO QUE A MAIOR PARTE da conversa foi sobre Brooks Overbeck e Norrie e inscrições de universidade e o Baile de Debutantes. Tenho interesse nessas coisas, mas acabei não prestando muita atenção. A tarde estava nublada, porém quente, e pelas enormes portas de vidro que levavam ao terraço eu vi Wallace ajudando Raul com a jardinagem. Ele estava com um macacão azul e um chapéu de palha cobrindo sua cabeça careca, rosa e branca. Ele me viu e fez a saudação de dois dedos. Eu amava a saudação de Wallace — parecia uma maneira silenciosa de dizer "Olá, camarada". Queria responder com uma saudação também, mas sei que isso não é considerado boa etiqueta à mesa.

Não queria machucar Wallace de jeito nenhum — a senhora sabe disso. Eu o amava. Ele nunca tentou forçar isso de dar uma de avô. Eu gostava da maneira como ele ficava quietinho ao seu lado, observando-a com admiração enquanto a senhora administrava seu feudo. Eu gostava da maneira como ele insistia em se referir à senhora como nossa "avó", apesar de a palavra não combinar muito com você.

A senhora estava dizendo a Norrie que podia usar sua influência em Georgetown se ela precisasse, e lá fora Wallace regava as roseiras. O sol tinha aparecido, e ele enxugou um pingo de suor na testa. Eu me ofereci para levar chá gelado para ele, e a senhora disse que eu podia me retirar.

Fui até a cozinha. Bernice estava sentada à mesa, vendo The People's Court. Coloquei chá por cima do gelo e acrescentei uma fatia de limão e um ramo de menta, sem nenhum açúcar. A senhora sempre diz que "chá açucarado é coisa de sulista". Acho que isso quer dizer que não somos sulistas. Mas a senhora também diz, "os yankees se gabam demais", o que implica que nós também não somos yankees. Não sei o que somos. Nossa própria espécie, eu acho.

— Diga ao Sr. Wallace que preparei um sanduíche de frango caso ele esteja com fome — disse Bernice enquanto eu saía da cozinha com o chá.

— Sim, capitão. — Nós duas rimos. É uma piada antiga que eu e meus irmãos temos com Bernice. Ninguém gostava da sua antiga secretária, Mildred. Ela era tão mandona e metida que nós a chamávamos de "capitão" pelas costas. Aposto que a senhora não sabia disso. É uma pequena confissão bônus.

Wallace estava guardando a mangueira quando eu o encontrei perto da casinha do jardim.

— Esse chá gelado é para mim? Ah, muito obrigado, querida. — Ele tirou o chapéu e tomou um longo gole. — Cansou do papo feminino lá dentro?

Fiz que sim com a cabeça.

— Vai ser péssimo quando Norrie e Jane forem para a universidade, eu vou ser a única que vai vir para o Chá de Terça. Só eu e Ginger. Acho que vou colocar um vestido em Takey e obrigá-lo a vir também.

— Aposto que Takey fica lindo de vestido.

— Fica mesmo. Norrie e eu fazíamos ele vestir todos os nossos vestidos antigos preferidos quando ele era menor. Com batom e tudo. Ele ficava parecendo uma boneca. Uma vez Jane até colocou o tutu de balé nele e o ensinou uma dancinha.

— Coitado. Onde estavam os irmãos mais velhos dele quando ele mais precisava?

— Sentados no sofá, rindo dele — respondi.

Wallace deu uma risadinha.

— Bem, sua avó tem bons motivos para se encontrar e conversar com vocês toda semana. Ela quer que vocês estejam preparadas para assumir o lugar dela no mundo. Ela é uma mulher importante, e um dia vocês também serão.

— Só porque sou neta dela?

— Não, acho que você vai ser importante por seus próprios motivos. Mas ser neta dela pode beneficiá-la. Quer me ajudar a guardar esta mangueira?

Eu o ajudei a carregar a mangueira para dentro da casinha e nós a guardamos debaixo da mesa.

— Tem feito algo de interessante ultimamente? Você não vai tirar a carteira de motorista este ano?

— Em fevereiro. Tenho minha carteira de aprendiz.

— Que bom. Se precisar de alguém para levá-la para dirigir, eu faria isso com alegria.

— Obrigada. O pessoal está sempre ocupado demais.

— Aposto que sim. O que mais você tem feito?

— Bem, eu comecei a dar aulas particulares num lugar no centro — contei. — Eles me colocaram para ensinar uma menina do quinto ano. O único problema é que eles querem que eu ensine matemática.

— Não é o seu forte, hein? Mas continue mesmo assim. Talvez você acabe entendendo melhor a matemática enquanto ensina.

— Tudo pode acontecer, eu acho — respondi.

A senhora já entrou na casinha do jardim? Wallace e Raul decoraram aquilo como se fosse uma sede de clube. Raul colocou fotos da família dele numa parede, e Wallace colou uma foto de um carro de corrida e uma antiga foto sua da época de debutante. Aposto que ela ainda está lá, a não ser que Raul tenha tirado.

Escutei alguém chamar meu nome. Jane estava no terraço e gritou:

— Sassy! A folga acabou! Hora de voltar para a sua cela!

— Acho que estão querendo que você volte para a mesa — disse Wallace. — Obrigado pelo chá, Sassafras.

— De nada.

Ele fez a saudação de dois dedos, e eu retribuí o gesto antes de voltar para a casa.

— Espero que Wallace não a tenha entediado falando demais das plantas — disse a senhora quando voltei para a biblioteca e me sentei à mesa.

— Ele nunca me entedia — respondei.

— Você é uma santa — disse a senhora.

Não se preocupe, Poderosa. Eu sei que a senhora o amava. Ele também sabia disso.

CINCO

✉ ✉ ✉

NA PRIMEIRA SEGUNDA-FEIRA DE OUTUBRO, DECIDI IR DE ônibus para minha aula no centro. Eu me preparei para uma tempestade de reclamações, mas, no fim das contas, se você não avisa para as pessoas o que vai fazer, elas não podem dizer não. Dona Maura achava que Norrie ia me levar de carro. Eu menti para Norrie e disse que ia pegar carona com Lula e a mãe dela. Norrie respondeu que tudo bem e deixou pra lá. Ginger e Paizão mal sabem o que eu faço o dia inteiro, e contanto que haja um corpo vivo na minha cama todas as noites eles não se preocupam.

Fui até Charles Street e fiquei esperando no ponto de ônibus. Quando chegou, eu me sentei e fiquei vendo as construções que conheci minha vida inteira sob uma perspectiva nova, passando um por um. Tudo parece diferente de dentro do ônibus alto. É como se você estivesse vendo um filme que foi filmado na sua vizinhança; você reconhece as casas, mas por alguma razão elas parecem diferentes.

O ônibus demorou mais do que eu pensei para chegar em Fayette Street. Cassandra estava me esperando no nosso cubículo. Havia outra dupla de aluno-explicador no cubículo atrás dela.

— Oi. E aí, a Sra. Frazier jogou alguma parte do corpo em você?

Ela não riu.

— Apenas senta aí e me ajuda. — Ela soltou na mesa o livro de exercícios com algumas folhas de dever de casa amassadas no meio das páginas. — Tenho que terminar estes problemas hoje, e amanhã vai ter um teste. Minha mãe disse que se eu não ficar com pelo menos um C em matemática este ano, vou ser obrigada a fazer curso de verão.

— Isso seria péssimo. — Abri o livro de exercícios e olhei para os problemas. Divisão longa. Isso eu sabia. Nem sempre acerto a resposta, mas o conceito básico eu entendo.

— Tenho uma calculadora em casa — disse Cassandra. — Não sei por que não posso usá-la e pronto. Ela sempre dá a resposta certa.

— Mas você tem que aprender a fazer divisão no papel, ou na cabeça — argumentei. — Caso você fique presa em uma ilha deserta onde não tem calculadora.

— Isso nunca vai acontecer. E, aliás, por que eu ia precisar fazer divisão longa numa ilha deserta?

— Bem, e se acontecer uma catástrofe bizarra e não tiver eletricidade para a sua calculadora funcionar? E então, hein?

— As calculadoras funcionam com bateria, gênia. E não entendo por que eu ia parar de correr no meio de uma catástrofe bizarra para fazer uma divisão longa.

— Bem, e se você estiver num restaurante e precisar dividir a conta?

— Enquanto o mundo desmorona ao meu redor?

Dei de ombros.

— Não fui eu que inventei divisão longa. — Olhei para o dever dela. — Acho que estou vendo onde está o problema. Decimais.

— Eu sei que é aí que está o problema. Não entendo por que eles não param de se mover. Quando a professora faz essas linhas debaixo deles.

Eu também sempre achei isso estranho. Se a pessoa move os decimais com tanta facilidade, não era para eles terem *importância*?

— Não sei explicar. Você precisa fazer e pronto.

Ela me lançou um olhar que me fez querer ir para debaixo da mesa.

— É essa a sua lição do dia? Fazer e pronto?

— Hum... — Olhei para o teste novamente. Eu me lembro de ter dificuldade com essas mesmas coisas e de perceber que a melhor maneira de lidar com isso era não tentar entender; por alguma razão, meu cérebro não entende esse assunto mesmo. O jeito é simplesmente aprender as regras e segui-las como se fossem uma receita ou uma fórmula. E não era isso que a matemática era, fórmulas? Mas como explicar isso para Cassandra? Um monitor melhor seria capaz de ajudá-la a entender o raciocínio por trás da receita.

— Você vai falar alguma coisa ou vai ficar aí parada como Despertar dos Mortos?

— Despertar dos Mortos não é uma pessoa — falei. — Eu também achava isso. Achava que o filme era sobre um zumbi chamado Despertar. Mas na verdade o filme é sobre a manhã seguinte à Noite dos Mortos Vivos...

— Você é uma monitora que entende mais de zumbis do que de divisão longa. É isso que está tentando dizer?

Fiquei com vontade de chorar. Não estava dando certo isso de dar aulas particulares. Eu não estava ajudando ninguém. Estava apenas desperdiçando o tempo de Cassandra e provavelmente fazendo ela desistir de vez da matemática.

Eu era uma péssima monitora. Desanimada, fiquei contemplando essa terrível realidade enquanto fazia o percurso de quatro quarteirões até o ponto de ônibus. Estava escurecendo, e percebi que se eu andasse alguns quarteirões na outra direção chegaria no museu Walter's e poderia pegar uma carona com Paizão.

Estava atravessando a rua, perdida nos meus pensamentos, quando de repente me encontrei cara a cara com o capô verde metálico de um Honda. Escutei os pneus cantando e caí de bunda no chão.

Fiquei sentada no asfalto, confusa. Alguém tinha me atropelado.

— Senhorita? Querida? Você está bem?

Uma pequena multidão se formou ao meu redor. Um jovem olhou nos meus olhos.

— Oi? Você está bem? Meu Deus! — Ele apertou um celular no ouvido enquanto eu piscava para ele. — 9-1-1! Eu preciso de uma ambulância!

— Estou bem — falei.

Comecei a me levantar, mas o jovem e uma mulher mais velha me ajudaram a ir até o meio-fio e me sentaram novamente. Uma viatura se aproximou, com as luzes acesas e as sirenes ligadas.

Comecei a voltar ao normal. Limpei um pedaço de cascalho da mão. Assim como da última vez, o carro mal tinha encostado em mim. Eu não estava ferida, apenas um pouco confusa.

Dois policiais se aproximaram de mim. O jovem que tinha me ajudado disse:

— Foi um acidente. Eu estava virando à direita e não a vi...

— É verdade — disse a mulher mais velha. — Eu vi tudo. A garota estava atravessando a rua no sinal verde.

O policial ficou conversando com o jovem e a testemunha enquanto a policial me perguntou se eu estava machucada. Ela conferiu meus braços e pernas para ver se havia algum osso quebrado e olhou nos meus olhos segurando a lanterna. Em seguida a ambulância chegou e um paramédico assumiu o trabalho da policial.

— Eu estou bem, é sério — insisti. — Não preciso de ambulância.

— A gente é que vai decidir isso. — O paramédico me colocou dentro da ambulância e conferiu meus braços e pernas novamente. Ele pressionou o meu abdômen e perguntou se doía. Olhou nos meus olhos e perguntou se minha cabeça doía.

— Você parece bem — disse ele. — Mas vamos levá-la para o Mercy para ter certeza absoluta.

Eu precisava mesmo ir para o hospital? Ginger e Paizão surtariam.

— Sério, só quero ir para casa.

— É o procedimento padrão. Precisamos fazer isso. Vamos tentar liberá-la logo.

A policial pôs a cabeça dentro da ambulância.

— Posso pegar o depoimento dela agora? Ela tem condições de fazer isso?

O paramédico assentiu.

— Claro.

A policial perguntou meu nome e meu endereço e pediu para eu contar o que havia acontecido. Contei que tinha o hábito de ficar distraída enquanto andava e que não estava olhando para onde ia. Ela balançou a cabeça.

— Querida, estamos numa cidade grande. Você precisa ficar mais atenta. Agora, quer ligar para os seus pais?

— Não — falei.

— Bom, se você não vai ligar, eu vou — disse ela, e me entregou um telefone.

— Tudo bem, eu tenho um. — Tirei o celular da mochila e liguei para Norrie. — Você pode vir me buscar no Mercy Hospital?

— O quê? O que aconteceu?

— Nada — respondi. — Um carro me acertou de novo. Mas estou bem. Eles estão me levando para a emergência só para garantir. Mas estou perfeitamente bem.

— Meu Deus! O que tem de errado com você? Por que fica indo para a frente dos carros?

— Não estou fazendo isso de propósito.

— Vou ligar para Paizão. Ele já está aí no centro. Vai chegar mais rápido.

— Por favor, não conte para Paizão e Ginger — pedi.

Não queria deixar ninguém preocupado. Até naquela época, antes do grande desastre, eu sabia que de alguma maneira esses acidentes eram culpa minha.

— Sassy, você foi atròpelada! Seus pais precisam saber disso.

— Norrie, por favor...

— Sassy, não. Me desculpe. Vou ligar para Paizão agora mesmo. — Ela desligou.

Suspirei e me acomodei na maca da ambulância. A noite ia ser longa.

SEIS

EU ESTAVA ESFOMEADA QUANDO FINALMENTE CHEGUEI COM Paizão em casa do hospital. Como o meu caso não era nada crítico, tive que esperar três horas para ser atendida. Dona Maura manteve nossos jantares quentinhos. Todo mundo demonstrou preocupação — até Ginger, de sua própria maneira: pediu para que Dona Maura comprasse sorvete se eu quisesse —, mas tudo que eu tinha para mostrar do acidente era a pulseira de plástico do hospital e mais um machucado, dessa vez no braço esquerdo. Os médicos confirmaram que, fora isso, eu estava perfeitamente bem.

— Você tem que criar juízo, Sass — disse Jane. Nós nos reunimos no quarto de Norrie naquela mesma noite para uma recapitulada do dia. — Ser atropelada por dois carros no mesmo mês... isso é ridículo. Qual será o recorde disso?

— Recorde de quê?

— De quantas vezes uma pessoa foi atropelada por um carro no mesmo mês — disse Jane. — Ou na vida.

— Espero que você não esteja tentando quebrar nenhum recorde maluco como esse, Sassy — disse Norrie. — Você não está, está?

— Não — falei. — Mas me sinto estranha de alguma maneira.

Imediatamente, Norrie pôs o dorso da mão na minha testa.

— Estranha? De que maneira? Acha que teve uma concussão? Talvez os médicos não tenham percebido.

— Não, não assim — falei. — É estranho como essas coisas têm acontecido comigo, esses acidentes, sem eu me machucar. Cair naquele buraco na casa de Lula, e ser atropelada duas vezes... Eu meio que sinto como se meus ossos fossem feitos de borracha ou algo do tipo. Como se eu fosse indestrutível.

Na cama, quando era tarde e eu ficava me lembrando dos acidentes, eu me via sendo atingida pelos carros e saindo ilesa, como um personagem de desenho animado, como alguma espécie de super-herói indestrutível feito de borracha. Via meu corpo batendo em chãos e capôs e para-brisas e para-choques como se fosse uma borracha de escola batendo numa escrivaninha.

— Sassy, não pense desse jeito — disse Norrie. — Você não é indestrutível. Tem que tomar cuidado.

— Tem uma coisa que eu quero saber — falou Jane. — Por que você fica indo para a frente de carros em movimento?

— Mas e se eu for? — perguntei. — E se eu for imortal?

Jane deu a risada desdenhosa dela que era irritante. Às vezes ela é tão presunçosa. Tenho certeza de que pensou que, se era para alguém da família ser imortal, esse alguém seria ela.

Depois que falei as palavras em voz alta, não consegui mais tirá-las da cabeça. Eu era imortal. Imatável.

Aquele pensamento me deixou apavorada. Mas não resisti a uma teatralidade digna de Jane.

— Saiam do meu caminho — falei. — É hora de desafiar a morte.

SETE

✉ ✉ ✉

— TIREI C NO MEU ÚLTIMO TESTE DE MATEMÁTICA — AVISOU Cassandra na semana seguinte. — Não que você tenha alguma coisa a ver com isso. Só achei que gostaria de saber.

Ela balançou a folha com o C vermelho e uma carinha "neutra": a Sra. Frazier tinha desenhado uma linha reta no lugar da boca.

— Cassandra, que ótimo! Parabéns. Como conseguiu isso?

Ela deu de ombros.

— Não sei. Um C não é tão bom assim.

— É bem melhor do que um F.

— Pois é.

Abri o livro e o folheei sem saber o que estava procurando.

— Que lição devemos ver hoje?

— Aqui está meu dever de amanhã. — Ela me passou uma folha cheia de problemas. Ah, não. Frações de novo.

— Você está bem? — perguntou Cassandra.

— Eu? Claro. Por quê?

— Tem uma manchona roxa no seu braço.

— Ah. Isto. — O machucado no meu antebraço esquerdo tinha se espalhado na semana depois do meu último acidente de carro. Puxei a manga do suéter por cima dela. — Não é nada. Totalmente horrenda, mas não tão séria quanto parece.

— É horrenda mesmo. O que aconteceu? Alguém bateu em você?

— Sim — respondi. — Com o carro.

— Alguém bateu o carro em você? Por que não está morta?

Dei de ombros.

— Não sei. Ele não bateu em mim com tanta força. Isso já tinha acontecido comigo antes e eu também não me machuquei.

— Uau. Que sortuda.

— Pois é. — Será que eu devia contar para ela?, me perguntei. Será que devia contar minha teoria para Cassandra? Estava curiosa para saber o que ela ia achar, apesar de no fundo eu já saber a resposta. Ela ia achar o que todo mundo achava: que eu estava louca.

Mas que seja.

— Eu tenho essa teoria de que não consigo ser machucada. Nem morta, nem nada assim. Como se, tipo, eu fosse imortal.

Ela empurrou os óculos para cima no nariz, como se quisesse garantir que estava me enxergando bem, apesar de terem sido os ouvidos dela, e não seus olhos, que a perturbaram.

— Como é que é?

— Acho que aconteceu alguma coisa comigo... é uma longa história... enfim, que me deixou imortal.

— O que aconteceu? Um vampiro mordeu você?

— Não. Mas os carros não param de me atropelar e só o que eu faço é me levantar, tipo, "Está tudo bem".

Ela franziu a testa.

— Eu não acredito nisso.

— Talvez eu não seja imortal, não sei. Só estou dizendo que é estranho.

— Você tem razão, é estranho mesmo. E assustador. E eu não acredito nisso. Minha mãe disse que todo mundo morre em algum momento. Meu avô morreu no ano passado. Eu vi o corpo dele no funeral. Parecia um boneco enrugado. E, quando não tinha ninguém olhando, eu encostei na mão dele.

— E como foi?

— Parecia meio encerada e fria. Mas dava para ver que ele estava mesmo morto, pois eram as mãos dele e o rosto dele, mas dava para ver que ele não estava mais lá dentro. E foi então que minha mãe me contou que todo mundo tem que morrer. Talvez só quando a pessoa estiver bem velha, que nem vovô, mas é uma regra e vale para todo mundo. E não entendo por que Deus abriria uma exceção só pra você.

— Não estou dizendo que Deus abriu exceção para mim. — Eu nem sequer tinha pensado nisso. Será que estava soando tão metida assim? — Estou dizendo que aconteceu uma coisa comigo. Eu caí num buraco negro maluco e isso mudou meu corpo de alguma maneira e me lançou em um mundo diferente onde os carros me atropelam e eu não me machuco. Meio que como o Homem-Aranha.

— Você caiu num buraco negro? Para dentro de outro mundo? Agora está mentindo descaradamente.

— Sei que parece estranho...

— Então eu também vivo dentro desse outro mundo em que você caiu? E, se é o caso, por que eu não sou imortal?

— Talvez você seja. Eu não sei.

— Ninguém é imortal. Se alguém atira na pessoa, ela sangra. Talvez morra, talvez não, mas a pessoa vai se machucar. Meu irmão mais velho levou um corte uma vez e ficou com uma cicatriz que vai daqui até aqui. — Ela fez uma linha com o dedo da clavícula até embaixo das costelas. — E a polícia atirou no amigo dele, Kevin, e ele morreu. Ele não se levantou e saiu dizendo que estava tudo bem. Ele morreu. Qual é o seu problema, hein?

Fiquei com vergonha. De repente, a minha teoria da imortalidade pareceu bem ridícula.

— Tem razão. Eu não sou imortal. Isso nem é possível. É só que tenho a *sensação* de que nada de ruim pode acontecer comigo. Como se meus ossos fossem feitos de borracha e não pudessem quebrar, sabe?

Ela estava balançando a cabeça para mim.

— Para ficar desse jeito, para se tornar imatável, a pessoa tem que pagar um preço, não é?

— Provavelmente — respondi. — Tipo vender a alma.

— Pois é, ou talvez fazendo um monte de coisa ruim acontecer ao redor. Tipo, nada faz mal para a própria pessoa, mas todo mundo próximo a ela sofre. A pessoa espalha destruição por onde passa.

— Está falando sobre mim ou sobre alguma pessoa imortal hipotética?

— Estou falando sobre as pessoas que não morrem. Se elas existirem.

— Você acha que elas existem?

Ela olhou para o livro de matemática.

— Tem algum problema de matemática que prove isso?

— Não — falei. — Talvez a gente devesse estudar. — Suspirei. — Odeio frações.

— Eu também.

— Se a gente se forçar a se concentrar bastante, talvez consiga entender.

— Tá bom. Vai ser um alívio depois de toda essa conversa maluca.

Eu sabia que parecia maluquice para os outros. Mas eu sentia que não era maluquice. Eu sentia que era verdade.

OITO

ENTÃO CHEGOU AQUELE DIA. NINGUÉM FOI CONVIDADA PARA o chá, apenas eu. Será que se as outras tivessem ido comigo as coisas teriam sido diferentes? Acho que nunca saberemos.

Lembro que conversamos sobre Norrie e Brooks. A senhora disse que Norrie não o estava tratando muito bem.

— Ela o provoca, uma hora receptiva, outra hora distante — disse a senhora. — Comportando-se como se não soubesse se gosta dele ou não...

— Talvez ela não saiba.

— Irrelevante! Isso não é maneira de se comportar. A pessoa sempre precisa agir decisivamente, mesmo se não tiver tomado nenhuma decisão. Ficar indo e voltando não é comportamento digno de uma dama e é falta de educação. — A senhora se serviu de um pouco de chá e colocou um pouco de leite na xícara. — Você conheceu o rapaz de quem ela gosta, Robertson, não é? Tenho certeza de que ele é uma ótima pessoa, mas é velho demais para ela. E Norrie disse que ele é de Nova York. Bem. Você sabe que eu adoro visitar Manhattan, mas Nova York não é Baltimore. Qualquer um pode ser de Nova York.

Tomei meu chá e desejei que minhas irmãs estivessem comigo. Era difícil manter a conversa fluindo sem mais ninguém. Eu estava distraída.

Olhei para o terraço. Lá na grama, Wallace esvaziava um saco de alpiste no comedouro para pássaros.

— Mas Jane é pior ainda. Desonrando a família em público! No jornal! Por que ela faria isso? Eu simplesmente não entendo. O que mais me incomoda é o fato de ela estar interpretando o passado da família sob a pior perspectiva possível. Existem maneiras diferentes de se olhar para o passado, sabia.

Eu sei. De acordo com Jane, tem a maneira que faz você parecer bem e tem a que conta a verdade.

Depois a senhora disse uma coisa que me dói toda vez que lembro.

— Mas você, querida. — A senhora encostou na minha mão. — Pelo menos você é uma neta exemplar.

Agora a senhora sabe a verdade. Tinha uma ideia completamente errada de mim. Sou a pior neta de todas.

Wallace entrou na casa de meias, deixando as botas enlameadas na porta dos fundos.

— Só queria cumprimentar as duas antes de ir para o centro de jardinagem. Quer alguma coisa, Lou?

— Não, nada, compre o que precisar. Mas antes de ir veja com Bernice se ela está precisando de alguma coisa do Eddie's.

— Entendido. — Ele me deu uma rápida saudação ao sair da biblioteca. A última saudação de Wallace.

Alguns instantes depois, fui embora pela porta da cozinha. E agora vou contar exatamente o que aconteceu em seguida.

Ouvi o barulho do motor do Cadillac antigo de Wallace na garagem, então fui para lá me despedir dele. Parei na saída da garagem. O carro repentinamente deu ré.

A estranha magia negra que corre no meu sangue atraiu o carro para o meu corpo, puxando-o como um ímã.

O Cadillac bateu em mim.

O carro parou bruscamente. Eu levei uma leve pancada, como sempre. Minhas mãos me empurraram para longe do porta-malas e amorteceram minha queda. As juntas da minha mão esquerda se arranharam no chão, mas não o suficiente para sangrarem.

— Não se preocupe, Wallace! — exclamei. — Estou bem!

Eu me levantei e me limpei. Bati na mala do carro duas vezes para que Wallace soubesse que eu estava bem. Depois fui até a janela do motorista.

— Desculpe, Wallace. Espero que não tenha levado um susto.

Olhei para a janela do carro. As mãos de Wallace seguravam o volante formando um ângulo de 120 graus. A cabeça dele estava encostada no apoio. Os olhos dele estavam abertos, mas inexpressivos e sem piscar.

— Wallace?

Bati na janela. Ele não se mexeu. Abri a porta do carro. O corpo dele escorregou para cima de mim.

Ele estava morto.

Wallace estava morto. E era eu que o tinha matado.

Mas a senhora já sabia disso. A senhora sempre soube.

A senhora estava parada na janela da cozinha, vendo tudo.

NOVE

AO CHEGAR EM CASA, EU ME JOGUEI NA CAMA DE GINGER E chorei. Não consegui contar a verdadeira razão de eu estar tão chateada. Ela achou que eu estivesse triste porque Wallace tinha morrido, e eu estava. Triste e chocada. Mas também me sentia culpada. Estava com medo de contar o que realmente acontecera. Com medo de que ninguém fosse entender, ou acreditar em mim, ou levar o assunto a sério. E depois fiquei com medo de que fossem levar o assunto a sério.

A senhora podia ter dito alguma coisa. Mas não disse. Comecei a me perguntar se tinha mesmo visto alguma coisa. Mas hoje não tenho mais essa dúvida.

Ginger massageou minhas costas e tentou me acalmar.

— Coitada, querida. Não fique tão mal. Wallace era velho. Todo mundo tem que morrer um dia.

— O médico disse que foi um derrame — disse Paizão. — Um coágulo sanguíneo que foi direto para o coração, muito repentino. Ninguém podia ter feito nada.

Foi o que todo mundo disse: não era culpa de ninguém. Mas eu sabia a verdade. Era culpa minha. O susto de ter me atropelado causou o derrame e o matou.

Era exatamente o que Cassandra tinha dito. A imortalidade me protegia do perigo, mas destruía tudo ao meu redor. Destruía de verdade. Matava.

■ ■ ■

Naquela noite, não consegui dormir. Fiquei deitada na cama, escutando os sons do tráfego à distância. Um caminhão de lixo passou ruidosamente pela rua. Nenhum helicóptero.

Fiquei relembrando a morte de Wallace na minha cabeça sem parar. Em câmera lenta, vi o carro dar ré para fora da garagem. Me vi andando pela saída da garagem. Tentei me impedir de pisar no asfalto, mas não consegui controlar minhas pernas. Elas continuaram andando. Tentei impedir o carro de dar ré, mas ele continuou se aproximando. Tentei fazer meu corpo pular para longe antes de ser atingido, mas ele ficou enraizado no chão.

Eu me vi correndo até a janela do carro. Tentei fazer Wallace rir e fazer uma de suas saudações, mas ele não cooperou. Toda vez que eu corria até a janela, ele estava exatamente da maneira como o encontrei: paralisado, de olhos fundos, morto.

■ ■ ■

No funeral, a senhora mal conseguia olhar para mim. Não era fácil ver seus olhos por trás do véu, mas eu percebi — eles estavam enxergando até a minha alma. A senhora me culpava por ter dado um susto tão grande em Wallace a ponto de o fazer morrer. A senhora não disse nada sobre isso, o que só fez eu me sentir pior. E Takey não parava de atirar nas pessoas com o dedão e o indicador — pá, pá —; eu não consegui fazer ele parar, e fiquei com medo de que a senhora me culpasse por aquilo também.

De onde eu estava sentada, conseguia ver o nariz pronunciado e pontudo de Wallace aparecendo para fora do caixão, no meio dos lírios. O padre Burgess disse para rezarmos, e todos se ajoelharam para rezar por Wallace.

Tentei me concentrar no discurso fúnebre do padre, mas meu coração pulsava fortemente, bombeando sangue para meus ouvidos e olhos e bloqueando meus sentidos. Escutei algumas palavras do padre — vida eterna, céu, perdão, pecado. Eu tenho uma espécie de superpoder, pensei. A vida eterna. Sou a única pessoa da Terra que não vai morrer nunca.

Mas... por que eu devia morrer? Por que não devia viver para sempre? Eu poderia ter uma vida destemida e selvagem e empolgante. Como a sua.

Pensei num futuro mais distante e em todos os funerais que aconteceriam. Algum dia chegaria o seu, o de Ginger, o de Paizão. Depois St. John e Sully e Norrie e Jane, até mesmo Takey... cada um deles, um por um, no lugar de Wallace, deitados no caixão como bonecos. Eles vão estar velhos quando morrerem, assim espero, mas não importa. Vou ficar completamente sozinha, para viver a eternidade inteira sem ter ninguém para amar.

Comecei a chorar. Chorei enquanto passávamos pelo caixão para nos despedir. O padre Burgess tocou no meu ombro para me consolar, e foi então que percebi o que eu precisava fazer. Era tão óbvio. Eu precisava confessar o meu pecado.

Depois do funeral, o dia estava cinzento, e nós íamos para o cemitério. Enquanto uma limusine após a outra parava e ia embora, eu divaguei: o que aconteceria se eu me jogasse na frente daquele carro? E se eu fosse até Charles Street e me jogasse bem no meio do trânsito? O que aconteceria desta vez? Será que eu sairia ilesa?

■ ■ ■

No dia seguinte, fui me confessar depois do colégio. Eu me perguntei o que a senhora teria dito ao padre Burgess sobre a morte de Wallace. Talvez ele já soubesse o que eu tinha feito.

Comecei pelas coisas mais fáceis, confessando ter falado o nome de Deus em vão um zilhão de vezes, ter respondido minha mãe de maneira insolente apenas um milhão de vezes, ter pensamentos impuros de vez em quando e ter cobiçado algumas roupas das minhas irmãs. Por fim, cheguei ao verdadeiro motivo pelo qual estava lá.

— Padre, tenho mais um pecado para confessar — falei. — O pecado do assassinato.

Houve um silêncio por trás da tela. Pensei ter ouvido o padre tentando segurar a risada, mas ele podia estar limpando a garganta.

— Assassinato? Isso é sério. Por favor, me conte o que aconteceu.

Então eu contei. Contei que de alguma maneira eu tinha me tornado invencível, que os carros sempre me atropelavam, mas nunca me machucavam.

— No dia em que Wallace morreu, ele me atropelou sem querer... e acho que ele pensou que tinha me machucado. Ele não sabia que eu tenho esse superpoder que impede os carros de me machucarem. E acho que ele se sentiu tão mal, ou ficou tão chocado, que acabou morrendo. Ou seja, *eu* o matei.

— Hmmm. — Vi pela sombra que o padre Burgess estava encostando a mão no queixo, como se estivesse refletindo seriamente sobre o assunto. — São circunstâncias estranhas. Fico contente por você ter vindo conversar comigo sobre este assunto. Você está com várias ideias erradas nessa sua cabeça.

Então ele me deu o maior sermão. Educadamente, mas tentou botar juízo na minha cabeça. Primeiro de tudo, falou que, eu não sou invencível — longe disso — e não devia andar por aí pensando que sou. Eu devia tomar cuidado e tentar evitar acidentes o tempo inteiro, porque, independentemente do que eu penso, posso terminar me machucando sério.

Em segundo lugar, disse que, eu não sou culpada de assassinato. O que aconteceu foi um acidente e não era culpa minha. Eu e a senhora sabemos que ele está errado quanto a isso.

Tentei fazer com que ele enxergasse a verdade.

— Se não é assassinato, que tal homicídio por negligência?

— Isso aqui não é *Law and Order*, querida — disse ele. — Deus não negocia penas.

— Não estou tentando negociar. — Estou tentando convencê-lo de que sou culpada.

Ele disse mais uma vez que foi um acidente, que não era culpa minha, que Wallace teria o derrame de qualquer jeito, blá-blá-blá. Isso porque ele não acreditava que eu era invencível. Ele não levou minha confissão a sério. E a prova foi a penitência: apenas uma Ave-Maria. Pelo pecado do orgulho, não do assassinato.

O padre pegou leve demais comigo, pensei enquanto me ajoelhava no altar de Santa Joana e dizia minha única prece solicitada. Eu sabia que tinha feito algo grave e só descansaria depois de pagar o preço. Jurei procurar e encontrar minha própria penitência, uma que fosse adequada ao meu crime.

Naquele dia eu não sabia que a senhora ia me dar mais uma chance de me confessar — nem que castigaria todo mundo junto.

DEZ

ALGUNS DIAS DEPOIS, NO TREINO DE HÓQUEI, AISHA LANÇOU a bola em direção ao gol, mas ela desviou do caminho e atingiu meu olho. Eu caí. Doeu muito. Quando a técnica afastou minha mão do machucado, ela disse:

— Ai.

Mandaram eu ir procurar a enfermeira, que colocou uma bolsa térmica no meu rosto. Meu olho estava preto e azul, e doía. Doía mais do que qualquer um dos machucados dos acidentes de carros. E com isso eu comecei a me perguntar: e se tivesse acabado? E se eu tivesse perdido minha invencibilidade?

Talvez aquele fosse meu castigo por matar Wallace. Mas ainda não dava para ter certeza.

Fiquei de olho nos carros enquanto voltava do colégio. Será que um deles subiria no meio-fio e viria para cima de mim? Será que dessa vez eu finalmente morreria?

Cheguei em casa em segurança. Ao ver meu olho, Dona Maura me entregou um pacote de ervilhas congeladas e me obrigou a ficar segurando-o no olho até elas descongelarem. Depois ela as serviria no jantar.

Subi com as ervilhas grudadas no rosto para visitar Takey e Bolhinhas. Sabia que ele estava praticando um truque novo com o peixe de estimação e queria ver como ele estava se saindo. Eu o encontrei sentado na beira da cama, encarando o aquário.

— O que aconteceu? — perguntei.

— Não sei — disse Takey. — Bolhinhas não quer fazer o truque.

Olhei para o tanque. Bolhinhas estava deitado de lado, boiando na superfície da água.

— Puxa. — Sentei ao lado de Takey. — Isso não parece nada bom.

A última coisa que precisávamos era outro funeral, mas quando seu peixinho-dourado morre, não dá para simplesmente jogá-lo descarga abaixo.

Takey mirou a pistola de dedo para Bolhinhas.

— Levanta, Bolhinhas, ou eu atiro. Pá.

— Tarde demais, Takey — falei. — Ele já está morto.

— Por quê? — perguntou Takey. — Ele teve um derrame que nem Wallace?

— Não sei. Talvez.

Todos aqueles truques por ralo abaixo. Levaria uma eternidade para treinar um peixinho novo a fazer um espetáculo como Bolhinhas. Além disso, era muito triste ver o coitadinho lá boiando, sem vida.

Takey mirou a pistola de dedos para mim. Obedientemente, ergui as mãos.

— Ei, não fui eu que o matei. — Só confesso assassinatos que realmente cometi.

— Por que seu olho está todo preto? — perguntou Takey.

— Perdi o meu campo de força da sorte.

— O quê?

— Uma bola de hóquei bateu no meu rosto. — E, com isso e a morte de Bolhinhas, eu sabia que algo tinha mudado. Minha sorte tinha mudado. A morte de Wallace causara a mudança. Assim como cair dentro de um buraco negro para dentro de uma dimensão havia me deixado invencível, assassinar meu avô postiço me deixara vencível novamente.

É isso que acontece quando você comete o pior pecado de todos. Você perde a chance de ser imortal.

Na época, isso fez sentido para mim.

■ ■ ■

Tomei muito cuidado no meu caminho para o polo de ensino no centro. Agora que sabia que me machucaria se algo batesse em mim, ficava meio intimidada perto de carros. A cada faixa de pedestres eu tremia, com meus óculos escuros para esconder o machucado, esperando o sinal mudar e depois me certificando de que todos os carros tinham parado totalmente antes de pôr o pé na rua. Uma vez, um carro que virava à esquerda para entrar na Charles Street passou perto demais de mim, na minha opinião. Eu saí do caminho apressadamente e soltei um grito. Os outros pedestres olharam para mim com cuidado, como se eu fosse louca.

Cheguei ao polo de ensino sem ser atropelada, mas a minha cautela neurótica me fez atrasar. Cassandra estava me esperando na sala de estudos. Sentei do outro lado da escrivaninha e tirei meus óculos.

— Caramba — falou. — O que aconteceu com você?

— Eu matei meu avô — respondi. — Avô postiço.

— Você o matou? — Ela pareceu surpresa. Acho que crianças não esperam ouvir que seus monitores de matemática são assassinos.

Fiz que sim com a cabeça.

— Eu estou do seu lado — disse ela. — Não vou contar pra ninguém.

— Não importa. — Todo mundo já sabe.

Ela estreitou os olhos.

— Então por que você não está na cadeia?

— Foi um acidente. É o que todo mundo diz.

— Claro que foi. — Ela estreitou mais ainda os olhos, com uma expressão que dizia: quem é branco pode assassinar e não ser punido. Ou talvez fosse minha consciência culpada falando. — Tem um policial que faz ronda onde eu moro; toda vez que acontece alguma coisa ruim e a pessoa diz "Foi um acidente", ele sempre responde, "Acidentes não existem", e coloca as algemas nela.

— Eu sei. — Comecei a ficar emotiva. Não queria mesmo chorar na frente de Cassandra. Não seria nada profissional. — É tudo uma questão de sorte. Tudo é sorte. Sempre me senti muito sortuda. Mas então caí naquele buraco negro...

Cassandra balançou a cabeça.

— Nem comece com isso de novo.

— Mas depois matei um homem. E, desde que virei uma assassina, minha sorte mudou. Não sou mais imortal. Bolas de hóquei me machucam. Peixinhos de estimação morrem.

— Não sei porque está me contando tudo isso — disse Cassandra. — Mas, sim, se a pessoa mata alguém, ela começa a ter azar. Isso faz sentido para mim.

Algumas lágrimas escorreram pelo meu rosto. Tentei enxugá-las discretamente, mas Cassandra viu. Ela deve ter ficado com pena de mim, porque fez um carinho no meu braço.

— Sei que não queria matar ninguém, Sassy. Você é uma boa pessoa por dentro. Só acho que deixa um rastro de destruição por onde passa.

— Tipo um zumbi — respondi, fungando.

— Pois é, bem parecido com um zumbi. — Ela virou os olhos e estendeu os braços para a frente, como um zumbi. — Cééé-reee-brooo — gemeu ela. — Monitora de matemática precisa de cérebro.

Respirei fundo e tentei me recompor. Eu estava ali para ajudá-la, não para contar todos os meus problemas. Era hora de estudar.

— Como se saiu no teste da semana passada?

Ela tirou um papel e o colocou na mesa, na minha frente. B+.

— B +! Que fantástico! — Segurei a mão dela e a apertei. — Como fez isso? Com certeza não foi por causa da minha ajuda.

— De jeito nenhum. Não sei... Acho que matemática começou a fazer sentido na minha cabeça ou algo assim.

— Uau — falei. — Talvez eu ainda seja sortuda com algumas coisas. Tenho sorte de ser monitora de uma aluna tão inteligente que aprende as coisas sozinha.

— Pois é, você é sortuda mesmo.

— Cassandra... se eu não estou ajudando, por que continua vindo para as aulas?

— Em parte porque minha mãe me obriga. E em parte porque gosto de ouvir suas histórias malucas. Mas é mais por causa da minha mãe mesmo.

Abri a mochila para pegar o *Dividir e Conquistar.* Eu o puxei junto com um dos meus livros e uma cópia antiga do *Sun*, dobrado na notícia sobre o blog de Jane e nossa família malvada. O artigo tinha uma foto enorme da nossa casa, com torre e tudo.

Cassandra avistou o jornal.

— Posso ver? — Ela pegou o jornal e ficou olhando a foto da casa. — É aqui que você mora? — Ela arregalou os olhos. — É um castelo!

Do outro lado da mesa, de cabeça para baixo, nossa casa me pareceu estranha. Sempre pensei nela apenas como meu lar. Mas, agora que estava a vendo pelos olhos de Cassandra, percebi que ela é excepcionalmente grande. E a torre dá mesmo uma aparência de castelo.

Corei. Que tipo de família mora num castelo? Nem a nossa família grande precisa de tanto espaço assim. E ela é gigantesca.

— Eu sei — falei. — Tenho vergonha dela.

— Vergonha? Se eu morasse numa casa tão grande assim, teria orgulho.

As palavras dela só me deixaram com mais vergonha ainda. Estava com vergonha de morar numa casa tão grande, e com vergonha de ser tão mimada que nem tinha orgulho disso.

— Leia o artigo — falei. — Leia o que diz sobre minha família. Aí você vai entender porque tenho vergonha.

Cassandra leu o artigo com cuidado. Ao terminar, balançou a cabeça.

— E daí? Todo mundo tem parentes que fizeram coisas ruins. Mas nem todo mundo mora num castelo.

Eu me perguntei como seria a casa de Cassandra. Me perguntei se ela sequer morava numa casa. Talvez more num apartamento. Será que eu o conheceria algum dia? Provavelmente não.

ONZE

⊠ ⊠ ⊠

UM DOS LIVROS QUE TEMOS QUE LER PARA A AULA DE INGLÊS esse ano é *Conto de inverno*, de William Shakespeare. Talvez a senhora já tenha percebido isso.

Eu estava lendo a peça no cubículo antes da minha aula com Cassandra. Ela estava atrasada alguns minutos e, quando chegou, me perguntou sobre o livro.

— Essa é Hermíone, rainha da Sicília. — Apontei para a estátua de mármore na capa. — Essa peça é sobre uma disputa familiar. Leontes, rei da Sicília, acha que sua esposa, Hermíone, está tendo um caso com o melhor amigo dele, então o amigo foge da Sicília com medo de ser assassinado. Leontes coloca Hermíone na cadeia por traição e ordena que a filha bebê deles, Perdita, seja morta.

— Que cruel — comentou Cassandra.

— É, sim. Tão cruel que Hermíone morre de aflição nos braços da amiga Paulina.

— E depois o fantasma dela volta para assombrá-lo — disse Cassandra.

— Não — respondi. — Mas isso seria legal. Depois que Hermíone morre, Leontes descobre que estava errado sobre a esposa e o amigo. Ao perceber a grande injustiça que cometeu, o coração dele endurece completamente. Então, anos depois,

Perdita, a bebê que devia ter sido assassinada, reaparece milagrosamente, toda crescida e noiva do filho do amigo de Leontes, Políxenes. Leontes e Políxenes fazem as pazes, e o primeiro diz: "Se ao menos Hermíone estivesse viva para ver esse dia tão feliz".

— Mas ela não está, e é tudo culpa dele — disse Cassandra. — Por que essa história me parece tão familiar?

Ignorei a provocação.

— Paulina diz que fez uma estátua de Hermíone com aparência tão humana que Leontes vai achar que ela está viva. Ela leva todos para a casa de campo dela a fim de mostrar a estátua. Quando Paulina lança um feitiço no objeto, um milagre acontece: a estátua ganha vida! Hermíone fica viva de novo e se junta ao marido e à filha. E Leontes fica muito arrependido por ter desconfiado dela e do amigo.

— Como a estátua fica viva? — perguntou Cassandra.

— Paulina lança um feitiço. Ela diz: "Música, acorde-a; agora! Já é tempo; desça; pedra cesse de ser... Entregue à morte sua dormência".

— E a estátua ganha vida.

Assenti.

— E depois?

— Hermíone diz algo do tipo: "Eu tinha fé de que esse dia chegaria, quando minha amada filha seria encontrada e meu marido imploraria por perdão."

— E depois?

— Todo mundo fica feliz. Fim.

Ela pegou o livro e deu uma olhada.

— Tem filme disso?

— Não sei. Não é a peça mais famosa de Shakespeare.

Então começamos a estudar, e chegamos até a fazer alguns problemas de matemática naquele dia.

■ ■ ■

O recepcionista me parou quando eu estava saindo do polo de ensino naquela tarde.

— Larry quer falar com você, Sassy.

Ele apontou a cabeça em direção a uma sala de conferências aberta onde Larry Gant estava sentado organizando pilhas de livros. Ele olhou para cima quando entrei.

— Você é Sassy Sullivan, não é?

Fiz que sim com a cabeça.

— Certo, olha só. Tenho más notícias. A mãe de Cassandra Higgins passou aqui hoje depois de deixar Cassandra, e ela não estava muito contente.

— Não? — Senti um frio na barriga, igual a quando uma montanha-russa desce a parte mais inclinada.

— Pois é. Ela disse que Cassandra não está aprendendo muita coisa aqui. Disse que vocês duas praticamente não estudaram matemática. E que tudo que vocês fazem durante a hora da aula é conversar e contar histórias malucas. É verdade?

— Hum, sim, é verdade, mas Cassandra tem tirado notas mais altas em matemática.

— Foi o que a Sra. Higgins disse. Mas também comentou que isso é porque ela tem ajudado Cassandra com o dever de casa. Depois que a menina volta do que deveria ser uma aula particular.

— Ah. — O que mais eu podia dizer? Não tinha como me defender. Minha deficiência para aprender matemática me meteu em encrenca mais uma vez.

— Aquela garotinha não tem tempo de ficar sentada aqui escutando os seus problemas. Se quer um psiquiatra, precisa pagar por um. E sugiro que procure alguém mais qualificado do que uma menina de 11 anos.

— Está dizendo que tenho problemas emocionais?

— Não sei nada sobre você — disse Larry. — Parece uma boa pessoa. Só estou dizendo que não posso deixar você vir pra cá desperdiçar o tempo das pessoas. Temos que pensar na nossa reputação como um lugar de aprendizado, entende?

Um pouco de muco subiu na minha garganta. Pigarreei, mas minha voz saiu rouca mesmo assim.

— Sim.

— Então espero que não fique magoada com isso, mas temos que dispensá-la. Sei que você é voluntária, mas voluntários também precisam fazer o trabalho deles.

— Eu sei. Me desculpe. Tentei dizer que não era nada boa em matemática.

— Pois é, eu devia ter prestado atenção. Achei que você estava apenas sendo modesta.

— Não, eu estava contando a verdade.

— Agora sei disso. Mas mesmo assim você podia ter se esforçado mais.

— Você tem toda a razão. Vou embora.

Ele assentiu e voltou a organizar os livros. Saí de lá o mais rápido possível para que ele não me visse chorando.

Sentei na parada de ônibus, abri o zíper da mochila e coloquei a cabeça dentro dela para poder chorar em paz. Estava tão envergonhada. Não por não ser uma boa monitora de matemática — isso não era novidade. Mas por ter desapontado Cassandra. Por não ser uma boa pessoa. Agora eu não a veria mais. E nem tive a oportunidade de me despedir.

Aquele era o meu castigo.

DOZE

O NATAL CHEGARIA EM BREVE. NORRIE ESTAVA SE ARRUMANDO para o Baile e a casa estava um tumulto. Subi para o quarto dela numa noite só para deitar na beirada da cama e ficar lendo enquanto ela fazia o dever de casa. Gosto de fazer isso às vezes. Mas claro que começamos a conversar e não terminamos o dever de casa.

Eu estava deitada numa extremidade da cama, e ela encostada na cabeceira, lendo e pressionando os pés nas minhas costelas, mas não de um jeito ruim. Coloquei o livro na cama e fiquei observando o rosto dela enquanto ela lia. Norrie estava franzindo a testa e os olhos não estavam focados nas páginas. Estavam encarando os quadrados coloridos da colcha, desfocados.

— Está animada com o Baile? — perguntei.

O rosto dela ficou com uma expressão ainda mais triste, mas ela respondeu:

— Aham.

Deitei de bruços e apertei o pé por cima da meia branca.

— O que foi? Alguma coisa com Brooks? Ele é legal. Consigo imaginar ele sendo o tio de alguém um dia, ou um vovô. O tipo que escreve poemas bobos para você no seu aniversário.

— Eu sei. — Norrie ficou mexendo na colcha sem olhar para ela. — É exatamente esse o problema, não é? Eu ainda não estou pronta para ser a vovó casada com esse vovô.

— Não foi o que quis dizer — falei. — Só quis dizer que ele é legal. Que é confiável.

— Ele parece confiável. Não quer dizer que seja. Como saber isso de alguém?

— Não sei. — Tenho pensado muito sobre esse assunto ultimamente. Sei como as pessoas me enxergam. Elas acham que sou a santinha. As pessoas sempre dizem que pareço um anjo de Natal.

Mas já sabemos que esse não é o caso, né? Eu não sou uma pessoa boa. Eu me voluntariei para ser monitora porque queria ajudar alguém, e terminei sem ajudar a garota em nada. Porque na verdade eu não queria ajudá-la. Queria me ajudar. E fui uma monitora tão ruim que me demitiram. Me demitiram de um trabalho voluntário. Isso é bem patético.

E, quando Bolhinhas morreu, Takey ficou triste e eu, não. Fingi ficar triste, mas não me importei tanto assim.

E tem Wallace. Eu matei um homem. Mas, toda vez que tento contar isso para alguma pessoa, ela não me leva a sério. Só porque pareço um anjo de Natal, e não uma assassina. A única pessoa que entende o quanto sou ruim por dentro é a senhora. E talvez Cassandra.

Então talvez Norrie tenha razão. Brooks parece um cara maravilhoso, mas talvez por dentro ele não seja assim. Talvez seja malvado. Talvez esteja tramando secretamente a destruição da raça humana. Não dá para saber a verdade. É como nos noticiários — toda vez que alguém pira e mata alguém, a mãe do assassino e até os vizinhos dizem que não conseguem acreditar naquilo, que ele não seria capaz de matar uma mosca. O cara que atirou em todas aquelas pessoas no 7-Eleven... foi isso que a mãe dele falou. Mas as pessoas estão mortas. Isso não dá para contestar.

— Robbie está com raiva de mim — disse Norrie. — Por causa do Baile. Ele não entende: eu tenho que participar. Senão todo mundo vai ficar bem chateado.

— Se ele não compreende, talvez não seja a pessoa certa para você.

— É o que todo mundo diz. Foi o que Claire disse. Mas ele é a pessoa certa para mim. Esse é o problema. Ele não entende porque sente o quanto nós dois somos feitos um para o outro e acha que estou negando isso ao participar do baile com Brooks.

Ela parecia bem triste para uma garota que estava prestes a ter a melhor noite da vida dela.

— Por que você acha que a tatuagem de Jane não quer sair? — perguntei. Bridget, amiga de Jane, tinha desenhado uma caveira com ossos cruzados na nuca de Jane, e o desenho não queria sair. Estava lá havia semanas já.

— Não sei — disse Norrie. — Talvez ela fique marcada pelo resto da vida.

■ ■ ■

Na manhã do Baile, a casa começou a se encher de flores. O telefone não parava de tocar. Dona Maura estava sempre atendendo o telefone ou abrindo a porta ou levando achocolatado para Takey ou levantando as mãos porque ele mandou. Ginger andava pelos cantos falando com todo mundo de um jeito autoritário, especialmente com Norrie. Jane perambulava discretamente pela casa, bisbilhotando os cartões que chegavam com as flores e rindo desdenhosamente. Eu também recebi algo pelos Correios naquele dia — um bilhete de Cassandra. Ela o tinha deixado no polo de ensino e eles enviaram para meu endereço. Dizia o seguinte:

Querida Sassy, me desculpe por minha mãe ter feito você ser demitida lá do polo. Espero que esteja bem e que não tenha sido atingida por mais nenhum carro ou bola de hóquei. Espero que não esteja se sentindo culpada demais por causa de você-sabe-o-quê. Sua irmã contou mais algum segredo da família no jornal?

Estou com uma monitora nova que me ensinou a multiplicar frações. Mas as histórias dela são chatas. Sinto sua falta.

Sua amiga, Cassandra

Quando estava na hora de ir para o baile, Norrie desceu de vestido branco. Ela estava tão bonita e parecendo tão adulta. Parecia que ia se casar sem que nós tivéssemos sido convidados para a festa. Dona Maura disse que devíamos ficar em casa e fazer o nosso próprio Baile especial — o Baile do Fondue — somente para ela, Jane, Takey e eu. Íamos sentar perto da lareira e comer fondue de queijo e depois de chocolate.

Jane e eu fomos convidadas para uma festa de "Dane-se o Baile" — desculpe, Poderosa, mas era esse o nome — para as pessoas que não iam participar. Ia ser na casa de Matt Bowie. Ele ia ser o acompanhante de Phoebe Fernandez-Ruiz no baile, mas os irmãos dele, Philip e Sean, não iam participar. A ideia era depois ir de penetra para a pós-festa do Baile, que seria no country club. Takey ameaçou estourar nossos miolos se a gente fosse, pois ele não queria ficar sozinho em casa com Dona Maura. Ele sempre fica sozinho em casa com Dona Maura.

Mas, depois de todo o fondue, Jane e eu queríamos sair de casa. Jane tinha sido suspensa do colégio havia um tempo e desde então não via as amigas.

Depois de Takey dormir, Jane e eu fomos para a fazenda da família Bowie na Mercedes azul. No ano que vem, Norrie vai se mudar para a universidade e a Mercedes vai passar para Jane. Depois para mim. Vamos ver se ela aguenta até Takey.

Quando saímos da via expressa e pegamos as estradas escuras do interior, Jane se recostou no banco e ficou dirigindo com um dedo. Quando estávamos a pouco menos de um quilômetro de lá, avistamos uma fogueira perto das cercas e dos campos de equitação. Às vezes, quando estamos indo para a fazenda dos Bowie, tento imaginar a senhora com a minha idade, indo para uma festa da avó dos irmãos Bowie.

O campo que ficava perto da mansão estava cheio de carros. Estacionamos numa fileira mais distante e fomos até a fogueira. Eu tinha mandado mensagens para Aisha e Lula, e elas prometeram que iriam, mas ainda não estavam por lá.

A mansão estava decorada para o Natal, com um contorno de luzes brancas, velas elétricas nas janelas e uma grinalda verde e gorda em cada uma das portas. O lago estava congelado, e havia projetores em cima dele. Uma garota fazia piruetas no gelo enquanto seis garotos disputavam um disco de hóquei, batendo uns nos outros com as varetas de madeira. Perto da fogueira, a namorada de Philip Bowie, Katie, entregava marshmallows para serem assados e cuidava de uma garrafa térmica gigantesca com chocolate quente.

A amiga de Jane, Bridget sem Saída, se aproximou da gente e disse:

— Finalmente vocês chegaram. Ninguém quer conversar comigo. Venham, vamos entrar e ver se Sean está lá dentro.

Jane olhou para mim.

— Quer vir com a gente? Ver se Lula está lá dentro?

— Se a encontrar, diga para vir para cá — falei.

Eu queria me sentar e ficar olhando para a fogueira. Enfiei dois marshmallows num graveto comprido e o estendi por cima das chamas até o fogo se espalhar. Depois assoprei para apagar as chamas e comi os restos chamuscados. Fui até o lago para ver os patinadores. Era engraçado ver os jogadores de hóquei patinando perto da garota das piruetas, que se comportava como se estivesse sozinha no gelo, rodopiando ao som de alguma música imaginária. Em seguida fui para dentro da casa. Lula e Aisha já deviam estar por lá.

E estavam, tomando sidra perto de uma enorme lareira de pedra.

— Você se lembra de quando caiu naquele buraco na minha casa? — perguntou Lula.

A casa dela tinha ficado pronta uns dois meses atrás, e aquele cômodo agora já tinha chão. É um estúdio de música, com acústica especial e até alguns equipamentos de gravação. A irmã mais nova de Lula leva a flauta muito a sério.

— Foi tão estranho — disse Aisha.

— Eu lembro — respondi.

— Parece que faz tanto tempo — disse Lula. — Norrie foi para o Baile hoje?

— Foi.

— Espero participar do Baile quando estiver no último ano — disse Lula.

— Você vai participar, sim — falou Aisha. — Eu é que provavelmente não vou. — A família dela é do Paquistão. Eles estão em Baltimore há cerca de vinte anos. Sei que normalmente isso não é considerado tempo suficiente para que a garota seja uma debutante, a não ser que o pai dela seja o rei deposto do Paquistão ou algo assim, em vez de um simples cirurgião ortopédico. Mas talvez, quando o nosso ano chegar, a senhora possa usar sua influência para que Aisha participe do Baile. Sei que não estou numa situação muito boa para pedir favores, mas seria uma boa ação. E a senhora e eu podíamos fazer um acordo: eu participo se ela participar.

Passado um tempo, Jane nos encontrou e disse que iam para o pós-festa. Lula e Aisha ficaram bem contentes em irem com a gente.

Nós nos amontoamos no carro. Bridget e Bibi foram na frente com Jane, e eu me espremi no banco de trás com Aisha, Lula e Tasha. Jane ligou o rádio enquanto dirigíamos pelas estradas escuras da área rural em direção à via expressa. Até a estação de indie rock estava tocando música de Natal. Escutei uma música que gostava; era a voz de uma mulher cantando sobre alguém que estava a duas mil milhas de distância. Cantamos todas as músicas enquanto seguíamos pela autoestrada em direção à cidade. Havia muito trânsito, pois era o último sábado antes do Natal. Todo mundo estava indo para festas, assim como a gente.

O estacionamento do clube estava lotado, então paramos na rua e andamos alguns quarteirões. Um vento forte soprava. O porteiro abriu a porta para nós e a música invadiu nossos ouvidos. Demos uma olhada ao redor. As debutantes tinham chegado e estavam espalhadas pelos móveis com seus vestidos e pérolas. Assim que nos viu, Claire veio correndo até a gente.

— Meu Deus, gente! — exclamou.

Claire tinha alguma novidade. Não sabia se era boa ou ruim, mas era importante. Foi assim que descobrimos sobre a fuga de Norrie. Até Jane ficou impressionada.

De início ficamos assustadas e preocupadas, achando que Norrie nunca mais voltaria para casa. Jane disse que ela com certeza voltaria, mas vi uma centelha de dúvida cobrir o rosto dela. Norrie estava diferente desde que conhecera Robbie. Nós não a reconhecíamos mais. Ela sempre foi a garota mais sensata e responsável da família, e lá estava ela fugindo com um homem sete anos mais velho, deixando nosso querido Paizão no meio do Baile de Debutantes e enfurecendo todas as outras pessoas, especialmente a senhora.

O amor fez Norrie enlouquecer. Espero que isso nunca aconteça comigo.

TREZE

QUANDO NORRIE CHEGOU EM CASA, NA VÉSPERA DE NATAL, estava cheia de presentes glamourosos de Nova York para todo mundo. Ela virou mesmo outra pessoa. Está tão adulta, parece uma recém-casada que acabou de voltar da lua de mel. Fico contente em vê-la novamente, mas sinto falta da antiga Norrie.

Logo me esqueci desse assunto, pois St. John e Sully também chegaram e a casa ficou cheia para o Natal, como antigamente. Havia muito entusiasmo e movimento pela casa, mas também uma certa melancolia. Wallace tinha morrido havia apenas um mês, mas parecia que só eu e a senhora estávamos sentindo a falta dele. A senhora não disse que estava sentindo falta dele, mas sei que sente. Deu para perceber quando a senhora e Buffalo Bill passaram na nossa casa no dia após o Baile. A senhora ficou com Bill no colo, protegendo-o da pistola d'água de Takey. Eu lhe desejei um Feliz Natal e a beijei na bochecha, mas a senhora resmungou:

— O que tem de tão feliz neste Natal?

Normalmente, não é assim.

Esperei para ver se a senhora ia olhar para mim ou dizer alguma outra coisa ou me dispensar. Mas você só encarou a lareira tristemente. Nesse instante, eu soube que a senhora estava sentindo falta de Wallace — e tive certeza de que não tinha me perdoado.

Fiquei desesperada para encontrar uma maneira de melhorar tudo. Pensei na história de *Conto de inverno*. Se ao menos eu pudesse fazer uma estátua de Wallace e tocar magicamente nela para que ele voltasse a viver. Sei que não é possível fazer isso. Mas talvez eu pudesse mostrar à senhora o quanto queria ser capaz de fazer isso.

Foi então que surgiu o meu plano para a véspera de Natal.

■ ■ ■

Para a peça ficar o mais simples e curta possível, tirei falas e trabalhei com Takey no papel dele. Na maior parte do tempo ele só precisaria ficar parado como uma estátua. Dei mais uma instrução de palco para ele — era a coisa mais importante que ele precisava lembrar. Eu não me importava se ele esquecesse as falas, contanto que se lembrasse de fazer aquele único gesto.

Depois das músicas natalinas festivas e das piadas, nós subimos no palco para fazer a última cena de *Conto de inverno* — em que a estátua de Hermíone ganha vida. A senhora gostou da peruca que usei no papel do rei Leontes? Eu mesma fiz aquela faixa branca de gambá com spray.

Takey se saiu muito bem como a estátua de Hermíone — é difícil para ele ficar tão imóvel. Quando Jane lançou o feitiço sobre ele, pareceu mesmo que era mágica. Takey moveu a cabeça lentamente, depois os braços. Era mesmo um milagre — a estátua ganhou vida. Em seguida, meu irmão encostou os dois primeiros dedos na testa fazendo uma saudação familiar. Igual à que Wallace fazia.

Foi aquela a minha instrução de palco especial.

Senti um aperto na garganta. Encostei na pele de bebê de Takey e mal consegui dizer minhas falas:

— Ó, ela está quente! Se isso é mágica, que seja uma arte tão lícita quanto comer.

Eu tinha implorado por perdão dos meus crimes, e Takey me perdoou.

A alegre plateia natalina ficou enfeitiçada e silenciosa. Não sei que reação a senhora teve à cena. Estava com medo demais para olhar.

Mas, no dia seguinte, eu tive minha resposta. Você nos disse que uma de nós tinha pecado contra a senhora. Sei que fui eu.

Minha peça não a comoveu o suficiente para me perdoar. Espero que esta confissão funcione.

Sassy

VÉSPERA DE ANO-NOVO

EM 31 DE DEZEMBRO, NORRIE, JANE E SASSY LEVARAM suas confissões para a avó. Elas tinham que esperar até a manhã seguinte para saber que efeito causariam, se é que causariam algum.

Em vez de sair para as festas de Ano-Novo, elas comemoraram em casa. Ginger e Paizão saíram, mas todos os filhos, até mesmo St. John e Sully, ficaram em casa brincando — de adivinhação, de Scrabble, de Candy Land, de Jogo da Operação — até meia-noite. Quando o relógio bateu às 12 horas da noite, eles assopraram cornetas e usaram o arsenal de pistolas d'água de Takey para se molharem e riram e se beijaram, todos eles gratos e contentes por serem um dos seis Sullivan. Tinha começado a nevar, então eles saíram de casa e pularam e gritaram e brincaram no jardim como se fossem cachorrinhos. Longe dali, os fogos explodiam nos céus enquanto a cidade marcava a passagem do tempo com estrondos e estouros e gritos de celebração.

No dia seguinte, eles acordaram e comeram de café da manhã as tradicionais panquecas de Ano-Novo de Paizão, com bacon e muito café e leite achocolatado e suco de laranja. Até Ginger fez sua especialidade, fatias de toranja, algo que normalmente fazia apenas para o Natal.

Quando deu meio-dia, eles colocaram os casacos e foram andando até a casa de Poderosa. Tinha caído 15 centímetros de neve, e o dia estava gelado. A neve chiava debaixo das botas como se fosse isopor. Mas todos concordaram que era um belo dia para uma caminhada.

Andaram pela longa entrada de Gilded Elms e entraram na casa pela cozinha. Poderosa os aguardava na biblioteca, com Buffalo Bill nos braços.

A primeira coisa que todos perceberam em Poderosa foi a mudança. O cabelo dela tinha ficado branco do dia para a noite. Sempre fora grisalho escuro, desde que as crianças se lembravam: grisalho escuro com uma mecha branca por cima do olho esquerdo. Mas agora a mecha tinha se espalhado por toda a cabeça, que estava tão branca quanto a grama lá fora. Ela parecia uma pessoa diferente. Mais velha e mais bonita.

Parecia, pensou Sassy, um pouco Hermíone, a rainha estátua de *Conto de inverno.*

— Feliz Ano-Novo para todos — disse Poderosa. — Hoje é realmente o início de uma nova era para a família Sullivan. Eu li com bastante interesse as confissões que me foram submetidas.

Ela parou enquanto Bernice entrava com uma bandeja de chá e a colocava na mesa. Todos se acomodaram em cadeiras pela biblioteca. Poderosa continuou em pé. Ela pôs Buffalo Bill no chão e ele se aconchegou aos pés dela.

— Gostaria de ler a confissão que determinou o destino de vocês. — Poderosa estava segurando uma pasta à sua frente, e colocou os óculos. Ficou encarando o papel dentro da pasta por um momento tenso enquanto todos os Sullivan prendiam a respiração.

Ela começou a ler.

Querida Poderosa,
Eu joguei água da minha pistola em Buffalo Bill.
Eu puxei o rabo dele.
Eu dei brócolis para ele comer e ele ficou doente.
Eu comi os biscoitos de cachorro dele. Não têm gosto de nada.
É por minha causa que a senhora acha que os cachorros precisam de capas de chuva.
Me desculpe.
— Takey

Um silêncio extremamente incômodo se espalhou pela biblioteca.

— Então é isso? — perguntou Jane. — É essa a confissão que a senhora estava querendo?

— Takey foi quem pecou. — Ginger começou a rir. — A senhora está mesmo falando sério. Tudo isso foi porque Takey ficou pentelhando seu cachorro?

— O coitado do Bill sofreu terrivelmente nas mãos dele. — Poderosa pegou o cachorro no colo e endireitou a postura. — Não vou tolerar zombarias. Bill é uma criatura de Deus e merece respeito como qualquer pessoa.

— Com certeza — disse Paizão. — Mas Takey tem 6 anos. Deixar o futuro da família inteira dependendo do comportamento dele...

Poderosa lançou um olhar gélido para Paizão que o fez se calar imediatamente.

— Eu recebi a confissão que queria, e vou incluir a família novamente no meu testamento. Os fundos fiduciários de vocês continuarão existindo como sempre, e quando eu morrer cada um vai receber uma enorme quantia de dinheiro. Todos ficam satisfeitos assim?

Silêncio total.

— Foi o que pensei. Peço desculpas se ficaram desapontados. Obrigada, garotas, pelos seus depoimentos. Eles foram muito esclarecedores.

As três irmãs, sentadas lado a lado, seguraram as mãos uma da outra. Cada uma tinha feito as confissões com todo o coração, e agora Poderosa dizia que eram apenas "depoimentos esclarecedores"?

— Feliz Ano-Novo para todos. Garotas, vejo vocês no chá da terça. Adeus.

Os Sullivan grunhiram enquanto vestiam os casacos para enfrentar a longa caminhada até a casa.

— Ainda bem que isso acabou — disse Paizão.

— Que ridículo — acrescentou Ginger.

Takey segurou a mão de Ginger.

— Eu ganhei?

— Sim, querido. Parabéns.

O incidente foi bizarro e extremamente irritante, mas o resultado final era o desejado: eles iam ficar com o dinheiro.

Quando estavam saindo, Norrie pôs a mão no bolso do casaco para pegar as luvas e encontrou um envelope fechado, onde estava escrito Para Norrie, Jane e Saskia com a letra familiar e aracnídea de Poderosa. Apesar da imensa curiosidade, Norrie a guardou de volta no bolso e deixou para lê-la na privacidade do Quarto da Torre.

■ ■ ■

Ao chegarem em casa, as três garotas se reuniram na Torre para ler a carta.

Gilded Elms
Primeiro de janeiro

Minhas queridíssimas Norrie, Jane e Sassy,

Eu tenho sido egoísta e cega. Tenho sido manipuladora. Tenho sido despótica. Eu confesso.

Enlouqueci por amor. Briguei com meus amigos e me rebelei contra minha família. Questionei o destino e minha identidade, a vida e a morte. Eu menti e magoei pessoas. Confesso tudo isso para vocês.

Minhas caras netas, eu já fui exatamente como vocês. E, ainda assim, quando vi o comportamento de vocês, fiquei furiosa.

Mas uma coisa eu não fiz: nunca desafiei a morte. É por isso, Sassy, que você foi a Sullivan que mais me enfureceu.

Jane tinha razão: parte de mim queria que Norrie partisse o coração de Brooks. Parte de mim queria que Jane contasse isso para o mundo inteiro, independentemente do que isso custasse para a minha dignidade.

Mas nunca esperei que uma de vocês fosse tão atrevida a ponto de acreditar que estava acima das leis da natureza. Essa ousadia me chocou, especialmente vindo de uma garota tão meiga e afetuosa como você, Sassy.

Entretanto... ao ler as confissões das três, eu entendi o quanto vocês são minhas descendentes, e de uma maneira muito verdadeira e profunda. Todas as ações da minha vida levaram a vocês e a suas ações — inclusive as de Sassy.

Então, minha querida Sassy, eu a perdoo. Perdoo todas vocês. Vejo que sofreram e estão arrependidas. E agora percebo que, apesar do meu apelido, não tenho o poder de julgá-las. Vou deixar isso a cargo do verdadeiro Poderoso.

Sigam em frente e vivam suas vidas como elas devem ser vividas e como vocês desejarem.

Com muito amor, a avó de vocês,

A. Louisa Beckendorf

P.S. Não se preocupem com esse suposto tumor no cérebro. Os médicos dizem que vou viver para sempre. Sou imatável!

— Hunf — disse Norrie. — Que carta fascinante.

— Só Poderosa mesmo para fazer as nossas vidas girarem ao redor dela — comentou Jane. — Mas Poderosa é assim, fazer o quê.

— Ela continua sendo uma chata — disse Norrie. — Mas agora sinto que nós duas realmente temos o mesmo sangue.

— Porque agora temos um segredo juntas — falou Sassy.

-- Nós quatro.

Elas pararam para reler a carta e pensar no seu significado.

— Então é isso — disse Norrie. — Tudo vai continuar exatamente como era.

Mas isso não era possível. E as irmãs Sullivan sabiam disso.

AGRADECIMENTOS

Três livros em particular me ajudaram a escrever este romance:
Joana d'Arc, de Mary Gordon (2000, Objetiva)
Conto de Inverno, de William Shakespeare
e especialmente
The Amiable Baltimoreans, de Francis F. Beirne (1951, The Johns Hopkins University Press).

Carinho e agradecimentos sinceros a:

ACADÊMICOS:
Becky Amsel, Phil Falco, Adrienne Maria Vrettos.

THE GERNERT COMPANY:
Courtney Gatewood e Allison Cohen.

TIGER BEAT:
Libba Bray, Dan Ehrenhaft e Barnabas Miller.

RUFFIAN:
Biz Mitchell, Darcey Steinke, Rene Steinke e Hawes Bostic.

COMPANHEIROS DE ALMOÇO:
Elise Broach e Bennett Madison.

FAMÍLIA:
Will Standiford, Betty Standiford, Kathleen Standiford, John Standiford, Jim Standiford e Karen Yasinsky.

MAIS DO QUE MARAVILHOSO:
Gregory Wilson.

Agradecimentos especiais a Nancy Williams que fez surgir a ideia (com "GlamFam") que deu origem a este livro. De uma maneira típica de Baltimore, somos amigas desde que nos conhecemos no jardim de infância, com 4 anos.

E agradecimentos mais do que especiais a meu editor, David Levithan, e minha agente, Sarah Burnes. Sinto gratidão por eles todos os dias.

EM MEMÓRIA DE LILLIAN JAMESON.

Este livro foi composto na tipologia Transit 521 BT Roman, em corpo 11/16, e impresso em papel off-white no Sistema Cameron da Divisão Gráfica da Distribuidora Record.